PAX AUTOMATA

PAR

ARIEL HOLZL

20 GRANDES GRAVURES SUR CUIVRE À L'EAU-FORTE

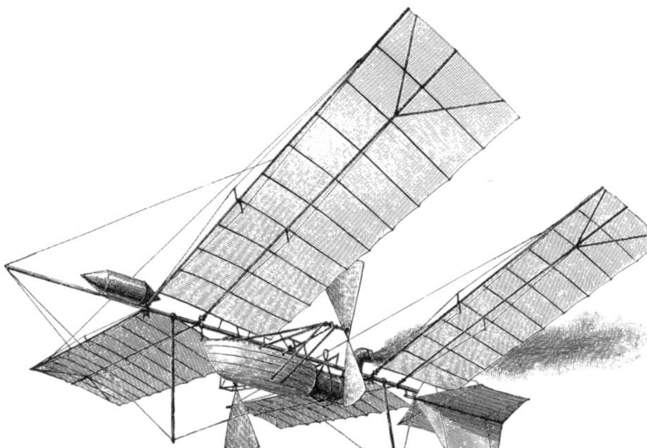

M+

l'école des loisirs

11, rue de Sèvres, Paris 6e

Note : les lexiques des termes issus du dialecte romani et du vocabulaire argotique sont consultables en fin d'ouvrage.

Loi n° 49.956 du 16 juillet 1949 sur les publications destinées à la jeunesse : octobre 2022
Dépôt légal : octobre 2022
Imprimé en France par Clerc à Saint-Amand-Montrond

ISBN 978-2-211-32456-4

La machine n'isole pas l'homme des grands problèmes de la nature,
mais le plonge plus profondément dedans.
Antoine de Saint-Exupery

Aucun pilote ne sent son propre pouls lorsqu'il vole.
Il doit faire corps avec la machine. Sinon, les problèmes
l'attendent au tournant…
Amelia Earhart

NUMÉRO 177

JOURNAL *de* PARIS.

Mardi 27 VENTÔSE,
XVIIIE ANNÉE DE LA RÉPUBLIQUE.

LE GAZ DE COBALT : PRODIGE OU SUPERCHERIE ?

Gaz ! Gaz ! Gaz ! Notre belle société n'a plus que ce mot à la bouche ! Depuis les machines à vapeur jusqu'aux lampadaires, la modernité devra passer par la forme gazeuse ! Le Progrès s'écrira avec un grand P ! C'est du moins ce qu'affirment les scientifiques de tous bords, terrés dans des laboratoires encombrés où l'air pur ne circule plus qu'au compte-gouttes… Notre modeste *Gaz*-ette se mettra-t-elle au diapason ? Devrait-on croire en ces nouveaux apôtres ou les traiter d'hurluberlus ? Notre gouvernement semble prêt à adopter la première opinion. Les découvertes de messieurs William Murdoch, de l'Université de Cornwall, et Philippe Lebon, de l'École des ponts et chaussées de Paris, ont accaparé l'attention de notre estimé Premier consul, M. Bonaparte. À tort ? À raison ?

Jugez-en par vous-même, chers lecteurs : la collaboration franco-britannique pour la recherche sur le gaz d'éclairage aurait mis en lumière, si l'on peut dire, les propriétés électro-conductrices d'un gaz tiré d'une pierre bleue venue des lointaines contrées d'Afrique : le cobalt. Un gaz sorti d'une pierre ? Foutaise ou cocasserie ?

Les deux savants affirment même qu'en alimentant des « moteurs à explosion », le gaz de cobalt permettra de créer de nouvelles machines d'une puissance incommensurable, capables d'exécuter les tâches humaines les plus difficiles sans broncher et de façon au-to-ma-tique ! Je ne sais pas pour vous, chers lecteurs, mais un futur rempli d'explosions ne me dit rien qui vaille… Espérons que nos génies de l'éclairage ne soient que des gêneurs illuminés, et que l'avenir repose encore entre des mains tout à fait humaines !

Olivier de Corancez.

— I —

Paris, le 2 mai 1889

Il flottait dans la cuisine un parfum d'huile de moteur et de pain grillé.

Otto, le valet automate de la famille de Fernay, toastait des demi-baguettes dans la fente de sa chaudière. La mie en ressortait aussi dorée que du cuivre. Cela expliquait probablement son arrière-goût de métal.

Assis en bout de table, Philémon grimaça en mordant la tranche que l'automate lui avait servie. Des miettes se répandirent sur son uniforme de Saint-Cyr – tunique noire et pantalon rouge un peu froissé. Le jeune homme les épousseta d'un geste maladroit. Quand il ne pilotait pas un aéronef, Philémon avait toute la majesté d'un goéland déplumé. Du haut de ses dix-sept ans, il était pourtant le maître des lieux. Un titre plus symbolique qu'autre chose, car l'aîné des Fernay devait compter avec quatre sœurs, pas si petites que ça. Le garçon n'avait guère eu besoin d'attendre ses premiers cours de stratégie à l'école militaire pour comprendre en quoi consistait l'infériorité numérique : voilà des années qu'il vivait en territoire occupé…

Et comme tous les matins, les forces rivales finirent par l'encercler.

Joséphine, Constance, Margaux et Louise rejoignirent la table du petit-déjeuner avec autant de minutes de retard que leurs âges respectifs : 16, 14, 13 et 11,267. Louise était très à cheval sur le décompte des jours qui la séparaient de ses douze ans. Elle aurait enfin l'âge d'entrer au lycée technologique.

Même si elle était déjà bien plus douée que lui, Philémon partageait avec la benjamine la passion des machines. De même qu'il partageait – avec moins d'élégance – les boucles cuivrées de Joséphine, les yeux gris comme des roulements à billes de Constance et le nez en pied de marmite de Margaux. Les parents l'avaient utilisé comme prototype pour les modèles suivants, à n'en pas douter.

Pimpante dans sa robe en brocart, Joséphine s'approcha de l'automate aux fourneaux.

Otto ressemblait à une barrique de laiton. Une barrique portée par deux courtes jambes, munie de bras grinçants et coiffée d'une bouilloire. Soudée avec soin sous le bec verseur, une moustache de fer-blanc lui esquissait un visage. En tant qu'automate de première classe, Otto avait droit à un vague air humain. Mais pas plus. Les lois qui régissaient l'existence des automates à travers les grandes nations d'Europe – la *Pax Automata* – étaient strictes : interdiction formelle de construire des machines qui pourraient passer pour des êtres vivants. Leur nature artificielle devait être visible au premier coup d'œil.

Heureusement, personne ne risquait de prendre le valet de la famille de Fernay pour autre chose qu'un outil. Surtout après que Joséphine s'était fait couler une tasse de café en lui pressant la moustache.

– Pouah ! Du jus de chaussette ! grommela la jeune fille dès la première gorgée. Ces modèles prussiens sont incapables de faire du bon café !

– Tu n'es pas censée en boire, intervint Margaux.

– Vas-tu le raconter à Maman au mirophore, sale bêcheuse ? Comme pour le bal chez Josie ? rétorqua Joséphine.

Sa sœur encaissa l'accusation avec un reniflement pincé. Leur mère les contactait une fois par mois via mirophore, et il était indéniable que Margaux ne savait pas tenir sa langue. Mais si elle en disait souvent trop, c'était par enthousiasme plus que par méchanceté. Maman lui manquait beaucoup.

En effet, d'importantes fonctions diplomatiques tenaient leurs parents éloignés de Paris onze mois sur douze. Le général Philippe de Fernay avait été nommé gouverneur de Franc-Fort, en Prusse française, depuis déjà neuf années. Un cadeau de Napoléon III pour ses bons et loyaux services lors de la bataille de Sedan, où les forces de l'Empire avaient remporté sur l'ennemi une victoire aussi décisive qu'inattendue.

Philémon avait maintes fois étudié ce tournant dans la guerre. L'interprétation très « ingénieuse » de la *Pax Automata* par la France avait fait grincer bien des rouages diplomatiques chez les nations voisines. Voire disjoncter deux ou trois fusibles, car le traité reposait sur l'interdiction absolue d'utiliser des automates lors des conflits. Il avait été signé pour cette raison précise, après les carnages de la Guerre d'indépendance grecque, trente années plus tôt.

Mais Napoléon III savait que l'Histoire était écrite par les vainqueurs.

L'Empereur s'était donc laissé encercler dans la petite ville de Sedan pour mieux écraser l'ennemi sous les pistons de son arme secrète : les désormais célèbres cuirassiers. Techniquement, ces géants mécaniques n'étaient pas des automates, puisque pilotés par des humains… Un éclair de génie militaire.

Ou une entourloupe de première, selon le camp où vous vous trouviez.

En croquant dans sa tartine au goût rance, Philémon était loin d'imaginer toutes les retombées de la victoire française. Elle avait cependant bouleversé le cours de l'Histoire, à l'instar de la découverte du gaz de cobalt et de ses propriétés électro-conductrices au début du siècle. Pour les enfants Fernay, seule l'une de ces conséquences était évidente : l'absence de leurs parents aux petits-déjeuners. Le général avait peut-être accepté le poste de gouverneur, mais une éducation germanique pour ses enfants ? Ça, jamais !

Philémon et ses sœurs logeaient donc place des Vosges, dans un minuscule hôtel particulier. À peine trois étages et un seul jardin, pensez-vous… Les fastueuses soirées diplomatiques de son épouse pesaient sur les finances du général. Il avait progressivement remplacé le personnel assigné à la demeure parisienne par des automates moins coûteux. Otto en était la plus récente acquisition.

– Je préférais Maurice à Otto, intervint Constance dans la querelle de ses sœurs.

Elle n'avait pas levé le nez d'un livre qu'elle dévorait davantage que son œuf à la coque.

– Dans ce cas, il ne fallait pas oublier Maurice au jardin sous l'orage, la fustigea Louise. Tu l'as complètement laissé rouiller !

Constance haussa les épaules.

– La vie n'est qu'une longue perte de tout ce qu'on aime…

Philémon hasarda un regard perplexe sur son ouvrage.

– Encore du Victor Hugo ? Tu tiens vraiment à recevoir une visite des Hussards ?

– Cela mettrait un peu d'ambiance dans l'enfer de mon existence, bâilla Constance.

Le jeune homme roula des yeux. Sa sœur envisageait une carrière de poétesse, et le *spleen* était la dernière mode chez ses idoles dépressives. Par chance, elle préférait dépenser son argent de poche dans des robes noires à dentelles et des cosmétiques que venait d'inventer un chimiste du nom d'Eugène Rimmel plutôt qu'en cigarettes et en bouteilles d'absinthe.

Philémon sentit alors une main légère effleurer le fourreau à son ceinturon. Il fit volte-face et attrapa les doigts de la roublarde.

– Mon sabre n'est pas un couteau à pain.

– C'est de la brioche ! protesta Louise.

– Si les couteaux sont émoussés, ne devais-tu pas réparer l'affûteur automatique ? s'enquit-il, soupçonneux.

– Oh, elle l'a réparé ! ricana Margaux. La bonne nouvelle, c'est que nos couteaux sont parfaitement aiguisés. J'ai pu le constater lorsque l'affûteur les a tirés à travers le mur du salon comme des boulets de canon. D'ailleurs, les voisins ont demandé à te parler, Phil. C'est à propos de leur caniche…

Philémon soupira.

Louise ajusta ses grandes lunettes rondes et lui décocha un sourire nerveux :

– Je peux reprogrammer Otto pour qu'il répare le mur, promis !

– Mieux vaut que je le fasse… grinça Philémon en se levant.

Il se rapprocha du valet automate qui pressait maintenant une orange au-dessus du verre de Margaux. Les doigts de laiton réduisaient le fruit en une pulpe peu appétissante, mais le jus coulait à flots. Comme tous les modèles d'automates germaniques, Otto faisait primer l'efficacité sur l'esthétique.

Se haussant sur un sac de pommes de terre, Philémon souleva une plaque à la base du cou de la machine pour révéler le compartiment des cartes perforées. Il n'en ôta qu'une parmi la dizaine qui s'y trouvait. De la taille d'une brochure de musée, la carte en papier rigide était percée de nombreux trous carrés. Des taches brunes et grasses la salissaient.

Le sourcil froncé, Philémon brandit la carte vers ses sœurs.

– Qui a touché au mécanographe avec du chocolat plein les doigts ?

Il les scruta qui mâchonnaient leurs tartines, leurs visages aussi dénués d'expression qu'Otto.

Dans le séjour, une pendule carillonna soudain huit coups.

– Tu vas manquer ton omnibus, lança Joséphine à son frère.

Pris de court, Philémon laissa ses accusations en suspens. Il fonça jusqu'au salon du premier étage et s'arrêta devant le mécanographe. Seuls les domiciles parisiens les plus fortunés possédaient un tel engin : il permettait de créer des cartes perforées à la demande pour reprogrammer les automates de la maisonnée. Sur sa façade en acajou, un écran de verre bombé et un clavier qui rappelait une machine à écrire. Les touches de cuivre ne représentaient pas des lettres mais des verbes (« cuisiner », « porter », « nettoyer ») et des noms communs (« jardin », « vêtements », « midi », « soir »). Il fallait les combiner pour créer les programmes simples que les automates devaient suivre. Les ordres étaient forcément basiques et parfois imprécis. Mais la deuxième loi de la *Pax Automata* interdisait de construire des automates capables de penser par eux-mêmes.

Philémon ouvrit tout d'abord l'arrivée de gaz de cobalt. Puis il attendit que les vapeurs bleues montent derrière l'écran de verre. Enfin, il pianota sur les touches, faisant réagir des diodes derrière l'écran : les impulsions tracèrent en lettres électriques les mots qu'il choisissait.

En toute hâte, il pressa les touches « salon », « réparer » et « mur ».

Il valida en appuyant sur une pédale de cuivre semblable à celle d'un piano. Un filet de vapeur bleue s'échappa des pistons au sommet du mécanographe. Les poinçons à l'intérieur s'activèrent. D'ici un quart d'heure, ils auraient transformé la phrase en une série de trous bien ordonnés. Une nouvelle carte perforée sortirait de la fente sur le côté de la machine.

Ne pouvant patienter plus longtemps, Philémon regagna la cuisine.

Ses sœurs entamaient la vaisselle. Otto n'était pas assez délicat avec les assiettes : lors de son dernier passage à la maison, Mme de Fernay avait manqué faire une syncope en découvrant l'état de sa faïence. C'était l'une des raisons pour lesquelles les enfants mangeaient à la cuisine comme de vulgaires domestiques. En l'absence de leurs parents, la petite pièce était plus conviviale que l'immense salon et, surtout, plus facile à débarrasser.

– Louise, pourras-tu t'occuper de la carte quand elle sera prête ? demanda Philémon.

La benjamine acquiesça.

Son frère pointa ensuite du doigt le calendrier accroché à l'armoire réfrigérée.

– On attend aussi les nouvelles bonbonnes de gaz, aujourd'hui. Quelqu'un sera à la maison pour ouvrir aux livreurs ?

– Pas moi, avertit Joséphine. Je rejoins Josie, Jo et Séphie à Vincennes.

Toutes ses amies se prénommaient comme elle « Joséphine ». Depuis Napoléon Ier, la tradition voulait que les filles aînées des généraux soient nommées ainsi. Un hommage à l'ancienne impératrice qui devenait fort gênant lorsque les demoiselles se fréquentaient. Seule la plus tenace du groupe gardait la mainmise sur l'illustre prénom ; les autres n'avaient droits qu'à des morceaux et des miettes.

– Je peux m'en occuper ! assura Margaux. Je compte travailler mes gammes toute la journée.

Un frisson d'horreur parcourut la fratrie à cette annonce. Quiconque croyait que le Jugement dernier serait annoncé par des trompettes n'avait jamais entendu Margaux et son saxophone.

Philémon ne fut plus si mécontent d'avoir cours jusqu'à 17 heures.

Abandonnant ses sœurs, il s'empressa de gagner le hall d'entrée et attrapa son shako sur le portemanteau. Le petit couvre-chef était surmonté d'un plumet rouge et noir que les élèves d'infanterie et de cavalerie mécanique avaient rebaptisé le « casoar », comme ce gros oiseau exotique que l'on pouvait admirer au Jardin des Plantes.

La plaisanterie n'était pas du goût des élèves de l'aéroflotte, dont faisait partie Philémon : le casoar était trop lourd pour voler. Mais aucun pilote ne serait parti vers les cieux sans son uniforme au complet. Cela portait malheur. On ne pouvait guère leur reprocher d'être superstitieux : les premiers aéronefs ne volaient que depuis une dizaine d'années, et le parachute était une invention plus récente encore... Mieux valait mettre toutes les chances de son côté.

Son shako sous le bras plutôt que sur la tête, Philémon quitta l'hôtel très, très particulier.

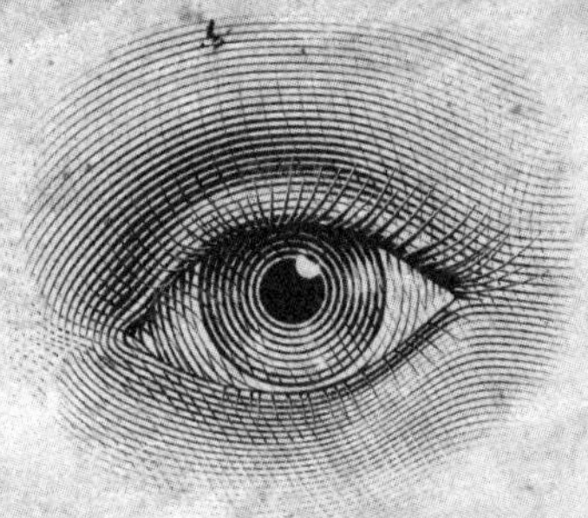

LES COSMÉTIQUES RIMMEL.

PARFUMS, POUDRES ET CRÈMES POUR LA FEMME MODERNE.

Devenez la reine du bal avec notre dernière nouveauté : le mascara Rimmel ! Attirez tous les regards avec l'éclat du vôtre ! Faites tourner davantage de têtes qu'un carrousel à vapeur ! Des cils plus longs, plus recourbés, et immunisés contre les acariens… Tout bonnement irrésistible !

- Distillat 100 % naturel de pétrole et de vaseline – 3 coloris et 259 intensités disponibles.
- Garanti sans plomb, sans miel et sans fiente de crocodile.
- Non-toxique et non mortel (sauf ingestion du tube ou perforation cutanée avec la brosse applicatrice).

LA CHAMBRE DE RIMMEL

Fournisseur officiel de la Couronne ubritonne depuis 1834.

— II —

Flambant neuve.

Une expression taillée sur mesure pour la capitale : Paris flamboyait au matin clair, depuis le cuivre des toitures jusqu'aux châssis chromés des omnibus. Ces grands wagons de transport public filaient dans les rues déjà engorgées. Les rails sur les avenues, les arcades métalliques qui se déployaient entre les immeubles comme des toiles d'araignée, les délicates façades de verre des cafés… Tout rutilait sous un soleil qui s'annonçait de plomb. Et chaque citoyen cherchait à s'en protéger les mirettes.

Certains messieurs en complets portaient des hauts-de-forme à bord étirable. D'autres, d'épaisses lunettes de soudeurs. Les dames préféraient agrémenter la tournure de leurs robes d'une ombrelle télescopique. Un choix judicieux, car aucune technologie connue ne permettait d'améliorer la météo parisienne : les averses sournoises s'embusquaient derrière le moindre nuage, prêtes à rouiller l'acier des trottoirs et à couvrir les toits de cuivre de vert-de-gris.

Sitôt sorti, Philémon se sentit écrasé par la pression urbaine. Paris bruissait, vibrait, vivait…

Puait, aussi. Le quartier sentait le gaz.

Celui rejeté par les désenroueurs – ces ateliers qui réparaient les rouages des automates pour de coûteux francs-or.

Celui craché par les kiosques mécanographiques – ces colonnes de fer vert, érigées à tous les coins de rue, qui permettaient aux Parisiens moins fortunés d'obtenir de nouvelles cartes perforées.

Celui, enfin, éructé sur les boulevards par de rares automobiles et de trop nombreux vélocipèdes électriques. Leurs moteurs pétaradaient au milieu d'une flopée de fiacres ordinaires. Les chevaux qui tiraient ces derniers ajoutaient, par les remugles de leur crottin, une touche champêtre à la puanteur de la ville.

Malgré l'heure matinale, les vapeurs du gaz de cobalt nimbaient déjà le soleil d'un halo bleuté. D'ici deux heures, les passants n'auraient plus besoin de lunettes. Plutôt de mouchoirs parfumés à s'attacher sous le nez.

Philémon n'avait pas de mouchoir dans ses poches, aussi fit-il un détour pour passer devant une boulangerie. L'arôme du pain frais lui soulagea les narines. Il traversa plusieurs terrasses de bistrot pour s'imprégner de la bonne odeur du café, esquivant au passage des serveurs aux plateaux de zinc encombrés. Ceux qui n'avaient pas été remplacés par des automates lui lancèrent de méchants regards.

Dans l'ensemble, le jeune homme appréciait la ville et sa modernité. Mais cette débauche technologique ne faisait pas l'unanimité chez les Parisiens. Beaucoup de citoyens se méfiaient de la préfète, Valentine Haussmann, qui avait succédé à son baron de père. Ils lui reprochaient de vouloir transformer Paris en un monstrueux assemblage – une sorte de gigantesque montre de gousset, partagée en son centre par l'aiguille bleue de la Seine, où chaque habitant ne serait qu'un minuscule rouage. Les critiques pleuvaient dru sur la « Dame de Fer ». Jouant de ce surnom rigide, les journaux crucifiaient ses dépenses folles, la destruction des quartiers populaires pour garantir l'hygiène urbaine, le chômage provoqué par le déploiement de ses automates municipaux, son obsession pour les pistes cyclables… Certaines gazettes à trois sous colportaient même des rumeurs sur une possible liaison secrète avec l'Empereur.

Philémon n'avait pas d'avis tranché sur ces questions. En aurait-il eu, il se serait bien gardé de le donner. À l'instar des automates, les soldats avaient un devoir de réserve.

Comme pour le lui rappeler, Phil se retrouva face à Napoléon III.

Sous forme d'affiche mécanique, heureusement.

Elle faisait cinq bons mètres de haut, dominant depuis la façade d'un immeuble des réclames pour de l'absinthe Moulin Vert et des bottes chauffantes Dugommier. Le Napoléon géant pointait vers les passants un index articulé. Des ressorts animaient le doigt d'avant en arrière, lui donnant un air accusateur. Sur le bicorne de l'Empereur, une légende en lettres électriques clignotait par intermittence.

Le nez en l'air, Philémon se tordit le cou pour la déchiffrer :

L'EFFORT DE GUERRE COMMENCE
EN TEMPS DE PAIX

Il bouscula alors une épaule solide. Un retour brutal à la réalité.

– P… pardon… bégaya le jeune homme.

Les mots moururent dans sa gorge. Il venait de reconnaître la redingote charbonneuse et le chapeau claque d'un Hussard noir – la police secrète de Napoléon III. Ces gaillards ne rendaient de comptes qu'à l'Empereur en personne.

Le visage dissimulé par leur très haut col, un trio de hussards acculait un homme en paletot à carreaux. Le malheureux était accompagné d'un automate de transport – une mule mécanique perchée sur quatre jambes de cuivre aux pistons puissants. Une lanterne à gaz lui tenait lieu de tête, et un filet de vapeur bleue s'échappait de son dos plat.

– Aucun papier d'immatriculation pour ce tas d'rouille ? questionna d'une voix féminine l'un des agents.

– C'est l'automate de mon beau-frère ! se défendit le citoyen encerclé. Il habite juste au coin de la rue ! Je lui ai emprunté pour mon déménage…

– Nul n'est censé ignorer les Trois Lois, le coupa la hussarde.

Elle tira de son ceinturon une matraque escamotable qu'elle déploya du même mouvement. Des étincelles électriques crépitèrent entre les deux pointes d'acier à son bout. On surnommait cette dangereuse fourchette un « diapason » : elle mettait tout le monde d'accord, automate comme humain.

Frissonnant, Philémon observait la scène. Il venait de cogner un agent impérial ; lui aussi était bon pour un contrôle ! Ou pire…

Derrière ses lunettes rondes et opaques, le hussard en question le détailla. Puis, d'une main gantée de noire, il le congédia.

– Circulez, soldat, circulez.

Sauvé par son uniforme, Philémon ne se fit pas prier. Il partit en toute hâte vers l'arrêt de son omnibus. Dans son dos, la matraque de la hussarde bourdonna, chargée d'électricité. Un grand fracas de métal s'ensuivit, quand la mule automate s'effondra sur les pavés. Un coup de diapason avait suffi à la mettre hors-service.

L'homme au paletot eut le bon sens de ne pas protester. Les Hussards noirs avaient le matraquage facile. Ils allaient sans doute conduire le contrevenant dans l'un de leurs repaires. La prison de la Grande Roquette ou celle du Cherche-Midi, à l'est et à l'ouest de Paris. Quant à sa mule, elle finirait à la casse de Vincennes. La troisième et dernière loi de la *Pax Automata* était formelle : nul ne pouvait construire d'automate sans l'accord exprès de son gouvernement. Tout manquement à l'immatriculation officielle conduisait à la destruction des machines clandestines. Les citoyens attrapés sans les justificatifs nécessaires s'en sortaient à peine mieux.

Phil atteignit l'arrêt d'omnibus : un bloc de verre fumé, joliment décoré d'arabesques en fer vert. Une foule compacte se pressait autour du guichet automatique. La colonne d'acier qui distribuait les tickets servait aussi à se repérer. Elle arborait plusieurs cadrans d'horloge, ainsi qu'un plan lumineux qui indiquait la position de chaque omnibus grâce à de petites ampoules.

Philémon sortit deux francs-cuivre de ses poches.

Alors qu'il s'apprêtait à jouer des coudes pour payer son billet, un coup de klaxon facétieux le fit se retourner.

– Phil' de Fer'! s'exclama le propriétaire de l'avertisseur.

– Fer' de L'Anse'! répondit Philémon du tac au tac.

Assis dans un curieux véhicule à trois roues, Ferdinand de L'Anse-Dufour lui décocha un sourire gouailleur dont il avait le secret.

Tout comme Philémon, il allait sur ses dix-huit ans et étudiait à Saint-Cyr. Les points communs entre les deux garçons s'arrêtaient cependant là. Bien bâti, le teint hâlé, Ferdinand avait tout du soldat modèle. Philémon, lui, semblait davantage porté par son uniforme que l'inverse. Et même si Phil le dépassait d'une bonne tête, Ferdi paraissait inexplicablement plus grand. Surtout quand il se mettait à parler.

– Grimpe donc, cul de plomb! tonna le jeune homme en lui ouvrant la portière.

Philémon contempla sa voiture biplace, les yeux ronds.

Dépourvue de capote, elle reposait sur une paire de grandes roues, plantées de chaque côté d'un moteur aux soupapes apparentes. Une troisième roue, plus petite, stabilisait l'arrière. La carrosserie du véhicule lui donnait l'air d'un long cigare chromé. Ou d'un cercueil pour deux.

– D'où sort cette merveille? questionna Phil en prenant place sur le cuir du siège passager.

– Des manufactures de Boulogne, pardi! rétorqua son meilleur ami.

L'adolescent eut à peine le temps de boucler son harnais de sécurité que Ferdinand mit les gaz.

Dans un concerto de klaxons et de crissements de pneus, la minuscule voiture zigzagua à travers l'avenue. Elle était à l'image de son pilote : trapue, clinquante, et forte en gueule.

Avec sa carrure, Ferdinand aurait pu arpenter sans rougir le chemin des héros de l'Empire.

Mais il avait choisi la voie, plus discutable, des roublards et des fils indignes. Les relations avec son père, un fameux amiral décédé deux années plus tôt, avaient toujours été houleuses. À tel point que Ferdi s'était juré de ne jamais mettre les pieds sur un navire. Il avait donc rejoint l'infanterie mécanique dans le corps des cuirassiers. Philémon comprenait sa situation : son propre père n'approuvait qu'à moitié son choix d'intégrer l'aviation. Trop expérimentale à son goût. Pas assez proche des « vrais » combats.

Vu la façon de conduire de Ferdinand, Philémon se demanda néanmoins s'il survivrait assez longtemps pour connaître un affrontement…

Le Petit Journal

ADMINISTRATION, RÉDACTION ET ANNONCES
61, rue lafayette, 01
à PARIS

LUNDI 21 JANVIER 1889
numéro 9523
VINGT-SEPTIÈME ANNÉE

ABONNEMENTS PARIS
TROIS MOIS. . . . . 6 FC
SIX MOIS. . . . . . . 9 FC
UN AN . . . . 18 FC

EMPEREUR CHERCHE SA VALENTINE ?

Chasseuse d'ivrognes et de clochards, pourfendeuse d'embouteillages sur la Rocade et fossoyeuse des espaces verts de Paris, Valentine Haussmann serait-elle aussi une tombeuse des cœurs ? Les potins vont bon train dans le gratin !

De sources officieuses, notre préfète de la Seine a été aperçue à l'Opéra Garnier, dans la loge de l'Empereur, pas moins de trois soirs d'affilée… Un chantier de plus sur lequel notre « Dame de Fer » travaille d'arrache-pied, à n'en pas douter !

Que pense donc l'impératrice Eugénie de cette renarde venue fouiner dans son poulailler ? Compte-t-elle accorder sa bénédiction aux batifolages impériaux ou faire parler son sang chaud d'Espagnole ?

Plus important, chers lecteurs : va-t-on bientôt observer notre préfète accompagnée d'un landau automate dans ses déplacements officiels ?

Si la « production » est réussie, j'espère pour le bambin qu'il tiendra davantage de son père que de sa mère au cœur d'acier… Sinon, il se pourrait bien qu'il ait besoin de réglages et de vidanges au lieu de biberons et de langes !

Pierre Giffard.

— III —

Ferdinand appuya sur sa pédale de gaz. La vitesse dressa leurs cheveux en houppettes. La rue de Rivoli, l'une des plus longues de Paris, défilait à présent sous leurs yeux comme une traînée d'aquarelle.

– C'est un prototype de *ca-bri-o-let*, énonça le pilote téméraire. Un bras, qu'il m'a coûté ! Un bras jusqu'à l'épaule ! J'aurais pu acheter toute une écurie de pur-sang. Mais il les vaut !

– Je veux bien te croire, clama Philémon avec une pointe de jalousie.

Même si les Fernay n'étaient pas à plaindre, ils étaient loin de pouvoir dépenser sans compter. Ferdinand, quant à lui, appartenait à une famille richissime : sa mère était l'héritière de grands négociants en canne à sucre, et leurs plantations d'outre-mer exploitaient sans relâche des centaines d'automates. Depuis son pied-à-terre parisien, Mme de L'Anse-Dufour régnait sur un véritable empire commercial.

– Mère te passe le bonjour, dit Ferdinand. Elle organise aussi une séance de spiritisme après-demain. Tu es le bienvenu.

– Encore une ? s'étonna Philémon.

Son ami s'esclaffa.

– Faut croire que Père lui manque. Depuis qu'il est mort, elle ne peut plus l'enguirlander à sa convenance !

– En parlant de séance, j'ai oublié mes gants au kinétoscope…

– T'es en veine, Phil. J'ai toujours une paire de rechange.

Il lui indiqua une tirette de cuivre.

Philémon l'actionna, faisant coulisser un panneau sur le tableau de bord derrière lequel il trouva des gants blancs. Pendant qu'il les enfilait, Ferdinand donna un solide coup de volant pour éviter un fiacre. Un canasson frôlé de près se mit à hennir.

– Heureusement que j'ai l'œil ! poursuivit-il, mine de rien. Sans ton uniforme au complet, La Roche te serait encore tombée dessus.

Les doigts de Philémon se crispèrent sur son shako.

– Pour sûr. Elle est vraiment à cheval sur le règlement. Surtout à propos des uniformes.

– Les Anglaises sont perfides, se moqua son camarade. Mais pas désagréables à regarder…

Philémon leva les yeux au ciel. Ferdinand était incorrigible. Avant d'être embarqué dans une énième conversation polissonne, il essaya de changer de sujet :

– Déjà, on dit « les Ubritonnes ». Ensuite, elle est à moitié française.

– Bah ! On s'en fiche ! (Son camarade balaya l'objection d'un revers de la main.) Sois pas aussi coincé qu'elle !

– Essaye donc de l'appeler l'Anglaise, pour voir. On verra si t'y gagnes un baiser ou un coquard…

– Chiche, conclut Ferdinand.

Ils atteignirent la place de la Concorde en moins d'un quart d'heure.

L'esplanade était bien austère depuis que Valentine Haussmann avait fait raser les jardins pour améliorer la circulation. Au centre, l'obélisque de Louxor servait de point d'ancrage à un immense dirigeable. Des milliers de miroirs étaient arrimés sur ses flancs gonflés au gaz de cobalt. Ils servaient de base au système des mirophores, retransmettant des images d'un domicile à un autre avec l'aide d'autres miroirs fixés aux sommets des toits comme des girouettes. Un système de sémaphores amélioré, qui permettait une communication visuelle à travers tout l'Empire. Mais pas sonore, hélas : il fallait écrire des messages à la craie sur de petites ardoises pour discuter.

– Il paraît qu'un inventeur des Amériques a fabriqué une machine pour transmettre du son, déclara Philémon. Le « téléphone », qu'il l'appelle.

Il l'avait lu dans l'un des périodiques interdits dont sa sœur Constance raffolait.

– Rouflaquettes n'installera jamais ça dans l'Empire, clama Ferdinand. Trop peur des mouchards !

« Rouflaquettes » était l'un des surnoms les moins flatteurs du brigadier Jules Ferry, le chef de la police secrète. Mieux valait ne pas l'employer à proximité de ses Hussards noirs.

Ferdinand manœuvra son cabriolet entre les omnibus pour atteindre les quais. Tandis qu'il passait la Seine, il freina sec au milieu du pont de la Concorde. Un fiacre bleu roi était immobilisé devant lui.

D'un naturel peu patient, Ferdi joua aussitôt du klaxon.

– Mais qu'est-ce qu'il me fiche, lui ? Hé, papy ! Tu la bouges, ta charrette ?!

Craignant d'arriver en retard pour son examen ô combien capital, Philémon le laissa d'abord s'énerver. Puis il remarqua les barreaux à la fenêtre arrière du fiacre.

– Ferdi, du calme ! C'est un fourgon de gendarmes… chuchota-t-il, une pointe d'inquiétude dans la voix.

Les gendarmes n'avaient rien d'aussi terrifiants que les Hussards, mais ce n'était pas une raison pour causer un esclandre entre militaires.

– Ah ! mais j'm'en cogne, de ces cognes ! enragea son ami. Qu'est-ce qu'ils fichent ? Ça devient le bagne de rouler en ville !

Les jeunes gens se levèrent de leurs sièges pour essayer de découvrir l'origine de l'embouteillage. Robe pervenche et cheveux roux sous son bonnet fleuri, une belle jeune femme se tenait au milieu de la route. À ses pieds, un automate quadrupède qui ressemblait à un croisement entre une pince-monseigneur et un caniche. La machine avait des soucis techniques : de la vapeur bleue s'échappait de sa tête, et des étincelles crépitaient contre ses flancs cabossés. L'inconnue qui le tenait en laisse tentait de l'écarter du fourgon. Mais il refusait de bouger.

– Bon, je peux attendre deux minutes pour une jolie dame… déclara Ferdi en se rasseyant.

– On ne devrait pas l'aider ? proposa Philémon.

Au même moment, le gendarme qui conduisait le fourgon sortit pour prêter main-forte à la demoiselle. Celle-ci eut un sourire mutin, un peu trop canaille pour ses habits distingués. Elle tira de toutes ses forces sur la laisse qui étranglait le cou de son chien mécanique.

La tête de l'engin s'arracha et roula en arrière.

– Crevez, bandes de vendus ! Vive la Révolution ! s'écria la jeune fille avec un fort accent des quartiers populaires.

Elle s'éloigna en courant jusqu'au parapet. Son chapeau à fleurs tomba, révélant un foulard rouge noué en fichu autour de ses cheveux.

Avant que quiconque puisse réagir, l'automate canin explosa.

Une déflagration bleu cobalt enveloppa l'infortuné gendarme, l'envoyant valser contre son véhicule. Tout le pont trembla, comme sous le coup d'un séisme. Des clous et des morceaux de ferraille voltigèrent. L'un d'eux passa à deux doigts du pare-brise du cabriolet. Heureusement, le reste ne cribla que le fourgon.

– Une machine infernale ! s'écria Ferdi.

– Cette fille est une communarde ! s'affola Phil.

Les communards étaient des traîtres révolutionnaires qui avaient profité du conflit franco-prussien pour se proclamer maîtres de Paris. Sitôt victorieux à Sedan, l'Empereur avait dû revenir à la hâte pour écraser l'ennemi intérieur sous les pistons de ses cuirassiers. En dépit de cette défaite, ces graines de terroristes survivaient aujourd'hui dans la clandestinité, multipliant les attentats contre les casernes, les usines impériales… et les fourgons de gendarmes, visiblement.

– Mort à l'Empereur félon !

Plusieurs longues échelles se posèrent contre le parapet, provenant sans doute d'un bateau ancré sous le pont. Des individus patibulaires ne tardèrent pas à apparaître à leur sommet. Le visage à demi caché sous des foulards rouges, ils étaient armés de pistolets et de barres de fer.

– Vive la Commune ! clama l'un d'eux.

– Vive le peuple ! répondit une voix étouffée depuis le fourgon.

Philémon comprit alors la situation : les scélérats venaient délivrer l'un des leurs, prisonnier.

Les gendarmes ne comptaient cependant pas les laisser faire. Il en sortit une demi-douzaine du fiacre amoché. Ils maniaient de lourdes matraques, ainsi que des arquebuses à foudre. Des éclairs de lumière bleue fusèrent vers les communards, qui répondirent par des balles plus ordinaires.

– On doit les aider ! clama Ferdinand.

– Avec quoi ?! Nos sabres d'apparat ? Ils ne font pas le poids ! Filons !

De son pied, il pressa celui de son ami sur la pédale des gaz et manœuvra le volant à sa place.

Le cabriolet fit une embardée au milieu de la mêlée, faillit passer par-dessus le rebord du pont, manqua écraser trois communards et deux gendarmes, puis souleva les jupons de la jeune révolutionnaire en filant comme le vent.

Philémon n'eut pas un regard en arrière. Il ne rendit le volant à Ferdi que quand le pont de la Concorde – qui portait fort mal son nom aujourd'hui – se trouva loin.

– Tu… tu vas bien ? hasarda-t-il, le visage blême.

– Moi, oui ! Mais ces salopards ont bousillé ma carrosserie !

D'une main rageuse, il indiqua plusieurs trous laissés par les balles des communards. Un léger filet d'huile bleue coulait de l'un d'eux.

– Fichtre… Tu crois qu'on va réussir à rouler jusqu'à Saint-Cyr ?

– Pour sûr ! Mais mon bébé est bon pour une retape… Ça va me coûter une fortune !

Ferdinand soupira longuement. Puis ses lèvres se retroussèrent en un rictus qui alarma davantage Phil que l'état du cabriolet.

– Heureusement, je connais quelqu'un qui me fera un prix ! continua le jeune homme. On ira après les cours.

– Ferdi… soupira à son tour Philémon en anticipant un mauvais plan.

– Ah ! Tu me dois bien ça ! Si tu m'avais laissé conduire, j'aurais zigzagué entre les balles !

– Mouais… On serait plutôt tombés du pont !

Ils n'en discutèrent pas davantage, préférant reprendre la route en douceur pour se remettre de leurs émotions.

– Fiou, quelle histoire ! commenta Ferdinand avant que le silence ne devienne pesant. On ne s'ennuie jamais à Paris, dis donc !

– Je préférerais un peu plus de calme dans mes journées. Surtout avant d'aller en cours, grommela Philémon.

– Dommage, quand même…

– Pour les gendarmes ?

– Pour la donzelle ! C'était une beauté !

Phil roula des yeux au ciel. Les attentats des communards faisaient partie du quotidien de la capitale, oui, mais il doutait de pouvoir un jour s'y résigner autant que Ferdinand…

Une fois sur la rive gauche de la Seine, le cabriolet traversa la place Joffre. Elle accueillait l'École de guerre : un long bâtiment blanc dont la façade rappelait un temple antique. Derrière ses colonnades, elle formait les officiers militaires supérieurs.

– Notre futur bagne ! déclara Ferdinand en hochant la tête en direction du parvis. Enfin, sauf si tu comptes me lâcher après le bahut ?

Philémon haussa les épaules, évasif.

– Attendons déjà le diplôme. (Il pointa du doigt le gros cadran d'horloge sur la façade.) Et si nous n'arrivons pas à l'heure, je peux lui dire adieu. Mon dernier examen de pilotage est ce matin.

– Te bile pas. Une fois passé la rocade, nous pourrons rouler bien plus vite. Mais je ne garantis rien en cas d'explosion !

Philémon ne se sentit guère rasséréné. Il jeta un dernier coup d'œil au parvis de l'École de guerre. Ce qu'il y vit le rassura : aucun communard ne serait assez fou pour tenter quoi que ce soit aux environs.

Des fusiliers patrouillaient dans la cour, ainsi que deux cuirassiers. Les colosses de cuivre et d'acier faisaient trembler le sable sous leurs pas. Leur crâne blindé était assez haut pour dépasser le premier étage du bâtiment, tandis que leurs pilotes humains disparaissaient entièrement dans leur carapace hermétique. Chacun de leurs membres pesait une tonne, si bien qu'ils étaient pourvus de moteurs indépendants et de minuscules cheminées qui éructaient sans relâche de la vapeur bleue. Un grincement de tous les diables accompagnait leur moindre mouvement.

– Ce sont des Grandgousier, de vieux modèles de cuirassiers complètement dépassés, expliqua Ferdinand à son ami interloqué.

– Ils ont pourtant l'air bougrement dangereux.

– Parce que tu n'y connais rien. Ces boîtes de conserve ne valent pas un seul écrou des cuirassiers modernes. D'ailleurs, notre capitaine nous a promis des Gargantua ou des Pantagruel pour le cortège.

– Le cortège ? Vous défilez aussi pour la cérémonie d'ouverture ?

– Bien sûr ! se rengorgea Ferdi. Tu croyais que vos zoziaux de ferraille seraient les seuls à faire l'ouverture ? La fierté de l'Empereur, c'est nous !

De l'autre côté de la place Joffre, le jardin public du Champ-de-Mars accueillait les installations de l'Exposition universelle. Ferdinand fit un crochet pour remonter le parc, leur offrant une vue imprenable sur les promenades et les pavillons. Une immense nef de verre et d'acier, un dôme de plusieurs hectares nommé la « galerie des Machines », s'élevait juste en face de l'École de guerre. Telle une cathédrale consacrée à la modernité, elle devait accueillir les avancées technologiques de pas moins de quarante pays différents.

– Impressionnant ! siffla Philémon.

– Ça a de la gueule, approuva Ferdi.

Il pointa du doigt les drapeaux qui flottaient au sommet du dôme vitré.

– J'aurais quand même mis la France plus haut que les autres. Histoire de bien rappeler à chacun sa place !

– Mieux vaut pas, frémit Philémon. Des ambassadeurs de toutes les nations d'Europe vont assister au défilé. Sans oublier la reine Ada du Royaume-Uniforme !

– La reine des Ubritons *en personne* ? C'est trop d'honneur ! ricana Ferdinand avec une voix de fausset. Si j'étais l'Empereur, je profiterais que tout ce beau monde soit sur la même estrade pour les fusiller d'un coup !

– Tu n'en aurais pas le courage, se moqua Philémon. La reine Ada est réputée pour sa beauté. La dynastie Lovelace porte même « Amour » et « Dentelle » dans son nom.

Ferdinand secoua la tête, le sourire crispé face à cette leçon d'anglais. Il montra du menton l'immense tour qui surplombait le Champ-de-Mars.

– Je préfère cette dentelle de fer aux gambettes de ta reine.

Il fit un nouveau crochet pour passer entre les pieds de la tour. Rutilante, la construction n'avait pas même deux mois d'existence. Les arceaux métalliques s'entrecroisaient au-dessus d'eux avec une minutie impressionnante.

– Regarde-moi ces jupons ! Voilà une dame, à coup sûr !

– Une autre dame de fer ? Je ne suis pas certain que Paris puisse en supporter deux, plaisanta Philémon.

– Un gusse du nom d'Eiffel a dressé celle-ci. Je gage

qu'il aura voulu impressionner la préfète. Pauvre bougre... Il ignore que notre Valentine a un cœur d'acier.

– On croirait entendre une de tes tragiques amourettes.

– Moque-toi donc ! En attendant, je parle à d'autres donzelles que mes sœurs, *moi*.

Philémon ne trouva rien à rétorquer. Sa vie sentimentale se résumait à un cinglant échec auprès de la fille des voisins, Joséphine Lavendier. Elle avait refusé sa demande en mariage en lui riant au nez. Bien sûr, ils n'étaient alors âgés que de huit ans, ce qui expliquait sans doute sa réaction... Mais l'expérience l'avait rendu timoré.

Le jeune homme se perdit dans la contemplation de l'allée centrale du parc. Armés de clés à molette, des ouvriers en bleu de travail y terminaient les finitions d'un trottoir en bois surélevé. D'après ce que Phil pouvait voir, l'assemblage formait une boucle tout autour des pavillons de l'Exposition. Un écriteau bleu et blanc proclamait RUE DE L'AVENIR.

Non loin de là, un contremaître activa un automate qui ressemblait à une gigantesque clé de cuivre, vissée dans la chaussée artificielle. De puissantes pattes d'acier firent tourner la machine. Les planches de bois suivirent alors le mouvement, entraînant les ouvriers sur le trottoir comme un convoyeur à rouleaux. Les hommes poussèrent des vivats et applaudirent de leurs mains pleines de cambouis.

Philémon partageait leur enthousiasme.

– Un trottoir roulant ! Que penses-tu de ça, Ferdi ? Bientôt, « marcher » sera de l'histoire ancienne.

– Tu parles... grommela le pilote. Encore une idée de

la préfète pour essayer d'interdire les voitures en ville, je parie !

Longeant la Seine depuis la tour Eiffel, le cabriolet gagna la rocade panoramique, la grande route à voies multiples qui encerclait la capitale, et abandonna l'Exposition universelle. Ce n'était qu'un court « au revoir » : le défilé d'ouverture était prévu le lendemain, le 3 mai. Philémon avait hâte d'être débarrassé de cette corvée. Il comptait retourner profiter des attractions en civil. La galerie des Machines avait tout particulièrement attiré son attention. Quels prodiges cachait-elle sous sa voûte ?

Il l'ignorait encore, mais il allait le découvrir très bientôt.

Malheureusement.

— IV —

Après avoir survécu au trafic hasardeux de la rocade, le cabriolet put partir en trombe jusqu'à Saint-Cyr. L'école se précipita si rapidement vers Philémon qu'il eut à peine le temps de s'angoisser sur la vitesse à laquelle ils avaient roulé…

Quand le jeune homme l'observait depuis le ciel, Saint-Cyr ressemblait à une paire de lorgnons. Deux ailes – toits d'ardoises et façade blanc craie – encerclaient de larges cours intérieures, formant ainsi les verres, tandis qu'un bâtiment central, plus petit, les reliait l'une à l'autre comme la monture qui vient se poser sur le nez.

Cette interprétation très personnelle avait valu à Phil des moues dubitatives, voire des menaces à l'encontre de son propre nez, lorsqu'il l'avait partagée avec des élèves d'autres sections que l'aviation. De l'avis général, l'architecture du lycée militaire oscillait entre l'hôpital et la prison. Un asile psychiatrique, par exemple. Les grilles aux fenêtres accentuaient cette sombre impression.

Ferdinand ne se gara pas dans la rue principale. Il poussa son cabriolet vers l'arrière de l'école, en direction des jardins et des champs d'entraînement. Vestige d'un ancien couvent, un haut mur d'enceinte obstruait la vue. Des peupliers penchaient leurs branches émaciées par-dessus. Au loin, Philémon pouvait distinguer les montgolfières destinées à son examen.

– Peux-tu me déposer à l'aérodrome ? Je suis VRAIMENT à la bourre.

– Je te lâche avant les hangars, grommela son ami. Pas envie qu'un rat me confisque ma beauté…

Il caressa amoureusement le tableau de bord.

Les « rats » étaient les professeurs de l'école. Discret et studieux, Philémon n'avait jamais attiré leur attention. Mais Ferdinand n'en était pas à son premier accrochage.

– Ça me va, concéda Phil, je terminerai à pied.

Passé les grilles, le cabriolet traversa des jardins à la française pour atteindre une pelouse bordée par un petit bois d'érables. Les élèves pratiquaient ici leurs entraînements sportifs. Ils l'appelaient le « Marchfeld », en hommage à l'une des batailles les plus décisives de l'Europe médiévale.

– Tu ne devrais pas rouler sur le gazon, le tança Philémon.

– Pourquoi ? Tu vois un rat à l'horizon ? s'inquiéta Ferdi.

– Non, mais j'ai entendu dire qu'il y a des demoiselles enterrées là-dessous.

Son camarade plissa les yeux, interloqué.

– Je t'assure ! poursuivit Phil avec emphase. Les pavillons de Saint-Cyr étaient à l'origine un pensionnat pour jeunes filles, bâti par Louis XIV en plein milieu de marécages pestilentiels. Entre l'eau croupie et les punitions, les pauvres pensionnaires claquaient comme des mouches. On a retrouvé leurs ossements partout pendant les travaux d'expansion.

En réalité, le Marchfeld servait surtout de potager avant sa transformation en pelouse, vingt années plus tôt. On n'y avait déterré à cette occasion que de vieux râteaux sans dents et des arrosoirs rouillés. Mais Philémon aimait alimenter les rumeurs les plus improbables sur l'école. Cela rendait son quotidien plus aventureux.

– Tu me charries… grimaça Ferdinand en secouant la tête.

– Pas du tout. Il paraît même qu'un réseau de souterrains secrets passe dessous ! Les vieux bâtiments d'époque, comme la chapelle et l'infirmerie, sont tous reliés par des tunnels. Certains mèneraient jusqu'au château de Versailles, car Louis XIV les utilisait pour rejoindre sa maîtresse, Madame de Maintenon. C'était elle qui dirigeait le pensionnat.

– Ah ! voilà une foutaise qui me plaît davantage ! On passe des fantômes aux fantasmes ! se rengorgea Ferdi.

Le temps de l'anecdote, ils étaient arrivés à destination.

Un champ de terre battue s'étendait à perte de vue. Propice aux manœuvres des cuirassiers et des aéronefs, il servait aux deux classes les plus technologiquement avancées de Saint-Cyr. Une série de hangars abritait non seulement les machines de guerre, mais aussi les ateliers d'entretien et de réparation. Éparpillés tout autour, une poignée de cyprès se dressaient comme des têtes de pinceaux. Les montgolfières multicolores que Philémon avait aperçues s'y trouvaient attachées.

Les cheveux en bataille, il bondit hors du cabriolet.

– Je te récupère à la cloche ? lui cria Ferdinand.

– Vendu ! On ira boire un café à Montmartre !

Il enfila son shako à la hâte et rejoignit l'un des hangars.

Philémon crut tout d'abord que son entrée tardive passerait inaperçue. Debout en rangs serrés, sa classe était concentrée sur le discours de leur professeur, le capitaine Clément Ader. Crâne dégarni, visage bonhomme et moustache en balai-brosse, on l'imaginait davantage dans une blouse de savant qu'en uniforme militaire. L'inventeur de génie présidait à la classe devant les premiers aéronefs qu'il avait conçus, les modèles Éole.

Philémon se glissa derrière ses camarades – dix garçons et neuf filles – qui écoutaient les consignes de l'examen.

Hélas, la voix au fort accent toulousain s'interrompit aussitôt pour s'adresser à lui :

– Merci de nous honorer de votre présence, monsieur de Fernay !

Vingt paires d'yeux se tournèrent vers le retardataire.

– P… panne de gaz sur mon omnibus… bafouilla Phil.

Le capitaine Ader hocha la tête et revint à ses consignes. Les yeux moqueurs abandonnèrent le jeune homme. Sauf ceux de la déléguée de classe, Élisa Delaroche. Souligné par un carré de cheveux blond platine, son regard d'acier, aussi bleu que le cobalt, semblait percer le mensonge avec autant d'aisance que la flamme d'un chalumeau.

Philémon déglutit. Son cerveau pédalait à plein régime pour le sortir de ce faux pas.

Élisa et lui étaient les meilleurs pilotes de la classe et, de fait, souvent rivaux pour les honneurs. En revanche, ils n'avaient pas du tout la même conception de la camaraderie. La Roche, comme on la surnommait pour sa dureté, était distante avec les autres élèves. Intraitable sur les manquements au règlement. Sans sympathie pour les fauteurs de troubles. Il ne fallait pas lui offrir la moindre munition pour vous fusiller devant le conseil de classe.

– J'ai pris l'omnibus, moi aussi, déclara-t-elle en croisant les bras. Aucun incident n'était à signaler sur l'ensemble du réseau.

– Eh bien… Sur ma ligne… marmonna Philémon.

Les prunelles inquisitrices de la jeune fille l'empêchaient de se concentrer. Même quand elle se taisait, ses pommettes prolongeaient son visage en lame de couteau. Tout était fin et acéré, chez Élisa. En particulier son esprit.

Une petite brune tapageuse se tourna un instant vers eux et chuchota quelque chose qui fit rire les élèves autour d'elle. Il s'agissait de Madeline Marey-Monge, une recrue venue de Bourgogne que tout le monde surnommait « l'Escargot ». Non pas à cause de sa lenteur, mais de sa capacité à baver d'ignobles rumeurs sur ses camarades.

– Un peu de silence, foutredieu ! tonna le capitaine Ader.

Les grands yeux liquides d'Elisa se troublèrent un instant. Puis elle fronça les sourcils, raidit le buste, plaqua ses gants blancs contre son pantalon rouge et pivota, comme au salut militaire.

Philémon trouva qu'elle ressemblait plus que jamais à une

mante religieuse. Mais elle portait mieux l'uniforme que lui, il devait l'avouer.

Il remercia intérieurement Madeline pour sa distraction, aussi odieuse fût-elle, et se faufila parmi ses camarades.

– Je disais donc… reprit Ader. Voilà plus d'un mois que vous travaillez la parade d'inauguration, et il est indéniable que vous êtes tous d'excellents pilotes.

Un murmure d'approbation parcourut la classe.

– Néanmoins, les examens restent une obligation. Même pour la première classe d'aviation de France – que dis-je ! du monde entier !

Cette fois-ci, les élèves ne furent pas dupes. Personne n'applaudit ses flatteries. Ader hocha lentement la tête, magnanime.

– Pour satisfaire votre esprit de compétition, j'ai décidé d'ajouter une récompense aux résultats de l'examen : celui ou celle qui obtiendra la meilleure note aura l'honneur de conduire à l'ouverture de l'Exposition universelle, non pas un Éole, mais mon tout nouvel aéronef, le Zéphyr !

La classe fut à nouveau conquise. Même Philémon se joignit aux exclamations : le Zéphyr était un véritable bijou technique, une merveille de cuivre et d'acier plus splendide encore que le cabriolet de Ferdi.

– Nous allons procéder à une manœuvre complète, poursuivit le capitaine. Elle s'achèvera par un exercice de tir aérien. Vous serez notés en fonction de trois critères : vitesse, manipulation, et précision. Nous consacrerons ensuite l'après-midi aux dernières répétitions pour la parade de demain. L'Empereur compte sur nous !

Une main se leva parmi les aspirants.

– Oui, mademoiselle de Gondrecourt ?

– L'exercice de tir est à balles réelles ?

– Non, les munitions seront des cartouches de balsa. Elles exploseront en copeaux.

– Flûte… pesta Joséphine de Gondrecourt.

Fille unique de l'actuel commandant de Saint-Cyr, sa beauté n'avait d'égal que sa soif d'en découdre. Parmi tous les élèves de l'école, seul Ferdinand avait eu le courage de l'inviter un jour à une séance de kinétoscope. Il en était revenu blanc comme un linge. Et muet comme une tombe sur ce qu'il s'était passé durant le rendez-vous.

– Balsa ou pas, ne tirez en aucun cas sur vos camarades ! leur intima Ader.

La main de Joséphine se leva à nouveau.

– Ni sur les bâtiments de l'école, soupira le capitaine.

La main retomba.

– Ne tirez QUE sur les automates-cibles, ajouta-t-il avec prévoyance. L'état-major nous en fournit spécialement pour ce test. Vous les trouverez dans les nacelles des trois dernières montgolfières du parcours. Et… Non, mademoiselle de Gondrecourt ! Inutile de poser la question ! Faire s'écraser les montgolfières en tirant dessus vous pénalisera !

La jeune fille bougonna un juron qui faillit faire rougir Philémon. Élisa Delaroche, elle, ne manqua pas d'inscrire cette impolitesse dans son carnet mental. Une torpille de plus à balancer au conseil de classe.

Les deux lieutenants qui assistaient Ader arrivèrent avec

une paire de jumelles autour du cou et un calepin de notation à la main. Au signal du capitaine, l'un d'eux décrocha un porte-voix des murs du hangar pour aboyer ses ordres :

– Nous commencerons les manœuvres d'ici un quart d'heure. Par paires dans l'ordre alphabétique. Rompez, et à vos appareils !

— V —

Philémon s'impatientait en bout de piste. Il avait troqué son shako contre un bonnet d'aviateur ; les lunettes de cuir lui faisaient de gros yeux d'insecte.

Deux files d'aéronefs sortaient du hangar. Le capitaine Ader avait conçu ses machines en s'inspirant d'animaux volants : les longues ailes de toile des Éole rappelaient des chauves-souris géantes. Soudés avec soin, des tuyaux d'aluminium tendaient chaque carré de tissu par-dessus un habitacle en forme de baril, à peine plus large que le siège qu'il contenait. Il accueillait à la fois le pilote et le moteur d'une grande hélice de cuivre. Ses quatre pales propulsaient l'appareil dans les airs.

– Aspirant de Fernay ! Aspirante de Gondrecourt ! Tenez-vous prêts !

Les pilotes précédents achevaient la manœuvre, leurs appareils virevoltant entre les montgolfières. Plusieurs salves tonnèrent au-dessus du champ. Ils venaient de mitrailler les automates-cibles. Ne restait plus que l'atterrissage.

L'un des officiers fit signe aux élèves suivants. Postés sur une estrade, le second lieutenant et le capitaine Ader gardaient leurs jumelles fixées sur les aéronefs.

Philémon grimpa dans son Éole. Une main sur le manche de pilotage, il vérifia une dernière fois son tableau de bord. Les vannes étaient à l'équilibre, les jauges remplies, les aiguilles s'agitaient dans les bons cadrans. Un petit anémomètre girouettait pour donner la force et le sens de vent.

Après avoir perdu de l'altitude comme des faucons blessés, les Éole touchèrent enfin le sol. Leurs roues de caoutchouc tracèrent de profonds sillons dans la terre battue. Philémon nota que le train d'atterrissage de Xavier Cousin-Montauban rebondit plus de trois fois avant d'accrocher la piste. Une erreur de débutant, qui risquait de se répercuter sur sa note finale.

Passant entre les autres élèves, les pilotes terminèrent leur course à l'intérieur du hangar. Quelques applaudissements polis accueillirent leur prestation.

Après une courte délibération, le capitaine Ader leva le pouce vers les cieux.

Le signal tant attendu.

– Fernay ! Gondrecourt ! En vol ! ordonna le lieutenant.

Philémon actionna lentement la molette des gaz. Presque avec tendresse. Il ne fallait pas noyer le moteur.

Les réservoirs libérèrent leurs effluves de cobalt. Les jauges se vidèrent. Les pistons frémirent. Mais l'hélice de l'Éole ne fit que crachoter. La bête somnolait encore.

Philémon tourna à fond la molette.

Les rotations empesées s'accélérèrent, crépitèrent comme un feu de cheminée avant de vrombir à l'unisson. La vibration se diffusa à travers la carlingue. Elle traversa les jambes du jeune homme, tendues sous le tableau de bord. Ses pieds restèrent fermement ancrés sur le palonnier, la large pédale qui orientait l'appareil.

L'Éole se mit à rouler sur la piste.

Prenant de la vitesse, Philémon jeta un œil derrière lui pour s'assurer que Joséphine de Gondrecourt respectait son couloir aérien.

La jeune fille peinait à démarrer.

Sourire aux lèvres, il la laissa dans la poussière de son sillage.

Vingt mètres, cinquante mètres, cent. La piste devint floue.

Philémon tira sur le manche de pilotage.

Les roues s'arrachèrent du sol. L'Éole prit son envol.

Une joie simple et profonde envahit le garçon. Il lui faisait toujours le même effet, ce flottement, cet instant où la gravité perdait prise. Ce moment de grâce où la terre se confondait avec le ciel. Où le vert des cimes basculait dans le bleu de l'empyrée.

Philémon avait regagné son habitat naturel. Son cœur battait maintenant au rythme du moteur. Des ailes lui avaient poussé.

Comme chaque fois, l'envie de filer jusqu'à l'horizon, loin des attentes de son père et des responsabilités, lui tenailla l'estomac. Il serait si facile de disparaître entre les nuages… Qui pourrait bien le rattraper ?

Il se ressaisit néanmoins : la première montgolfière approchait.

Le test impliquait un code couleur, et les montgolfières

en toile brune signifiaient « virage serré ». Pour les blanches, il fallait passer sous la nacelle ; pour les bleues, au-dessus du ballon. Philémon avisa enfin les trois montgolfières rouges au loin. Elles contenaient les équipages d'automates sur lesquels il devrait tirer.

Repoussant l'échéance dans un coin de son esprit, Phil commença par ajuster la course de son aéronef. Il avait entendu dire que le nouveau modèle Zéphyr se dirigeait seulement avec les mains, mais ce n'était pas le cas des Éole : le manche de pilotage servait uniquement à se maintenir en altitude, et non à s'orienter.

Avec la dextérité d'un homme-orchestre, il pressa simultanément le palonnier, cajola le cordon qui gouvernait les ailerons et inclina le manche à un angle constant.

L'Éole effectua un lacet parfait autour de la montgolfière. Son aile droite frôla le ballon de toile brune au plus près.

– Haha ! laissa échapper Philémon, triomphal.

Seuls quelques moineaux curieux l'entendirent. À leurs pépiements, Phil était certain qu'ils avaient apprécié la manœuvre.

Il rétablit sans tarder l'inclinaison de son appareil. La prochaine montgolfière était bleue. La suivante, blanche. Une altitude conséquente les séparait l'une de l'autre. Une montée vertigineuse en perspective, suivie d'un plongeon spectaculaire. Le capitaine Ader avait fait de son mieux pour corser l'épreuve. Heureusement, la météo s'annonçait idéale : pression impeccable, zéro turbulences, et brise inexistante. Un parfait ciel d'été.

Philémon décida donc d'en rajouter un peu à sa manœuvre, pour assurer le spectacle. Il braqua vivement le manche vers lui.

L'Éole partit en chandelle sur la montgolfière bleue.

Phil sentit ses joues s'étirer sous l'effet de la vitesse. Un sourire de forcené. Cette fois, ce furent les roues du train d'atterrissage qui effleurèrent la toile gonflée d'air chaud. À dix centimètres près, il crevait le ballon. Mais pas aujourd'hui. Il était Icare pourchassant le soleil. La fin tragique en moins, de préférence.

Galvanisé par son succès, Philémon ne rétablit pas tout de suite son inclinaison. Au contraire, il tira davantage sur le manche.

Emporté par l'élan, l'Éole effectua une boucle gracieuse. Les roues frôlèrent à nouveau la toile dans la redescente.

Sans même viser la montgolfière suivante, Phil prolongea la boucle par une chute en piqué. Il coupa les gaz au milieu du décrochage, provoquant une vrille de l'appareil.

L'Éole se mit à flotter comme une feuille morte. Une feuille morte pesant une très légère tonne.

Le sang lui battant aux tempes, le jeune homme luttait avec son palonnier. S'il en perdait le contrôle, c'était le crash assuré.

La montgolfière blanche se rapprochait. Et le sol, également.

Philémon tira sur le manche à s'en déchirer les muscles.

Les ailerons grincèrent. La carlingue tempêta. Le moteur postillonna une salve de fumée.

Dans un sursaut brutal, l'aéronef stoppa sa vrille pour repartir en flèche vers les hauteurs. Il passa sous la nacelle comme un boulet de canon. Les moineaux qui perchaient là s'égaillèrent en poussant de petits cris de mécontentement.

Philémon leur répondit par un éclat de rire. Un rire un peu forcé, à vrai dire. Même dans le froid mordant qui régnait en altitude, il pouvait sentir la sueur mouiller le cuir de son bonnet. Il décida de poursuivre le reste du parcours sans voltige. À coup sûr, il venait de prouver qu'il était le meilleur pilote de la promotion. Seule Elisa Delaroche pouvait d'ordinaire lui disputer le titre. Et elle n'était pas du genre à faire des figures en plein examen. Au contraire, elle se distinguait par sa capacité redoutable à suivre très précisément les consignes.

Philémon en frémit. Une fille aussi ennuyeuse ne méritait pas de piloter le joyau du capitaine Ader durant la parade. Pour assurer sa victoire, il exécuta néanmoins le reste des manœuvres avec la même efficacité militaire que l'aurait fait Elisa. En bon petit soldat.

Enfin, il arriva au niveau des montgolfières de tir. Espacées de deux ou trois cents mètres, elles flottaient à diverses altitudes, telles d'énormes pommes d'amour.

Sa belle assurance s'envola aussitôt. Et son cœur sombra encore davantage à la vue des automates-cibles.

À l'origine, Philémon avait choisi le corps d'aviation parce que le commandant de Saint-Cyr avait prévenu que les pilotes n'effectueraient que des missions de reconnaissance. Les aéronefs étaient en effet considérés comme des inventions trop récentes, à la technologie trop expérimentale pour le combat. Mais, en seulement deux années, la science et les mentalités avaient évolué à une vitesse fulgurante. Le nez des Éole était maintenant équipé de canons à barillet. Et les pilotes étaient tenus de savoir les utiliser.

Philémon *savait* tirer, évidemment.

Mais en *avoir l'envie*…

Il se claqua la joue.

– Ressaisis-toi, imbécile !

Un futur soldat qui avait peur de tirer ? Plutôt pathétique. Il s'imaginait déjà les rires de ses camarades découvrant ses états d'âme. Et de Ferdinand, probablement, et de ses sœurs, et de son p…

Non. Son père n'en rirait pas, lui. Son silence serait bien pire.

Philémon retira son bonnet pour se rafraîchir les idées. Le vent siffla à ses oreilles et ébouriffa ses cheveux bouclés. Il n'était même pas mauvais en tir. La plupart du temps, il touchait les panneaux de bois et les pigeons d'argile. Mais les aspirants n'avaient jamais tiré sur des cibles aussi réalistes que celles qui se tenaient devant Phil.

Avec leur apparence humanoïde, les automates-cibles constituaient presque une entorse aux règles de la *Pax Automata*. Ils étaient réservés aux vrais soldats, lors des entraînements de l'École de guerre. Une couche de caoutchouc beige masquait leur ossature de cuivre et servait à mesurer les impacts des balles. Ils étaient également en uniforme. Les programmes sur leurs cartes perforées ajoutaient encore à l'illusion: ils étaient censés chercher à se mettre à couvert, braquer leurs fusils factices, ou secourir leurs «camarades» touchés. Surtout, ils se remettaient debout quelques minutes après avoir été abattus. Les parfaites victimes.

– Allez! Ce ne sont que des stupides machines! s'invectiva le garçon.

La première nacelle était droit dans son champ de vision.

À l'approche de l'aéronef, les soldats mécaniques pointèrent leurs armes de bois. La lenteur de leurs mouvements leur donnait un air particulièrement résigné. En dépit des cartouches de balsa, leurs uniformes étaient grêlés d'impacts, leurs fusils cassés en plusieurs morceaux. Les tirs des précédents candidats avaient cabossé leurs têtes et tordu leurs bras. Une huile sombre gouttait des dislocations. Ils n'avaient pas de visage; juste un ovale de caoutchouc lisse sous leur casque.

Pourtant, Phil avait l'impression qu'ils lui renvoyaient son regard.

L'un des automates tressauta même – un frisson de terreur artificiel – quand il dirigea son canon à barillet vers lui.

Les mains crispées sur la gâchette, Philémon amorça sa manœuvre, effectua un large virage autour de la montgolfière… et battit en retraite sans tirer un seul coup.

Sur le retour, il croisa l'appareil de Joséphine de Gondrecourt. Perclus de honte, il l'entendit à peine canarder les nacelles.

VI

– Une gâchette défectueuse ? Tu n'as rien trouvé de mieux ?

Philémon rangeait son bonnet d'aviateur dans l'un des casiers du hangar. Il se retourna vers l'accusatrice.

– C'est quoi, ton problème ? répliqua-t-il sèchement à Elisa. *Tu* as fini en tête. *Tu* vas conduire le Zéphyr à la parade.

La jeune femme le contempla sans ciller.

– Je n'aime pas les victoires sans mérite. Ni les menteurs.

De ses mains gantées de blanc, Elisa battait la mesure sur ses coudes. Philémon n'en revenait pas : elle avait l'air plus mécontente que lui.

– Tu es un excellent pilote, poursuivit-elle de sa voix rugueuse. Peut-être même le meilleur d'entre nous…

– Hum, merci ?

– Mais ça ne suffit pas à faire un excellent soldat. Personne n'a envie de partir au combat sans avoir confiance en ses camarades d'armes.

– Je ne sais pas si tu as remarqué, ricana Philémon, mais nous ne sommes pas en guerre.

– Pas encore.

Elle plissa les yeux, inquisitrice.

– Que nous caches-tu, Fernay ?

Philémon la toisa avec un dédain grandissant. Depuis deux ans qu'ils se côtoyaient en cours, c'était la première fois qu'elle lui parlait aussi longuement. Et tout ça pour lui adresser des reproches… un comble !

– Ce que je cache ? Mon envie de rentrer, grogna-t-il. Amuse-toi bien avec tes réglages.

Philémon claqua la porte du casier et la planta là. Il savait qu'elle allait devoir passer la soirée à préparer son nouvel aéronef pour la parade. Au moins, il pouvait rentrer tôt, lui. Une maigre consolation, après son échec.

Bien que surpris, le capitaine Ader s'était montré compréhensif. Il n'avait pas recalé Philémon : sa démonstration de pilotage lui valait la deuxième meilleure note. Le jeune homme s'était senti d'autant plus mal d'avoir menti à propos du canon défectueux. Mais Ader lui avait ensuite signalé qu'il devrait repasser une épreuve de tir, dès la semaine suivante.

Phil appréhendait ce moment. Que se passerait-il si les cibles étaient de nouveau des automates ? Et s'il échouait encore ? Il n'avait guère de temps pour trouver le courage qui lui faisait défaut.

Une fois les tests terminés, les aspirants avaient répété la parade aérienne tout l'après-midi durant. Le capitaine avait piloté lui-même sa pièce maîtresse. Elisa l'avait accompagné, pour se familiariser avec l'appareil. Philémon avait ressenti une franche jalousie en la voyant grimper à bord : comparé aux Éole, le Zéphyr flamboyait comme un phénix. Ses ailes n'étaient pas faites de toile, mais de plaques de cuivre resplendissantes. Deux hélices dorées lui conféraient une puissance incomparable. Nul doute que tous les regards seraient braqués sur lui le lendemain.

La cloche sonna au moment où Philémon quittait le hangar. Il jeta un dernier coup d'œil par-dessus son épaule.

Elisa avait abandonné les casiers pour gagner un établi de réparations. Elle le passait en revue comme si elle était chargée de l'inspection d'une armurerie. Parfois, elle attrapait un outil – clé, tournevis ou marteau –, le faisait rouler sur la paume de son gant ou le tapotait contre la cuisse de son pantalon. Puis elle le remettait à sa place, la mine sombre.

Décidément, cette fille était bizarre…

Une idée inquiétante traversa Philémon : et si elle allait examiner son Éole pour prouver que la gâchette fonctionnait bien ?

Mais il se ressaisit vite. Qu'avait-elle à y gagner ? Elle pilotait déjà le Zéphyr. Rivalité ou non, Phil avait du mal à l'imaginer mouchardant pour le faire punir. Ce serait « une victoire sans mérite », selon ses propres mots.

Comme si elle sentait le poids de son regard, Elisa tourna brusquement la tête vers lui et fronça les sourcils.

Rougissant, Philémon déguerpit.

Une fois dehors, il se souvint qu'il devait retrouver Ferdinand. Il se dépêcha de traverser le Marchfeld à pied. D'autres aspirants rentraient chez eux, tandis que les internes, les élèves qui vivaient trop loin de l'école ou qui n'avaient pas les moyens de payer chaque jour les transports, rejoignaient les dortoirs. Ils faisaient tous de leur mieux pour ne pas croiser un sergent-professeur, susceptible de leur administrer des corvées.

Philémon entendit quelques sifflets agressifs, mais il s'en dépêtra avec des saluts zélés envers les officiers. Il n'était pas leur cible, aujourd'hui.

Assis sur son capot pour masquer les impacts de balles, son ami l'attendait devant les grilles, un groupe d'élèves agglutiné autour du cabriolet. Ferdinand se délectait de l'attention qu'on lui portait. Il klaxonna tout de même pour disperser les admirateurs en apercevant Phil.

– T'en as mis un temps ! s'écria-t-il.

– Désolé. J'avais la tête ailleurs.

– À cause de ton exam' ? Tu t'es fait coiffer au poteau par La Roche, il paraît.

– Les nouvelles vont vite, maugréa Philémon.

– Pendant que tu te morfondais, j'ai croisé Madeline Marey-Monge. (Il cligna de l'œil.) Elle n'a pas la langue dans sa poche, si tu vois ce que je veux dire… (Nouveau clin d'œil.) Je trouve son surnom d'« Escargot » très injuste… Elle embrasse plutôt bien !

Philémon soupira.

– Je te signale que c'est toi qui lui as collé ce surnom. Presque tous les surnoms de l'école naissent de tes moqueries, d'ailleurs.

– Ah oui ? Ma mémoire est un vrai gruyère. C'est le fardeau des poètes, je suppose.

– Il y a moins de poésie en toi que sur un mur de toilettes publiques… grommela Phil. Et en parlant de fromage, je mangerais bien un morceau.

Son estomac grommelait également. Après l'épreuve, il n'avait pas eu le cœur à déjeuner avec les autres.

– On passe d'abord refaire une beauté à mon bijou ! clama Ferdi en frottant les trous sur sa carrosserie. Mais te bile pas… Là où je t'emmène, il y aura de quoi se remplir la bedaine.

– Un endroit qui fait des réparations ET la cuisine ? (Philémon fronça les sourcils.) Dans quel troquet louche tu comptes nous mener ?

– Tut-tut ! Je ne vais pas te gâcher la surprise… Tu ne ferais que te plaindre durant tout le trajet !

—VII—

Philémon comprit vite que le cabriolet rejoignait l'est de Paris.

Sa méfiance s'atténua lorsqu'ils arrivèrent aux abords du bois de Vincennes, où ses parents avaient l'habitude d'organiser des sorties dominicales, avant leur départ pour la Prusse occupée.

L'immense parc était très prisé par toutes les familles de la capitale. Même Napoléon III l'appréciait. Ayant vécu plusieurs années en Angleterre avant qu'elle ne devienne le Royaume-Uniforme et lui l'Empereur, il en avait gardé le goût des jardins à l'anglaise. À sa demande, le bois avait été aménagé de la même façon : un style moins symétrique et moins organisé, dont l'atmosphère sauvage apaisait l'âme plutôt que l'œil.

Ce fouillis de nature tranchait avec l'esthétique moderne de la capitale, et en particulier de nuit, lorsque les lampadaires éclairaient à peine les chemins sinueux entre les pelouses et les lacs artificiels. Une couronne de lumières électriques ceignait toutefois la bordure où Ferdinand les avait conduits : la Foire du Trône.

L'endroit ne dormait jamais vraiment. Manèges, bascules, nacelles et bras articulés... Les attractions grinçaient à toute heure. Lorsque les familles commençaient à rentrer, elles étaient remplacées par des couples en goguette et des bandes de fêtards.

Philémon pouvait humer dans la brise le parfum sucré des pommes d'amour ; celui, plus acide, du vinaigre blanc qui arrosait les cornets de pommes-frites ; et les effluves chaleureux du pain d'épice.

Hélas, Ferdinand ne les mena pas aux confiseurs. Il entraîna le cabriolet à l'arrière des stands, loin des cris des bonimenteurs et des toiles colorées des chapiteaux. Il se gara près d'un kiosque excentré.

– On est venus pour la bonne aventure ? hasarda Philémon en avisant les étoiles peintes sur les planches.

– Et moi qui te croyais contre les préjugés... se moqua Ferdi.

Il abandonna la voiture et fit le tour du stand. Philémon le suivit.

D'épais rideaux de velours violet donnaient à la devanture l'apparence d'une tente orientale. Ils étaient cependant grand ouverts. Pas de boule de cristal ni de guéridon à l'intérieur. Juste des étagères pleines de cartes perforées. Elles semblaient avoir été poinçonnées à la main. Un forain en chemise rayée et bretelles, un bandana carmin autour du cou, chassait des confettis du plancher à coups de balai. Il portait une boucle à chaque oreille. Cuivrées, elles ressemblaient à des écrous.

– Marco ! l'interpella Ferdinand.

Le jeune homme à la carrure de lutteur leva la tête vers eux.

– *Latchi rat*, Ferdi !

– Zélie n'est pas là ?

– *Na*, au camp. Elle prépare la *patchiv* avec les autres.

– La *patchiv* ? répéta Ferdi.

Philémon fut rassuré de constater qu'il n'était pas le seul à n'y rien comprendre. Le romani sonnait à ses oreilles comme du portugais prononcé avec un accent russe. Et il ne parlait ni l'un ni l'autre.

– *Va !* La *patchiv* ! La fête, quoi… les éclaira Marco avec un rictus.

– Et on peut la déranger ? C'est une urgence.

– *Va*, *va*.

Marco pointa son balai vers le sud de la foire.

– Le campement est par-là. Près du ruisseau. Tournez à gauche après le belvédère, puis marchez tout droit jusqu'au milieu des bois.

– Merci bien ! Et peut-être à plus tard.

– *Va*. Si vous atteignez le camp. On a des animaux qu'ont filé de not' ménagerie.

Il leur fit un clin d'œil malicieux et se remit à balayer.

– Des animaux, hein ? Quand même pas des lions ? questionna Phil en regagnant le cabriolet.

– Il plaisantait. Enfin… j'espère.

– Et cette Zélie ?

– La cousine de Marco. Je l'ai rencontrée à la dernière séance de spiritisme chez ma mère. Elle était venue tirer les cartes…

– Ah, la bonne aventure ! J'avais donc raison ! se rengorgea Philémon.

– Les cartes *perforées*, Phil. Mère voulait un automate acrobate pour divertir ses invités. C'est Zélie qui l'a construit sur mesure. Et elle l'a programmé sans même utiliser de mécanographe. Elle a la tête si bien faite !

– Mouais. Et je suppose que le reste n'est pas mal non plus…

Ferdinand se contenta d'un sourire en coin.

Pour traverser l'immense pelouse de Reuilly, ils suivirent un sentier sablonneux. Ici, pas d'ampoule au cobalt dans les lampadaires. Seulement de bonnes vieilles chandelles. Aucune conduite de gaz n'atteignait encore les lieux.

Peu après avoir tourné à gauche au belvédère, ils durent abandonner le cabriolet : les bois devant eux se faisaient trop denses.

Ferdinand laissa le moteur tourner pour s'éclairer des phares.

– On y voit comme dans une mine de charbon à minuit, grommela-t-il en écartant les fourrés d'une main prudente.

– Attends un peu. Je sais où trouver plus de lumière.

Philémon repartit en courant vers le belvédère. Un ultime lampadaire se dressait à son pied.

Il grimpa au mât en fer forgé, souleva la vitre de protection et chipa la chandelle qui vacillait à l'intérieur.

Armé de sa lanterne improvisée, il regagna l'orée des bois.

Son ami ne l'avait pas attendu.

– Ferdi ? Où es-tu passé ? appela Philémon.

– Par ici ! répondit une voix lointaine, étouffée par les buissons.

Phil scruta parmi les troncs, mais ne vit rien. Il entra tout de même dans la forêt.

Sous la clarté poussiéreuse des phares, les ombres des peupliers s'allongeaient et prenaient des formes déroutantes. Une chouette hulula, posée quelque part parmi les branches. Des grillons stridulèrent à ses oreilles. L'odeur du sous-bois emplit ses narines. Senteurs douceâtres de terre, d'argile et de mousse.

– Ferdinand !

Pas de réponse. Philémon soupira et poussa plus avant.

Bientôt, sa bougie fut sa seule source de lumière. La lune filtrait à peine entre les feuillages.

Tandis qu'il cherchait un sentier parmi les arbres, il trébucha sur une masse solide. Une pierre ? Non, elle avait résonné contre sa botte avec un tintement métallique.

Il s'agissait d'une tête. Une tête en cuivre.

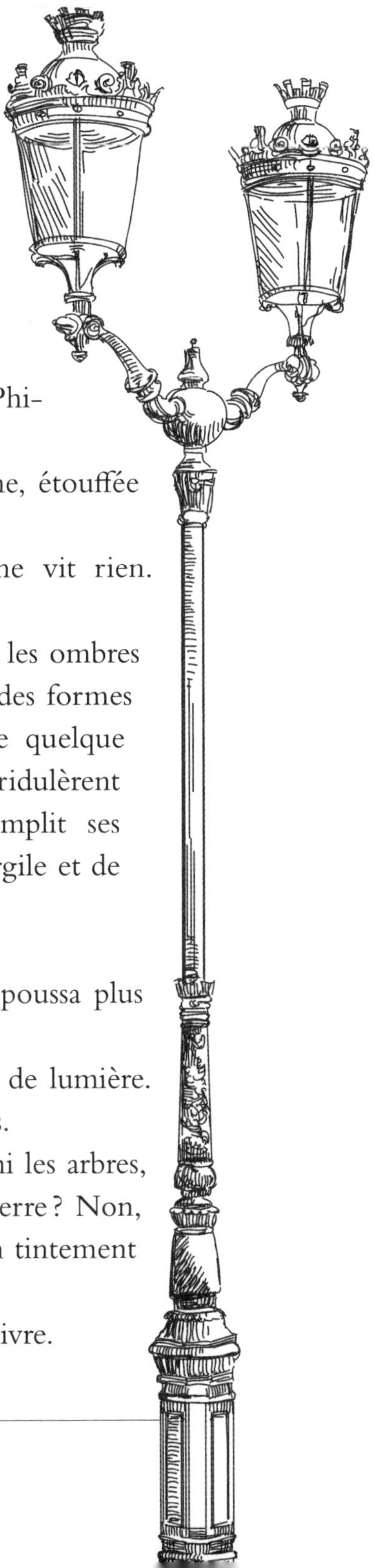

Phil reconnut les traits grossiers d'un Maurice. Un automate majordome. Recouverte de vert-de-gris, la tête devait se trouver là depuis longtemps.

Le garçon abaissa sa chandelle. D'autres pièces traînaient entre les racines et les champignons : des bras déboîtés, des torses éventrés, des entrailles de pistons et de ressorts… Philémon avait déboulé dans un cimetière de machines. Un frisson lui remonta l'échine. Même s'ils ressemblaient plus à des mannequins de réclame qu'à des humains, la vision des automates en pièces détachées lui mettait les nerfs en pelote.

Pendant qu'il réfléchissait à une explication, un vrombissement lui fit dresser l'oreille. Il tendit la flamme de sa bougie.

Une ombre massive passa derrière les troncs.

Le vrombissement devint un grognement. Il fut suivi d'un piétinement d'animal.

Philémon n'attendit pas de voir s'il s'agissait d'un lion. Abandonnant la bougie contre un gros caillou, il escalada l'arbre le plus proche.

La bête surgit avant même qu'il n'ait atteint la première branche.

Un torse trapu. Un dos musculeux. Quatre pattes puissantes et deux oreilles rondes.

Un ours.

Sa fourrure brune paraissait pourtant bien étrange. Trop nette. Trop lisse. Elle renvoyait la lumière de la bougie avec des reflets trop brillants.

Dans sa panique, Philémon s'en rendit à peine compte.

Il grimpa à la hâte pour se mettre à l'abri. Hélas, la branche qu'il visait ne supporta pas son poids.

Crac !

Il dégringola en bas du tronc. Sa bougie roula jusqu'aux pattes de l'ours.

Celui-ci la poussa de son museau et grogna, révélant des crocs grisâtres.

Une voix flûtée surgit alors des fourrés :

– Meska ! Danse !

L'ours se dressa aussitôt sur ses pattes arrière et se dandina avec raideur.

Philémon resta abasourdi. Non seulement l'ours dansait, mais il était *mécanique*.

Serrés comme un grattoir à vaisselle, des fils de cuivre lui tenaient lieu de fourrure. Ses crocs ? Des vis d'acier. Et deux billes de verre en guise d'yeux, enfoncés dans un faciès aux traits savamment sculptés.

Philémon n'avait jamais vu un automate aussi réaliste. Il contrevenait sans l'ombre d'un doute aux règles de la *Pax Automata*.

La clarté d'une lanterne l'éblouit alors.

– Je t'avais dit qu'il grimperait, clama une voix familière.

Un petit brin de jeune fille se faufila entre les buissons. Le visage rond et le sourire mutin, elle portait une *rotkia*, une longue jupe de soie aux couleurs explosives qui soulignaient sa peau mate, ainsi qu'un mantelet à franges. Ses longs cheveux noirs tombaient en tresse jusqu'à sa taille.

Ferdinand lui emboîtait le pas, hilare.

Philémon épousseta les brindilles sur son uniforme avant de se relever.

– Zélie, je présume ?

– Zéliona, pour toi. Je ne te connais pas, *gadjo*.

Elle croisa les bras sur sa poitrine, la moue vexée. Ses iris jaune citrine étincelaient à la lueur de la lanterne.

Philémon recula avec embarras. Il remarqua que la fille portait au sommet du crâne des lunettes d'horloger. Sur leurs branches de cuivre pendaient par dizaines des loupes et des lentilles ajustables.

Le voyant si gêné, Zélie ne put garder plus longtemps son sérieux :

– Je blaguais ! dit-elle, hilare, avant de lui tendre la main. *T'aves baxtalo*, Philémon. Ravie de te rencontrer, si tu préfères.

Philémon la serra en esquissant un sourire.

Poussant un petit cri proche du grincement, un capucin mécanique sortit soudain du mantelet de la jeune fille. Il traversa le pont formé par leur poignée de main et grimpa sur l'épaule de Phil.

– Bobo ! C'est malpoli d'escalader les gens ! le tança sa maîtresse.

La tête du singe fit un tour complet sur elle-même. Bien que métallique, elle affichait une expression d'incompréhension plus vraie que nature.

– Ces automates sont incroyables ! déclara Philémon avec enthousiasme. Et parfaitement illégaux… ne put-il s'empêcher d'ajouter.

Zélie pouffa contre sa main.

– Tu vois les pièces qui traînent par ici ? (Elle indiqua le cimetière de machines.) Les rebuts de la Casse impériale. Elle déborde, avec toutes vos lois idiotes ! Si nous ne les récupérions pas, elles se contenteraient de rouiller… Du beau gâchis ! Heureusement, nous leur rendons leur âme.

Philémon ne sut que répondre. Parler « d'âmes » pour des automates était non seulement contraire à la science, mais aussi à la loi. Un excellent moyen de finir en prison.

– Vous pourriez au moins faire une demande officielle… marmonna-t-il entre ses dents.

Cette fois, Zélie s'esclaffa.

– Tu es un peu bête, *gavalo* ! Mais je t'aime bien. Tu me fais rire, avec tes grands mots.

Dressée sur la pointe de ses bottines, elle se colla à lui pour récupérer le singe mécanique. Philémon nota qu'elle sentait le jasmin. Ainsi que la limaille de fer.

Il nota également le regard noir que Ferdinand leur coula.

– Âme ou pas, ces automates ont l'air très… vivants, concéda Philémon tandis que Bobo regagnait l'épaule de sa maîtresse. Comment sont-ils programmés ?

– Comme les autres. Mais sans les limites de vos mécanographes, répondit Zélie avec un clin d'œil mystérieux.

Elle tira une clé d'airain de son jupon, la planta à la base de la nuque de l'ours et remonta un mécanisme invisible.

Philémon la regarda faire avec fascination.

Le crâne de Meska s'ouvrit comme une boîte à musique, révélant plusieurs cylindres sur lesquels pivotaient des cartes perforées.

– Tu vois, en utilisant le cylindre, on peut enchaîner les cartes et créer des programmes plus compl…

– Et si on s'occupait d'abord du blessé ? les interrompit Ferdi.

Zélie acquiesça.

Ils la menèrent, elle et sa ménagerie cliquetante, au cabriolet. Meska l'ours caracolait en tête, avec Bobo le capucin qui lui sautillait sur le dos.

– Ouah ! Belle machine ! siffla la jeune fille en découvrant la voiture.

Elle effleura le capot et les trous qui le criblaient. Un peu d'huile bleue colora ses doigts fins. Puis, sans une once de précautions pour sa magnifique robe, elle rampa sous la carrosserie. Philémon détourna pudiquement le regard de ses jupons.

– Trop belle pour un brise-fer comme toi, Ferdi ! le tança Zélie en se relevant. Le gros du moteur a eu d'la chance, mais ta boîte de vitesses est dans un triste état… Et t'as roulé toute la journée comme ça ?!

– Gnagnaga… Tu peux la réparer ?

– *Va, va.* Rien qu'une nouvelle valve, un tuyau coudé ou deux et quelques soudures. Pas plus compliqué que de changer les turbines sur nos aéroulottes. Mais…

– Mais quoi ? s'inquiéta Ferdi.

– C'est jour de *patchiv*. Et je devais jouer du violon. Vous allez devoir me remplacer, ricana-t-elle entre ses doigts.

Ferdinand se tourna vers Philémon, perplexe.

– Tu sais jouer du violon, toi ? Un instrument quelconque ?

Son ami fit non de la tête.

– Ah, pas besoin ! Des *gadjés* au campement, ça met toujours de l'animation ! s'amusa Zélie. Contentez-vous de boire ce que vous tendent mes oncles, de manger ce que vous offrent mes tantes, d'amuser les p'tits… et de danser, évidemment !

Ferdi éclata de son rire vorace.

– Voilà qui est parfaitement dans mes cordes !

Le jeune homme offrit son bras à Zélie. Ils repartirent vers les bois profonds en échangeant des plaisanteries.

– Dites, ça va prendre longtemps ? s'inquiéta Philémon, sur leurs talons.

– Le temps d'une danse ou deux, lui sourit la romancielle.

– Zélie est la meilleure ! ajouta Ferdi. Ne sois pas insultant, Phil.

Pour la seconde fois de la soirée, il se laissa convaincre.

– Bon… Juste une danse…

Bottes chauffantes Dugommier

Des bottes faites pour Du-durer !

À base de caoutchouc de Guyane, les bottes chauffantes Dugommier vous accompagnent de l'usine au marché. Garanties 10 ans, les bottes chauffantes Dugommier veillent sur vos pieds.

Les ouvriers qui portent des bottes chauffantes Dugommier risquent 25 % d'électrocutions, 50 % d'engelures et 38 % d'accidents pédestres divers* en moins pour tout travail en manufacture.

Choisissez la santé et la sécurité !
Choisissez Dugommier !

*hors chutes d'automates et mauvaise programmation des brouettes automatisées.

— VIII —

– Debout, le loir !

Philémon ouvrit une paupière. La fatigue la fit retomber aussitôt.

Il marmonna quelques mots incompréhensibles, puis replongea dans un demi-rêve où il pilotait un aéronef plus grand que la tour Eiffel.

– Il est déjà 8 heures, Phil. On est toutes prêtes.

Une clarté venimeuse s'insinua dans sa chambre lorsque Joséphine tira les rideaux.

Il enfouit la tête sous son oreiller pour s'en protéger.

– Bon, puisque c'est comme ça… (Elle tapa dans ses mains.) Otto ! Fais le lit !

Philémon sentit le matelas bouger. Avant même qu'il n'ait eu le temps de donner un contrordre au valet mécanique, il fut projeté dans les airs et s'étala sur la descente de lit. Hélas pour le jeune homme, aucune loi de la *Pax* n'empêchait les automates de faire du mal aux humains.

Il s'assit péniblement et massa son dos douloureux. Ses vertèbres le faisaient autant souffrir que sa migraine. Il avait l'impression qu'un gorille dansait le quadrille sur son crâne.

Quand était-il rentré chez lui, déjà ?

L'affolement le saisit soudain :

– A… attends un peu ! Tu as bien dit « 8 heures » ?

Sa gorge était pâteuse, sa voix enrouée. Sans parler de son oreille gauche, qui l'élançait terriblement.

– Alléluia, il revient enfin parmi nous ! se moqua sa sœur. Dégrouille-toi, ou tu vas manquer la parade. N'es-tu pas censé piloter ?

– Si ! s'écria-t-il.

Il bondit sur ses pieds. La panique lui donna des ailes.

– Grandieu ! Tu as dormi tout habillé ? Quelle soirée tu as dû avoir ! Et… qu'est-ce que c'est que cette horreur ? s'exclama Joséphine, l'index tendu vers son oreille.

Philémon palpa cette dernière. Ses doigts rencontrèrent du métal froid. Il crut tout d'abord être tombé sur un clou lorsque Otto l'avait balancé du lit. Mais l'attache se prolongeait par une forme ronde…

Une boucle d'oreille !

Il se précipita à la salle de bains. Le miroir orné de moulures lui renvoya son visage pâlichon, ses yeux cernés façon raton laveur. Un bleu lui décorait le nez. Mais son nouveau bijou le préoccupa davantage : il le retira avec mille précautions et le déposa sur le bord du lavabo. L'anneau de cuivre cliqueta contre le marbre.

Quand ? Comment ? *Pourquoi ?!*

Toutes ces questions sans réponse lui martelaient les méninges.

La soirée au camp des romaniciels lui revenait peu à peu

en tête. Des images, des flashs incertains. Il se revoyait sous une myriade de lumières : des guirlandes d'ampoules, tendues entre les paratonnerres qui servaient à recharger les turbines des aéroulottes. Mi-chariots, mi-dirigeables, ces bâtisses parées de couleurs vives s'envolaient au gré des tempêtes pour sillonner le monde en faisant fi des frontières, des laissez-passer, des guerres…

« Une aéroulotte, c'est le passeport pour un voyage sans fin ! La plus grande des libertés ! »

Qui lui avait dit ça ?

Phil secoua la tête. Cela lui reviendrait peut-être sous la douche. Sauf qu'il n'avait plus le temps de se laver.

Il se contenta d'une giclée d'eau froide, puis d'un brossage de dents express. Sa bouche était plus pâteuse que le dentifrice. Comme si un crapaud était venu y mourir.

De nouveaux souvenirs s'imposèrent au jeune homme.

Le campement n'avait pas volé, hier. Mais tangué, ça oui ! Des mélodies capricieuses, arrachées du bout des ongles à des guitares. Des violons sautillants, lancinants, irrésistibles. Des gigues endiablées, à rendre sinistres les musettes de la place de la Nation Invaincue. Un ragoût délicieux, frémissant dans des chaudrons. Des visages accueillants, des yeux rieurs, des mains fouineuses d'enfants… Une liqueur traîtresse, plus sucrée qu'un bonbon. Des gaillards burinés, qui ne cessaient de leur en offrir dans de minuscules verres. Leurs sœurs, leurs cousines, leurs filles, leurs compagnes tourbillonnaient sur la piste. Une farandole de jupons fleuris qui ressemblaient à des pétales emportés par le vent.

Et un chapiteau, Philémon se souvenait d'un chapiteau.

Il recracha son dentifrice.

Conciliante, Joséphine lui apporta une chemise propre.

– Ta veste traîne dans le hall d'entrée. Tu veux que j'envoie Otto la repasser ?

– Vu sa délicatesse, non merci. Tu as vu mon shako quelque part ?

Sitôt prononça-t-il ces mots, Phil se revit offrir son shako à Zélie. Dans son souvenir, la jeune fille rougissait légèrement en le prenant.

Pourquoi lui avait-il fait ce cadeau ? Mystère. Une nouvelle pièce à ajouter au puzzle de sa nuit.

Il termina ses ablutions, s'habilla à la diable et descendit au rez-de-chaussée. Il faillit dégringoler les marches tant il avait le pied incertain. Nauséeux, son estomac le brûlait par moments. De toute façon, il était trop tard pour petit-déjeuner. La pendule indiquait 8 h 15.

Ses sœurs s'impatientaient dans le salon. Elles portaient des robes estivales, dont les couleurs vives s'accordaient aux rubans qui maintenaient leurs chignons. Tout de noir vêtue, Constance était l'exception. Son visage renfrogné disparaissait sous le voile de sa capeline. Le chapeau à large bord lui donnait autant l'air d'une veuve que d'un apiculteur.

– Nous n'allons pas à un enterrement, Constance ! la tança Margaux.

– C'est tout comme, soupira-t-elle. Des morts qui marchent. Un défilé de cadavres en devenir.

– Est-ce qu'il y aura des éléphants ? demanda Louise.

– C’est une parade *militaire*. Pas un cirque, dit Joséphine.

– Un de ces soirs, je t’emmènerai voir une ménagerie d’automates, promit Philémon à sa benjamine.

Il essayait de faire bonne figure, mais son visage de déterré ne trompait personne.

– En parlant de cadavre… commença Constance.

Margaux lui donna un coup de coude dans les côtes.

– Une ménagerie d’automates ? répéta Louise, intriguée.

Philémon hocha la tête.

– Chez les romaniciels du bois de Vincennes.

– Ah, je comprends mieux ton état ! dit Joséphine. Tu t’es encore laissé entraîner par ce nigaud de Ferdinand ?

– Partons, avant de manquer l’omnibus, se renfrogna son frère en esquivant la question.

Les sœurs récupérèrent leurs ombrelles et leurs châles en cachemire sur le portemanteau de l’entrée. Philémon retrouva sa veste dans le hall, pendue à une tête de cerf empaillée. Bien que le dos ne fût pas trop froissé, les manches étaient maculées de sciure.

En les époussetant, il se remémora une autre bribe de sa soirée.

Il s’était glissé dans le chapiteau entre deux danses, alors que la liqueur lui montait copieusement à la tête. Là, sous la toile qui battait au vent, se dressait une cage de Faraday : un long cylindre grillagé de cuivre, relié à un colossal paratonnerre. Les animaux mécaniques des romaniciels somnolaient contre la cage. Certains y posaient leurs pattes, la léchaient parfois de leurs langues de fer. Des gerbes d’étincelles bleues crépitaient à leur contact. Philémon avait compris en les voyant qu'ils rechargeaient ainsi leurs batteries.

Il s'était rapproché de la ménagerie. Un oiseau au plumage de métal, une sorte d'épervier, le fascinait.

Quelqu'un lui avait alors tapé sur l'épaule.

Il avait fait volte-face pour tomber sur Zélie.

– Tu as déjà fini les réparations ? s'était-il étonné.

– Je suis la meilleure, je t'ai dit ! Es-tu venu nous *tchourav* Ciriklo ? avait demandé la jeune fille sur un ton de plaisanterie.

– Ciriklo, c'est l'oiseau ?

– *Va*. Ferdi m'a raconté que tu passais ton temps à voler.

– Hum. Non. Je ne vole pas de cette façon… J'ai juste besoin d'un peu d'air.

– De l'air, tu causes ? Suis-moi. L'échelle, là. Elle monte au sommet du chapiteau.

– Je ne suis pas certain…

Mais elle l'entraînait déjà par la main.

Après une ascension hasardeuse dont Philémon préférait ne pas se souvenir, ils avaient atteint un nid-de-pie minuscule, non loin du paratonnerre. Le campement à leurs pieds miroitait dans la nuit. L'agréable musique montait jusqu'ici, portée par le vent. Néanmoins, Phil avait senti ses jambes flageoler. Il s'était cramponné à la balustrade.

– La tête que tu fais ! T'as le vertige ?

– Je n'ai jamais le vertige, avait râlé Philémon.

– Si tu ne voulais pas monter, fallait le dire… Tu te laisses toujours entraîner partout aussi facilement, *dinlo* ? Es-tu un homme ou un automate ?

– Tu n'aimes pas les automates ?

– Bien sûr que si. Je les adore.

Ils s'étaient alors souri et…

– Hé, oh ! C'est fini, la rêvasse !

Joséphine le tira dans la rue par le coude. Le souvenir s'évapora comme une goutte d'essence. La dernière pièce du puzzle attendrait.

Philémon savait qu'il s'était passé quelque chose entre leur échange de sourires et le moment où il avait offert son shako à la jeune fille. Mais quoi, exactement ? Le brouillard demeurait, plus épais que des vapeurs de cobalt. Une seule certitude : l'absence de son couvre-chef pour le défilé allait lui valoir une sacrée corvée…

Dehors, Paris était en liesse. D'immenses affiches de réclame annonçaient l'ouverture de l'Exposition universelle. Des drapeaux décoraient les façades, les kiosques et les lampadaires. De nombreux citoyens portaient des cocardes à leur boutonnière. Aux balcons des plus paresseux, des bras articulés agitaient des fanions bleu-blanc-rouge. Philémon se doutait que les beaux quartiers de Paris avaient davantage la fibre patriotique que les autres. Les quartiers populaires, comme Montmartre au nord ou Belleville à l'est, n'avaient ni l'argent ni l'envie de se parer d'étendards à la gloire de l'Empire. Ce n'était pas pour rien que les communards s'y terraient : ils trouvaient toujours des mécontents à rallier à leur cause parmi les ouvriers qui se cassaient l'échine dans les manufactures.

– Voilà notre carrosse, remarqua joyeusement Margaux.

Elle pointa son ombrelle vers un omnibus à deux étages.

Il patientait devant l'arrêt que prenait d'ordinaire Philémon. Le véhicule avait été affrété tout spécialement pour les familles d'officiers les moins fortunées, celles qui ne vivaient pas dans l'Ouest parisien comme Ferdinand et sa mère.

– Asseyons-nous au grand air ! s'exclama Louise en constatant que la capote qui recouvrait le deuxième étage était abaissée.

Les sœurs de Philémon grimpèrent à bord avec enthousiasme. Phil les suivit d'un pas moins assuré. Il salua plusieurs voisins – dont de nombreuses Joséphine accompagnées de leurs parents –, puis il se vautra dans un siège à l'étage.

Le trajet fut trop court pour une vraie sieste. De toute façon, les pépiements de ses sœurs empêchaient ses paupières de se fermer.

L'omnibus s'arrêta aux Invalides, face au jardin de l'Abondance et au tombeau de Napoléon Ier. L'avenue de La Motte-Piquet, où passerait la parade avant sa conclusion au Champ-de-Mars, était fermée à la circulation par un cordon de gendarmes. Des automates avec des panneaux DÉFENSE DE PASSER en guise de tête les accompagnaient.

Les familles descendirent de l'omnibus dans des froissements de soie et des claquements de bottes cirées. Devant l'École de guerre, l'Empereur avait fait dresser des tribunes privées pour assister au spectacle en compagnie de la reine Ada du Royaume-Uniforme, des notables de Paris et d'une impressionnante garde rapprochée.

Philémon avait rendez-vous sur l'esplanade des Invalides. Ses sœurs le quittèrent donc pour finir le trajet à pied.

– À tout à l'heure, Phil ! le salua Joséphine.

– Et bon vol ! ajouta Margaux.

– Tu nous feras « coucou » depuis ton aéronef ? demanda Louise.

– Ne t'endors pas aux commandes… conclut Constance.

Il les salua et rejoignit l'esplanade par les jardins.

Plusieurs contingents de soldats y patientaient. Chevaux mécaniques, cuirassiers et autres machines de guerre avaient été discrètement amenés à Paris par le chemin de fer. Même les aéronefs, afin de ne pas gâcher la surprise aux citoyens. Rares étaient ceux qui avaient déjà assisté à une manœuvre aérienne.

Phil traversa la place dans le brouillard de sa migraine. Plusieurs officiers jetèrent des œillades assassines à son uniforme estropié. Mais ils avaient trop à faire pour l'interpeller. Il chercha Ferdinand du regard parmi les carcasses massives des cuirassiers. Il crut l'apercevoir en train d'escalader une jambe large comme une meule de foin, et lui fit un signe de la main. Mais Ferdi ne lui rendit pas son salut. Il monta simplement dans le siège de pilotage. L'avait-il manqué, ou confondu avec un autre aspirant ?

Une troisième hypothèse lui agita les méninges : peut-être que Ferdinand le boudait à cause de quelque chose qui se serait passé la veille ?

Improbable… se dit Phil.

Mais cette drôle de pensée ne voulait pas lui sortir du crâne.

Le jeune homme retrouva sa classe au pied des aéronefs.

Au milieu des anciens modèles, le Zéphyr paraissait encore plus impressionnant.

Philémon salua le capitaine Ader, boudiné dans son uniforme d'apparat. Il s'attendit à une remarque sur sa propre tenue, l'absence de son shako, ou même son retard. À la place, le capitaine frisa sa moustache, l'air inquiet :

– Monsieur de Fernay, avez-vous croisé Mlle Delaroche dans les environs ?

– Non, Capitaine. Elle manque à l'appel ?

– Hum, hum. Elle était là pour convoyer le Zéphyr de la gare Montparnasse jusqu'ici. Mais impossible de lui mettre la main dessus depuis plus d'une heure.

Pendant qu'ils discutaient, Joséphine de Gondrecourt arriva, un papier à la main. Elle salua le capitaine et le lui tendit :

– Une missive urgente de mon pè… du commandant de Gondrecourt.

Ader la lut en fronçant les sourcils.

– Mlle Delaroche ne pourra pas participer à la cérémonie. Urgence médicale. (Il froissa le mot et le jeta peu cérémonieusement sur les pavés.) Monsieur de Fernay, vous êtes donc en charge de piloter le Zéphyr.

– M… moi, Capitaine ?

– Vu vos résultats, vous êtes le plus apte à remplacer Mlle Delaroche.

– Mais je ne connais pas l'appareil ! Ni les réglages d'Elisa…

Le capitaine interrompit ses protestations d'un geste impatient.

– Le pilotage est le même qu'avec votre Éole. Plus simple,

encore. Quant à la manœuvre… (Il tendit le bras vers la grande avenue derrière lui.) Vous roulez tout droit le long de l'esplanade, puis sur l'avenue de La Motte-Picquet. Dès que vous dépassez la brasserie *Bouillon Plombier*, vous prenez de la vitesse jusqu'au milieu de la place Joffre. Ensuite, vous décollez devant la galerie des Machines, lorsque vous faites face à la tribune impériale. Ça devrait leur en boucher un coin, à l'état-major ! Une fois dans les airs, vous vous placez au centre de l'escadrille. Pas besoin de dévier du plan de vol, le Zéphyr n'est pas conçu pour les loopings que vous affectionnez tant…

– T… très bien, Capitaine, acquiesça Philémon.

Pour peu, il en aurait crié de joie. Quelle chance incroyable ! La parfaite Elisa déclarait forfait, et il se retrouvait aux commandes du meilleur appareil de la parade ! La journée ne pouvait mieux commencer. Est-ce que la visite au camp des romaniciels avait influencé sa bonne étoile ? Peut-être Zélie lui avait-elle tiré les cartes sans qu'il s'en souvienne ?

Le capitaine Ader consulta sa montre de gousset.

– Bien. Il vous reste quinze… non, dix minutes avant que nous nous mettions en marche. Habituez-vous aux commandes, et tout ira bien. Rompez !

La classe se dispersa. Sous les regards envieux de ses camarades, Philémon grimpa dans la cabine de pilotage du Zéphyr. Totalement hermétique, elle avait la taille d'un grand fiacre et sentait le neuf. Du verre bombé protégeait l'intérieur du vent.

Phil osa à peine toucher au tableau de bord. De toute

façon, les cadrans et les jauges semblaient parfaitement en ordre. Elisa n'était pas sa rivale pour rien. Un pincement coupable le saisit en repensant à la jeune fille. Déjà qu'elle ratait la parade, il espérait qu'elle n'avait rien attrapé de plus grave qu'un gros rhume.

Le manche de pilotage était surmonté d'un volant, pour une meilleure tenue. Philémon s'installa sur le siège de cuir et posa les pieds sur le palonnier.

Quelque chose lui parut bizarre. La pédale bougeait à peine. Trop rigide. Chaque pilote l'ajustait en fonction de son poids, afin qu'elle ne soit pas trop sensible. Quel genre de réglages idiots Elisa avait-elle faits là ? À moins de peser plus de cent kilos, une telle tension était absurde ! Philémon regretta aussitôt sa compassion à l'égard de sa rivale.

Poussant un juron, il attrapa la clé à molette de secours au plafond de la cabine et se pencha sous les commandes pour dévisser légèrement les écrous du palonnier. Une tâche des plus simples, qui lui prit néanmoins plusieurs minutes, tant les écrous étaient serrés fort.

Une fois l'erreur d'Elisa réparée, il se remit droit sur le siège. À travers le pare-brise, un lieutenant agitait un drapeau à carreaux devant l'aéronef. Trois minutes avant le départ.

Une bouffée de sueur froide saisit Philémon. Il aurait aimé vérifier davantage les réglages, mais il ne pouvait pas retarder le défilé.

Maudissant Elisa du bout des lèvres, il mit les gaz.

Les hélices vrombirent dans la minute. Philémon se rassura en testant le palonnier. Les ailerons de cuivre répondaient parfaitement. En plus, il n'avait même pas à dévier d'un pouce pour rejoindre l'avenue. Toujours tout droit, comme le capitaine l'avait promis.

Le lieutenant agitait maintenant un drapeau rouge. Le signal du départ.

Phil pressa sur la pédale, et le Zéphyr se mit en branle.

Dehors, la parade avait atteint son paroxysme. Des citoyens se massaient par centaines contre les uniformes bleu roi des gendarmes. Les dames jetaient des fleurs sur l'avenue; les messieurs, leur cocarde de boutonnière. De nombreux couvre-chefs voltigeaient dans les airs. La ville semblait plus vivante que jamais.

Même à l'intérieur de la cabine fermée, les vivats de la foule martelaient les tympans de Philémon. S'il avait été plus attentif et moins fatigué, il aurait remarqué tout de suite qu'autre chose clochait. Mais il se laissait bercer par les tambours des orchestres militaires. Un sourire béat aux lèvres, le jeune pilote saluait de la main les spectateurs.

Lorsqu'il reprit les commandes au niveau de la brasserie *Bouillon Plombier*, il se rendit compte qu'elles étaient aussi rigides que le palonnier. Son sourire retomba aussitôt. Il avait déjà commencé à accélérer: la place Joffre se rapprochait à vive allure.

Philémon hésita. Comment décoller sans pouvoir tirer le manche de pilotage à lui?

S'il pilait à la place, c'était le carambolage assuré: les Éole de ses camarades l'emboutiraient. Ils risquaient même de rebondir sur la foule massée sur les trottoirs. Mais si Phil continuait sa route sans décoller, il allait réduire les soldats devant lui en purée.

Il décida de dévisser le peu d'écrous qu'il pouvait atteindre sans quitter son siège. Il devait tenter le décollage. Un œil sur la route, l'autre sur la clé à molette, il put desserrer deux boulons avant de gagner la place Joffre. Mais les commandes de l'appareil ne semblaient guère plus réactives entre ses doigts.

Philémon jeta des regards désespérés de chaque côté de la place.

Sur la gauche, il vit la tribune impériale devant l'École de guerre. L'Empereur n'était qu'une figure voûtée sur son trône, entourée d'une muraille de Hussards noirs. La reine Ada portait le plus extravagant des chapeaux fleuris. Le genre de détails inutiles que l'on retient lorsque le temps se ralentit. Comme avant une catastrophe.

Sur sa droite, Phil distingua le Champ-de-Mars. Les premiers pavillons de l'Exposition universelle. La galerie des Machines. Au sommet de celle-ci, il crut apercevoir des silhouettes furtives qui s'affairaient autour d'un curieux appareil. Des tuyaux de verre couraient tout le long de sa structure métallique et acheminaient du gaz de cobalt luisant, chargé d'électricité, jusqu'à un gros tube en fer forgé.

Philémon n'y accorda pas plus d'attention qu'au chapeau de la reine. Sinon, il aurait noté à quel point l'engin ressemblait à un canon d'artillerie.

Les veines du cou gonflées, la mâchoire serrée à s'en casser les dents, il tira de toutes ses forces sur le manche de pilotage. Les commandes s'abaissèrent à peine. Aucun muscle humain n'aurait pu les faire bouger davantage.

Le Zéphyr s'éleva pourtant.

Mais pas assez haut.

L'effort fut tel que Phil perdit un minuscule instant le contrôle du palonnier.

Les ailerons de direction s'emballèrent. Le Zéphyr fonça droit sur la galerie des Machines.

Et la frappa de plein fouet.

La dernière chose qu'entendit Philémon avant de perdre connaissance fut un ignoble fracas de verre brisé.

53e ANNÉE — N° 19 476

On s'abonne aux Bureaux du Journal, rue CHAUCHAT, 24, à PARIS.
et dans tous les bureaux de poste.

MARDI 16 AVRIL 1889

Le Siècle.

PRIX DE L'ABONNEMENT

PARIS.	Trois mois, 13 fc.;	six mois, 26 fc.;	un an, 52 fc.
DÉPARTEMENTS, ALGÉRIE ALSACE-LORRAINE	— 16 fc.;	— 32 fc.;	— 64 fc.
UNION POSTALE.	— 17 fc.;	— 34 fc.;	— 68 fc.

Les abonnements partent les 1er et 16 de chaque mois.

UN NUMÉRO : PARIS. . . . . . 15 francs-plomb
DÉPARTEMENTS 20 —

Adresse mirophorique : SIÈCLE PARIS.

RÉDACTION ET ADMINISTRATION
BUREAUX : hôtel du *SIÈCLE*, 24 rue CHAUCHAT

Les annonces sont reçues aux Bureaux du Journal

Les articles et envois non affranchis sont refusés.
Les manuscrits non insérés ne sont pas rendus.

Toutes les communications doivent être adressées au Directeur du SIÈCLE

ÉDITION
DE
PARIS

UNE EXPOSITION PAS SI UNIVERSELLE QUE ÇA

Alors que la 10e Exposition universelle s'apprête à ouvrir ses portes dans notre belle capitale, l'événement continue de faire grincer des dents.

Déjà fortement critiquée pour l'abandon de son thème initial, le centenaire de la Révolution, afin de ne pas froisser les nations étrangères, l'Exposition est de nouveau au centre de la controverse depuis que la présence d'une délégation ubritonne parmi les invités a été révélée dans un communiqué impérial.

Pour nos lecteurs distraits, rappelons que le Royaume-Uniforme a fermé ses frontières et expulsé tout diplomate étranger de son territoire depuis 1845, année du renversement de la reine Victoria par la reine Ada et de la proclamation de la dynastie Lovelace.

Une rumeur court même sur la présence de la mystérieuse souveraine des Ubritons lors de la cérémonie d'ouverture. Gageons que sa venue en grande pompe se fera encore aux frais du contribuable français…

Cette énième dépense vient s'ajouter à tous les chantiers d'aménagement des lieux d'attraction : des dizaines de galeries, jardins et autres pavillons mécanisés. Les travaux ont déjà coûté près de 42 millions de francs-cuivre et nécessité le déploiement de 1500 ouvriers, dont 300 automates ! La préfète de la Seine, Valentine Haussmann, et le non moins impopulaire Jules Ferry, brigadier-chef de la police secrète, ont collaboré sur cette réalisation à la demande de l'Empereur.

La grogne monte aussi chez les riverains depuis l'achèvement du projet de l'entrepreneur Gustave Eiffel. Jugée monstrueuse et ridicule, cette tour haute de 312 mètres s'est attirée les foudres de nombreux Parisiens, des plus modestes aux plus lettrés. Ainsi, l'écrivain Léon Bloy en parle comme d'un

« lampadaire véritablement tragique », tandis que le poète Paul Verlaine la compare à un « squelette de beffroi ». Certains habitants du voisinage ont d'ores et déjà intenté un procès à M. Eiffel…

Pour conclure cet article sur une note positive, nous aborderons les attractions les plus attendues. Parmi elles, les nouveaux modèles d'aéronefs du capitaine Clément Ader, professeur émérite à l'école militaire de Saint-Cyr. Déjà éblouissant avec ses modèles Éole, notre inventeur national garantit une surprise aérienne de taille, et ce dès la parade d'ouverture. Le spectacle promet aussi d'être au rendez-vous avec le Wild West Show, venu tout droit des Amériques et présenté par M. William Frederick Cody, dit « Buffalo Bill ».

Espérons de tout cœur que ces réjouissances suffiront à convaincre les visiteurs. Sinon, après de telles dépenses, la 10e édition de l'Exposition universelle risque de s'avérer une tragédie pour Paris…

Joseph Vilbort

INFORMATIONS PRATIQUES :

Cérémonie d'ouverture : **3 mai 1889**
Accès au grand public : **5 mai 1889**
Cérémonie de clôture : **31 octobre 1889**
Prix d'accès : **1 franc-cuivre par personne**
1 fc et 5 francs-plomb en soirée
Abonnement illimité : **1 franc-or**

Les automates canins doivent être tenus en laisse ou déprogrammés à l'entrée.

— IX —

Lorsque Philémon recouvra ses esprits, le Zéphyr reposait sous un monceau de ferraille.

La cabine de pilotage avait encaissé le gros du choc. De l'autre côté de la vitre brisée, des poutrelles d'acier se tordaient comme des spaghettis.

Le jeune homme se débarrassa des éclats de verre qui avaient volé jusqu'à son siège, puis s'ausculta avec crainte. À sa grande surprise, il était indemne. Deux ou trois estafilades, tout au plus. Il avait néanmoins l'impression d'être passé dans un moulin à poivre. Dès qu'il essaya de se lever, les poutrelles grincèrent de mécontentement. Quelques morceaux de tôle s'écrasèrent près de ses orteils. Philémon n'osa plus bouger.

Les secours débarquèrent bientôt. D'énormes mains à pistons éventrèrent la carcasse du Zéphyr pour le sortir du pétrin. Elles appartenaient aux cuirassiers de la parade, réquisitionnés dans l'urgence. Avant qu'on ne le fourre dans un fiacre-ambulance, Philémon eut le temps de constater que la galerie des Machines tenait encore debout : seul un coin du pavillon s'était effondré sous l'impact. Une maigre consolation.

En dépit de ses protestations, on l'amena à l'hôpital de l'Hôtel-Dieu. Tout en colonnes de marbre et en arches cuivrées, le bâtiment avait ouvert depuis à peine dix ans. Il était si moderne qu'il accueillait le premier service de radiographie de France : une invention basée sur les travaux de Wilhelm Röntgen, éminent professeur de physique prussien. Une infirmière lui communiqua cette information avec enthousiasme, mais les conflits encore récents entre la Prusse et la France inquiétèrent quelque peu Philémon quant à la bonne foi de l'inventeur…

Son opinion sur Röntgen ne s'améliora pas quand on lui fit boire une solution fluorescente au goût de craie, avant de l'enfermer dans un caisson métallique et de lui annoncer qu'on allait le bombarder de « rayons X ». Un nom pareil n'inspirait guère confiance.

Il en ressortit pourtant sain et sauf. De quoi se vanter, la prochaine fois qu'il croiserait Ferdinand.

Comme il n'avait rien de cassé, on l'emmena dans une chambre claire qui sentait l'eau de Javel. Une infirmière pansa ses plaies et appliqua de la pommade au camphre sur ses contusions.

Ensuite, Philémon passa une très étrange matinée.

À 10 heures, le commandant de Gondrecourt en personne vint lui annoncer son expulsion.

Postillonnant de colère, il expliqua au jeune homme que sa maladresse avait non seulement ruiné la parade, mais qu'il avait aussi détruit le pan de la galerie des Machines qui abritait les inventions de la Russie, de l'Italie et du Royaume-Uniforme. La reine Ada était furieuse. Pour éviter l'incident diplomatique, des têtes devaient tomber.

Philémon hocha sombrement la sienne. Il était trop sonné pour répondre aux accusations.

Le commandant repartit, autant sous pression qu'une cocotte-minute.

À 11 heures, le commandant de Gondrecourt revint et se confondit en excuses. Un premier déblaiement avait extrait des décombres les restes d'une arme prototype, un improbable canon électrique volé deux semaines plus tôt dans les ateliers de l'École de guerre par une bande de communards. Des témoins affirmaient avoir vu le canon sur le toit de la galerie peu avant le crash du Zéphyr. Philémon avait donc sauvé l'Empereur et la reine Ada d'un attentat. Son exclusion de Saint-Cyr était évidemment annulée. Il recevrait même une médaille.

Malgré ces bonnes nouvelles, Philémon blêmit. Il demanda au commandant si des victimes étaient à déplorer. Gondrecourt haussa ses épaulettes à franges : aucun conspirateur n'avait encore été retrouvé dans les décombres. Mais il ajouta qu'avec l'ampleur des dégâts, on pourrait enterrer leurs restes dans une seule et même boîte de conserve. Il quitta le jeune homme atterré en lui donnant une tape d'encouragement sur l'épaule.

À 11 h 30, Philémon reçut la visite du capitaine Ader qui lui annonça que la remise de la médaille était d'ores et déjà annulée. En effet, l'Empereur avait failli faire une syncope en apprenant de la bouche de Valentine Haussmann le coût de la galerie des Machines et de ses futures réparations. De source officieuse, il aurait même ajouté que des funérailles nationales auraient été préférables à un tel gâchis de francs-or. Les soldats étaient donc priés, à l'avenir, d'employer des moyens moins coûteux pour prévenir les attentats. Par souci d'économie, Philémon et ses camarades devraient aussi participer aux travaux de déblaiement de la galerie.

S'esclaffant de son gros rire bonhomme, le capitaine Ader conclut en déclarant que l'Empereur n'était pas au bout de ses surprises, car il ne lui avait même pas encore communiqué le prix de la reconstruction du Zéphyr.

Phil fut soulagé de voir qu'il prenait plutôt bien la destruction de son aéronef favori.

Le capitaine le quitta en lui ordonnant de se rendre à la galerie des Machines en début d'après-midi. Il devrait se présenter au lieutenant-brigadier Grévin, le gendarme assigné à la supervision des travaux. Ader souhaitait que Philémon participe aux fouilles le plus vite possible, car il était l'un des rares élèves capables d'identifier les pièces du Zéphyr et de les faire ramener à Saint-Cyr.

Le jeune homme acquiesça sans discuter. Aider aux réparations lui donnerait peut-être meilleure conscience. Surtout s'il avait aussi réduit en pièces des communards.

À 12 heures, un automate lui apporta un triste plateau-repas. C'était probablement la visite la moins réconfortante de toutes.

Pendant que Philémon se débattait avec un steak trop cuit et un bol de blanc-manger qui sentait le gaz de cobalt, ses sœurs vinrent à son chevet.

Ferdinand leur emboîtait le pas :

– Quel mélodrame, Phil ! D'un seul coup d'aile, tu empêches un attentat et manques de causer une guerre !

– C'est en grande partie grâce à toi. Ou ta faute.

– Moi ? s'offusqua Ferdi.

– Oui, toi ! Si j'avais pu dormir tout mon soûl, j'aurais été plus frais, plus alerte et capable d'éviter l'accident. Mais non, il a fallu que tu m'entraînes dans une de tes nuits infernales… Et que tu me fasses boire de la liqueur bonne à décrasser les moteurs !

Louise et Margaux échangèrent un regard perplexe.

– Tu transformes notre frère en patachon, Ferdi ? s'indigna Constance.

L'accusé fronça les sourcils :

– Hé oh ! J'ai proposé maintes fois de le ramener au bercail ! (Il pointa un index accusateur vers Philémon.) Mais tu étais trop occupé… à me voler Zélie, acheva-t-il entre ses dents.

– Qu'est-ce tu yoyotes ? Je n'ai… Enfin, je ne me rappelle pas trop, mais…

– Ah oui ? *Qui* lui a offert son couvre-chef ? Et *qui* lui a proposé de « voler ensemble jusqu'à l'horizon », la prochaine fois que vous vous verriez ? Pour des romaniciels, ça vaut une demande en mariage !

Philémon eut l'impression de recevoir un seau d'eau froide.

– Oh… *Oh*, répéta-t-il plus bas. Je m'en souviens, maintenant.

– Tu vas épouser une romanicielle ? C'est tellement romantique ! s'exclama Margaux, les mains jointes.

– Je ne te savais pas si bohème, cher frère, ajouta Constance avec une pointe de fierté.

– C'est elle qui a un éléphant mécanique ? Je pourrai monter dessus au mariage ? demanda Louise.

– Papa va te déshériter. S'il ne te fusille pas avant… souffla Joséphine, effarée.

Phil soupira à pleine gorge.

– Mais non. Ce n'est qu'une méprise : nous parlions d'oiseaux, alors je lui ai offert mon shako, avec le casoar dessus. Le casoar ne peut pas voler, vous vous souvenez ? Je trouvais ça drôle, sur le coup !

Ses quatre sœurs restèrent de marbre.

– Oui, bon… Je vous signale que je n'avais plus les idées très claires.

– Tu ne perdais pas le nord pour conter fleurette, bougonna Ferdinand.

– Si je revois Zélie, la seule chose que je ferai sera de me confondre en excuses, promit Philémon. Et de récupérer mon shako !

Il tendit une main amicale à Ferdi. Son ami finit par la serrer dans sa poigne de fer.

Tout était pardonné.

Pour le moment.

– Tu vas annuler tes fiançailles pour faire plaisir à ce sagouin ? le rouspéta Margaux.

– La méchanceté donne des verrues sur la langue, se moqua Ferdi. Mais, si tu tiens à le savoir, je ne reproche rien à Phil. Si ce n'est de ne pas m'avoir prévenu de ses intentions envers Zélie, comme un gentilhomme.

– En amour, tous les coups sont permis, intervint Constance en battant des cils.

– Ha, bien dit ! Moi, par exemple, j'attaque toujours sur plusieurs fronts…

– Tu es dégoûtant, rétorqua Margaux en lui tirant la langue.

Philémon soupira de nouveau.

– Assez, avec cette histoire. Je jure solennellement de ne plus boire que de l'eau jusqu'à mes éventuelles noces.

– D'ailleurs, c'était quoi, cette « liqueur à décrasser les moteurs » dont tu parlais ? Je pourrais en avoir ? s'enquit Louise.

– NON !!! rugirent ses aînés à l'unisson.

Philémon se tourna ensuite vers Ferdi.

– Peux-tu ramener mes sœurs ? Les rats m'envoient en corvée à l'Exposition universelle.

– Compte sur moi.

– Tu vas vraiment quitter l'hôpital ? demanda Joséphine. Alors qu'un immeuble entier s'est effondré sur ton crâne de piaf il n'y a pas même deux heures ?

– Ce sont les ordres, Joséphine. Et puis, sans me vanter, je pense que j'ai survécu au pire de ma journée…

Philémon avait raison : il ne lui arriva rien de plus terrible ce jour-là.

En revanche, il n'avait pas prévu qu'il serait encore à la galerie des Machines après minuit. Une nouvelle journée jaillit du fourneau du destin, telle une miche de pain pétrie d'ennuis.

Quelques heures plus tôt, Phil avait fait la rencontre du lieutenant-brigadier Arthur Grévin.

Le gendarme lui laissa d'emblée une mauvaise impression, avec sa pipe puante qui ne quittait pas le coin de sa bouche et ses petits yeux chassieux qui furetaient sous son képi. Pas vraiment un meneur d'hommes. Plutôt un chefaillon imbu de son autorité. Heureusement, il passait le plus clair de son temps dans son bureau – une guérite sans fenêtre qu'il avait réquisitionnée au bout de la galerie.

Philémon rencontra également les autres ouvriers, une bande de fiers-à-bras qui parlaient fort et empestaient l'huile de moteur. Le brigadier leur donna l'ordre de lui rapporter tous les débris qui ressemblaient à des fragments de machine. Ils seraient triés, puis retournés aux nations dont les expositions venaient d'être écrabouillées. Il ordonna la même chose pour les morceaux du Zéphyr.

Les ouvriers protestèrent : comment différencier un bout de ferraille d'un autre ? Le brigadier balaya leurs plaintes d'un geste las. Dans le doute, ils n'avaient qu'à montrer d'abord les décombres à Philémon. Selon les mots de Grévin, le jeune homme semblait être l'ampoule la plus brillante du lot. Il ferait donc un premier tri avant de lui apporter les bons débris.

Même s'il avait la nette impression de se faire avoir, Phil accepta la tâche.

Il reçut beaucoup de pièces à trier. Trop. À tel point qu'il passa l'après-midi entre le site de l'accident et la guérite du gendarme. À 18 heures sonnantes, lorsque tous les ouvriers rentrèrent chez eux, il avait à peine commencé à déblayer le carré de gravats qui lui était assigné.

Au lieu de s'en retourner avec les autres, Philémon voulut achever sa mission. Aucun corps de conspirateur n'avait été retrouvé pour le moment, mais il restait des tonnes de verre et d'acier à déblayer. La conscience coupable, le garçon préférait donc poursuivre les recherches. Il doutait de réussir à trouver le sommeil avant plusieurs heures.

L'éclairage de la galerie des Machines fonctionnait encore, malgré l'accident. Beaucoup des énormes ampoules au cobalt clignotaient cependant, quand elles n'étaient pas carrément éteintes. La lumière intermittente créait des îlots de clarté qui rendaient l'obscurité alentour plus profonde. Les ombres s'allongeaient sous le plafond de verre ; le silence aussi. Le seul bruit provenait de la pelle télescopique avec laquelle Philémon balançait les gravats dans une brouette automatisée. Une fois plein, l'engin roulait de lui-même vers les caisses de triage. Phil était un peu étonné de ne voir aucun automate plus perfectionné assigné à la tâche. Par «souci d'économie»? Certainement, car il faudrait sans doute amener une grue dans les prochains jours pour s'occuper des débris les plus imposants.

En parlant de débris, le lieutenant-brigadier n'était pas sorti de sa guérite depuis plusieurs heures. Il devait être tout autant occupé avec le triage que Philémon l'avait été dans l'après-midi.

Sous la chaleur des ampoules, le jeune homme avait quitté sa veste d'uniforme. Les bretelles de son pantalon pendaient à sa ceinture. Sa chemise était tachée de poussière et de sueur. À pelleter ainsi dans la pénombre, il avait plus que jamais l'impression d'être un fossoyeur.

Phil se rassurait en observant les inventions extravagantes qu'abritait la galerie. Des créations en tout genre, aussi ingénieuses que farfelues. Ici, sur le stand du Brésil, une machine à écrire qui jouait aussi de la musique comme un clavecin. Là, un moteur américain censé fonctionner non pas au gaz de cobalt, mais au beurre de cacahouètes. Plus loin, suspendu au plafond par des câbles d'acier, un navire espagnol qui ressemblait à un cigare en fonte. D'après une pancarte, il voguait *sous* les vagues plutôt qu'au-dessus. Et là-bas…

TOC!

Sa pelle venait de cogner contre un débris mollasson. Le souffle coupé, la gorge sèche, Philémon regarda la petite main pâle sur laquelle il venait de buter.

Ce n'était pas une main d'homme.

Pas aussi lisse. Pas de cette taille.

Une menotte d'enfant.

Dans un état second, il dégagea la manche d'une blouse d'écolier, un bras, un visage angélique aux yeux révulsés. C'était bien un môme. Les cheveux taillés court, mais trop jeune pour dire avec certitude s'il s'agissait d'un garçon ou d'une fille.

Quelle importance ?

La vie avait quitté ses traits innocents.

Philémon se sentit gagné par la nausée.

Il lâcha sa pelle. Le manche tomba sur la poitrine du bambin.

DONG !

Le jeune homme sursauta. Le choc avait troublé la galerie silencieuse d'un tintement de cloche. Métal contre… *métal.*

De ses mains, Phil dégagea le buste, puis les jambes maigrichonnes.

La blouse de l'enfant présentait une large déchirure au niveau du ventre. Sa peau aussi. Mais ce qui passait pour de la chair blême n'était qu'une fine couche de caoutchouc. Et derrière, point de sang. La blessure dévoilait d'étranges viscères : des rouages de cuivre, des pistons, des câbles, des ressorts.

Avec un mélange de stupeur et de soulagement, Philémon constata qu'il s'était fourvoyé :

Pas un homme, non. Ni un enfant.

Un *automate.*

NUMÉRO 234.

JOURNAL de PARIS.

Dimanche 22 AOÛT 1824,
DE LA LUNE LE 28.

GUERRE EN GRÈCE: LES AUTOMATES, MENACE POUR LA PAIX OU SALUT?

L'Europe compte ses morts et le conflit s'enlise!

Le décès de Lord Byron, emporté par la fièvre à Missolonghi en avril dernier, fait encore beaucoup parler dans les salons de Londres jusqu'à Moscou, en passant par Paris. Le célèbre poète était venu combattre aux côtés des indépendantistes grecs contre l'occupation de l'Empire ottoman. Pas moins de trois nations occidentales apportent aujourd'hui leur soutien aux forces rebelles. Elles fournissent notamment des engins de guerre autonomes capables de rivaliser avec les terribles Kızağan, les janissaires mécaniques sortis des manufactures de Constantinople.

Cependant, de nombreuses voix commencent à s'élever contre l'utilisation d'automates sur les champs de bataille. En effet, les machines sont sans cœur, sans remords et sans pitié. Bien loin de l'étiquette militaire en vigueur! Et que dire de leur puissance? Un automate est capable de pulvériser dix hommes en moins de temps qu'il ne faut à un seul soldat pour recharger son arquebuse... Un tel potentiel de destruction a de quoi mettre mal à l'aise. Est-il vraiment raisonnable d'employer des armes aussi dangereuses à grande échelle ?

Rarement programmés pour faire des prisonniers, les automates massacrent les soldats cherchant à se rendre, voire les civils. On se souvient encore des atrocités du siège de Tripolizza, en 1821, où pas moins de 8 000 hommes, femmes et enfants, soit la quasi-totalité des habitants de la ville, furent brûlés par des machines incendiaires modèle Baba Yaga fournies aux assaillants grecs par le tsar Alexandre Ier de Russie.

Plus les automates afflueront sur les champs de bataille, et plus ces carnages deviendront monnaie courante, arguent les détracteurs des combats mécanisés. Leurs opposants clament que les soldats de fer et de cuivre ne sont que des outils : comme toute arme, ce ne sont pas eux qui tuent, mais les hommes qui les emploient.

Le débat promet d'être aussi long que passionné. Et quelle que soit l'issue de la guerre, il y a fort à parier que la « question automate » sera au centre des futurs traités.

Pour l'instant, malgré les divisions de l'opinion publique, le prix du gaz de cobalt reste au plus haut.

Claire Démar,
correspondante
internationale.

X

Plus confus que jamais, Philémon plaça l'enfant dans sa brouette automatique.

Le corps pesait un poids considérable, preuve supplémentaire qu'il était constitué de métal plutôt que de chair. Il était pourtant si ressemblant que le jeune homme ne put s'empêcher de lui fermer les paupières. Sous le plat de sa main, Phil sentit que les yeux bleus n'étaient que deux billes de verre peint. Quant aux cheveux maculés de débris ? De la paille de fer.

Pensif, il suivit le couinement des roues de la brouette jusqu'à la guérite du brigadier.

Cet automate dépassait en réalisme les animaux mécaniques des romaniciels, et même les mannequins-cibles de l'entraînement. Il aurait aisément pu passer pour un humain. Une atteinte aussi sévère à la troisième loi de la *Pax Automata* ne valait pas une simple amende – plutôt une exécution. Qui aurait été assez fou pour introduire une telle machine au cœur de l'Empire ? Les communards ? Ils semblaient les coupables désignés. Mais dans quel but ?

Une conversation étouffée le tira de ses réflexions. La

brouette venait de s'arrêter devant la guérite. Le brigadier Grévin parlait bas, mais sa voix de baryton traversait la porte. Le dialogue laissa Philémon perplexe, car il n'avait croisé personne d'autre depuis le départ des ouvriers. Dans un élan de curiosité, il plaqua son oreille contre le bois.

– Non… Non. Pas encore, Monsieur l'Ambassadeur. Je vous préviendrai dès que nous le retrouverons. En toute discrétion, oui.

Philémon eut l'intime conviction qu'il parlait de l'enfant automate. Un gouvernement étranger comptait le présenter à l'Exposition universelle : voilà l'explication ! Cela semblait plus logique, et surtout moins sinistre qu'un éventuel plan des communards.

Voulant bien faire, il ouvrit précipitamment la porte et poussa la brouette à l'intérieur.

– Brigadier ! Monsieur l'Ambassadeur ! Je crois que j'ai trouvé votre…

Philémon ne termina pas sa phrase.

Grévin était seul dans la guérite. Il parlait à sa main.

– Saint-Cyr ne t'a pas appris à toquer, gredin ? grogna-t-il une fois la surprise passée.

Les yeux de Phil se posèrent sur un appareil rond au creux de la paume du brigadier. Une montre de gousset, ou peut-être un miroir de poche. Impossible d'en être certain : Grévin referma trop vite le clapet de cuivre, avant de le glisser dans sa veste d'uniforme.

– Mes excuses, brigadier ! dit le jeune homme en se mettant au garde-à-vous.

Grévin ne lui prêta guère d'attention. Il se leva de son bureau et inspecta le contenu de la brouette.

– Eh bien ! Tu as trouvé ça tout seul, aspirant ? demanda-t-il, le regard brillant.

– Oui, brigadier.

– Alors que tous les autres sont partis ?

– Oui, brigadier. Ils sont rentrés.

Grévin partit d'un bon rire de gorge. Ses yeux ne riaient pas, cependant.

– Une veine de pendu ! (Il pointa son bureau.) Pose-le là. Je m'en vais de ce pas contacter son propriétaire.

Philémon se pencha sur l'automate, mal à l'aise.

– Si je puis me permettre, brigadier… À quoi sert cet automate ? Son apparence contrevient à la *Pax*.

L'air las, le brigadier haussa ses épaulettes.

– Tu crois que je discute les ordres des grosses huiles ? Je n'en sais pas plus que toi, soldat. Fais attention à ne pas l'abîmer davantage, c'est tout ce qu'on te demande.

Il le salua sèchement et sortit de la guérite en claquant la porte.

Philémon resta coi. Un instant, il fut tenté de le suivre pour le bombarder de questions. Mais le brigadier avait raison : on ne discutait pas les ordres. Surtout quand on était un jeune aspirant à deux doigts de l'exclusion.

Tout de même, les diplomates ont de sacrés passe-droits… pensa-t-il en déposant l'enfant sur le bureau. Le bois craqua. Le son se prolongea par un grincement métallique. Puis des cliquetis. Ils semblaient provenir de l'automate.

Intrigué, Phil pressa son oreille contre la poitrine artificielle. Clic-clac. Les rouages recommençaient à tourner. On pouvait distinguer leur mouvement par l'entaille de l'abdomen.

– Euh… brigadier ? Il se passe quelque chose !

Son appel se heurta au silence.

– Brigadier Grévin ?

Toujours pas de réponse. Ni même un bruit de pas.

Sans quitter l'automate des yeux, Philémon recula jusqu'à la porte et actionna la poignée.

Elle resta close.

On l'avait enfermé dans la guérite.

Sur le bureau, le corps de l'automate était maintenant agité de spasmes. Les mouvements saccadés ressemblaient à une crise d'épilepsie, en plus déroutant. Les cheveux dressés sur la nuque, Philémon laissa la poignée tranquille. Il devait trouver autre chose. Quel choix lui restait-il ? Défoncer la porte ? Elle n'était pas bien épaisse. Mais lui non plus.

Résigné, il prit un pas d'élan et fonça.

Son épaule rebondit sèchement contre le bois.

Serrant les dents de douleur, il recommença.

Une fois.

Deux fois.

À la troisième tentative, la porte tomba de ses gonds sans prévenir. Phil l'esquiva de justesse.

Un homme colossal se tenait dans l'ouverture : deux mètres de haut, la largeur d'une armoire normande. Sa veste à longues basques et son gilet anthracite semblaient prêts à craquer aux coutures. Comparés à lui, les costauds qui avaient déblayé la galerie seraient passés pour des gringalets. La jambe gauche du briscard était levée, comme s'il venait de défoncer la porte d'un unique coup de pied. Sous son chapeau melon, son visage livide était dénué de toute expression. Mais ses yeux bleus étincelèrent en apercevant Philémon.

– Je n'ai rien touché, indiqua ce dernier. Il s'est activé de son propre chef.

L'inconnu s'avança d'une démarche pesante. Il ne semblait pas intéressé par l'automate.

À sa façon de bloquer le passage, Phil lui devina des intentions hostiles. Pour se tirer de ce mauvais pas, il fit mine de partir en direction du bureau, puis pivota sur ses talons au dernier moment et fonça vers la sortie.

La feinte ne trompa pas le géant : avec une vitesse surprenante pour sa taille, il attrapa le jeune homme d'une main gantée de noir et le souleva du sol comme un vulgaire pantin.

Philémon eut l'impression qu'un étau venait de se refermer autour de sa gorge. Les pieds battants dans les airs, il tenta de se dégager de la poigne qui menaçait de lui briser les vertèbres. En vain. Les doigts avaient la dureté de l'acier.

L'asphyxie le guettant, il griffa l'homme au visage. La chair lisse s'effrita mollement entre ses ongles. De la cire. Le colosse portait un masque de cire.

Les phalanges qui l'étouffaient se serrèrent davantage.

Au bord de l'inconscience, Philémon crut entendre vrombir une hélice d'avion. Le son attira même l'attention de son bourreau qui se retourna vers le bureau.

L'automate d'enfant était maintenant assis, la tête entre les mains, comme s'il souffrait d'une terrible migraine. Sa bouche était déformée par un cri silencieux. Des vapeurs de cobalt s'en échappaient, ainsi que de ses narines, de ses oreilles… Même de la plaie qui lui barrait le ventre. Le marmot ressemblait à une cocotte-minute en pleine ébullition.

Des arcs électriques apparurent autour de sa tête. D'un bleu flamboyant, ils formèrent une sphère crépitante, qui devint de plus en plus blanche à mesure qu'elle gagnait en volume.

Soudain, la boule d'énergie explosa en un éclair aveuglant.

Philémon se sentit frappé par une onde indescriptible. Des pointes de douleur lancinantes lui traversèrent le corps. Si les doigts du colosse ne lui avaient pas bloqué la trachée, il aurait vomi son quatre-heures.

L'étau des phalanges se desserra d'un coup. L'onde affectait davantage le mastard : il chuta en arrière de toute sa hauteur. Les murs de la guérite tremblèrent jusqu'au plafond. La seule décoration – un portrait de l'Empereur – se détacha de son clou et se fracassa au sol.

Dès qu'il eut repris son souffle, Phil se précipita vers le cadre brisé pour s'armer d'un morceau de verre. Il le brandit vers son agresseur.

Peine perdue : le colosse était toujours hors d'état de nuire. Son masque de cire avait fondu, révélant une ossature en plaques de cuivre. Mais ses yeux injectés de sang étaient on ne peut plus humains. Ses manches paraissaient avoir explosé au niveau des coudes, et son pantalon aux genoux.

Des lambeaux d'acier s'étiraient en corolles du tissu déchiré, répandant de l'huile et des vapeurs de cobalt. Ses membres étaient artificiels, eux aussi !

Philémon n'attendit pas que l'homme – s'il pouvait encore prétendre à ce nom – reprenne du poil de la bête. Il l'enjamba pour s'enfuir. Alors qu'il atteignait la porte de la guérite, un pincement ferme l'obligea à faire volte-face : l'enfant automate venait de le saisir à la cuisse.

– Lâche-moi ! Lâche-moi, ou je te tranche les doigts ! s'écria Phil en le menaçant de son poignard improvisé.

Le gamin eut un petit sursaut. Il relâcha immédiatement sa prise.

Philémon le regarda ensuite tendre une main implorante vers lui. Son imitation de la frayeur était saisissante.

– Je suppose que tu m'as sauvé… concéda le jeune homme en roulant des yeux.

Il referma ses doigts sur les siens et l'entraîna à sa suite.

Ensemble, ils traversèrent la galerie des Machines au pas de course. Pendant qu'ils filaient, des faisceaux de lampes à gaz apparurent dans la pénombre. Les trilles d'un sifflet de gendarme les accompagnaient. Le brigadier Grévin revenait avec des renforts, semblait-il.

Les fuyards atteignirent le pan accidenté de la Galerie, dont ils sortirent en escaladant les débris. Seulement, l'automate s'écroula dès qu'ils rejoignirent le parvis. Il venait de perdre conscience. Enfin… de s'éteindre.

Philémon hésita un instant à l'abandonner là. Ce n'était qu'une machine, après tout. Et peut-être que leurs poursuivants ne souhaitaient que le récupérer ? Hélas, rien n'était moins sûr : le brigadier Grévin avait cherché à le faire taire, Phil en aurait mis sa main à couper.

Plus il y réfléchissait, et plus l'affaire sentait les ennuis. Une forte odeur de conspiration.

De conspiration internationale, même, si on ajoute ce mystérieux ambassadeur ! se dit le garçon. *Je vais avoir besoin de preuves pour me tirer d'affaire…*

Phil embarqua donc l'automate sur son dos. Une décision qu'il regretta vite, tant sa « preuve » pesait lourd. Par chance, un vélocipède électrique attendait devant l'entrée. Il y installa l'enfant inerte et empoigna le guidon.

– Hé ! Mon vélo ! fit une voix derrière eux.

– La Nation t'en est reconnaissante, citoyen ! clama Philémon en pédalant à toute berzingue.

Un sourire nerveux lui étirait les lèvres : s'il finissait devant une cour martiale, « voleur de vélocipèdes » mettrait un peu de légèreté dans les chefs d'accusation.

Il quitta la place Joffre sans plus d'encombres. Les trépignements du cycliste lésé disparurent bientôt dans la nuit.

Les muscles au supplice et le cerveau en ébullition, Philémon atteignit la place des Vosges vers 1 heure du matin.

Il se gara dans le parc central, au cas où on l'aurait suivi. Heureusement, aucune patrouille de police ne les attendait au pied de l'hôtel particulier. Pas même un voisin trop curieux à sa fenêtre.

Philémon traîna son encombrant paquet jusqu'à la grande porte d'entrée des Fernay et ne souffla que quand elle fut verrouillée à triple tour. Seulement, il n'était pas encore rassuré. La gendarmerie faisait partie de l'armée : un haut gradé comme le brigadier Grévin ne tarderait pas à obtenir son adresse.

Ne souhaitant pas faire courir de risques inutiles à ses sœurs, Phil décida donc qu'il passerait la nuit ici avec l'automate, mais pas plus. Il contacterait Ferdinand à la première heure pour l'aviser de la situation. En attendant, il ne dormirait que d'un œil. Une arme pour se défendre ne serait pas non plus du luxe… Une idée lui vint : le tromblon à répétition du grand-père Fernay, celui qui décorait la cheminée du salon.

Philémon hésita à activer Otto pour porter l'enfant. Il y renonça finalement. Trop de raffut risquait de réveiller ses sœurs.

Tandis que les escaliers grinçaient sous leurs poids combinés, une voix flûtée descendit jusqu'à eux :

– Hé, oh ! Y a quelqu'un ?

– Louise ? C'est toi ? Tu n'es pas couchée ?

– Phil ! Un coup de main, s'il te plaît ?

Le cœur battant, Philémon se précipita à l'étage.

Louise était suspendue au lustre du salon par un filin d'acier. Le câble était accroché à une épaisse ceinture de cuivre qu'elle portait par-dessus son pyjama, et qui la retenait tête en bas à un bon mètre du sol.

– Qu'est-ce que tu as encore fabriqué ? soupira son grand frère.

La benjamine des Fernay se fendit d'un sourire gêné.

– Je testais ma dernière invention : une ceinture de sécurité !

– Effectivement, tu as l'air en parfaite sécurité… Comme un saucisson dans un cellier.

– Je n'avais pas la même hauteur de plafond dans ma chambre, gros malin ! Peux-tu appuyer sur ma boucle de ceinture ? Elle est trop loin de mes doigts.

Philémon déposa l'automate et s'exécuta. Le filin se détacha du lustre. Louise tomba dans les bras de son frère.

– Comment fonctionne ton bidule ? s'enquit-il en fronçant les sourcils.

– Par magnétisme. Comment fonctionne le tien ?

Elle pointa l'enfant du doigt.

– Si je le savais…

Louise bondit dans ses chaussons et fonça examiner la machine.

– D'où sort ce prodige ? De tes romaniciels ?

Philémon profita de sa curiosité :

– Je t'expliquerai demain. En attendant, puis-je le ranger dans ta chambre ? Avec le reste de tes poupées ?

– Ce ne sont pas des poupées, mais des prototypes !

Elle accepta tout de même.

La chambre de Louise accueillait plus d'automates estropiés que le cimetière des machines de Vincennes. L'endroit idéal pour cacher l'enfant.

– Ne t'avise pas de le bricoler, prévint Philémon en le déposant sous un établi crasseux. Sauf si tu veux finir en tête à tête avec Mlle Guillotine.

– J'en doute. Ils électrocutent les condamnés à mort, maintenant. C'est Constance qui me l'a dit.

Philémon soupira et lui souhaita bonne nuit. Il retourna ensuite décrocher le tromblon du salon. La pétoire datait du Premier Empire, mais elle ferait l'affaire.

Phil l'huila et la chargea de grenaille dans la cuisine. Puis il poussa une marquise dans le hall et s'y installa. Enroulé dans une couverture à franges et le fusil entre les bras, il s'apprêta à garder l'entrée toute la nuit.

Bien entendu, il s'endormit en moins d'un quart d'heure sur l'ample fauteuil rembourré.

— XI —

Philémon se réveilla en sursaut. Des grincements rouillés lui vrillaient les tympans.

Il faillit s'arracher la tête avec le tromblon, car il avait dormi le menton collé au canon.

Fort heureusement, la cause du vacarme n'était pas un redoutable colosse en chapeau melon, mais Otto, le valet automate de la maison. Conformément à sa programmation, il s'était activé aux aurores et passait un coup de plumeau sur la marquise, le fusil, et même le visage stupéfait du jeune homme. Phil éternua.

– Otto, un thé au citron ! Et un peu d'huile ne te ferait pas de mal non plus… ordonna-t-il ensuite pour éloigner l'automate.

Maintenant qu'il était debout, il en profita pour regarder le cadran de la pendule.

6 heures.

Bien trop tôt pour réveiller Ferdinand un samedi. Au moins, Phil avait plus de chances de le trouver chez lui qu'en vadrouille. Il décida donc de lui passer un coup de miroir.

Le mirophore familial se trouvait dans le bureau de Père.

Philémon n'y était pas monté depuis une éternité. Des sabres entrecroisés et des médailles sous verre décoraient sobrement la pièce aux lambris vernis. Le garçon ferma les rideaux, avant de s'installer sur le fauteuil qui faisait face au mirophore lui-même : une grande glace en pied, cernée d'un cadre de cuivre poli.

En s'asseyant, il sentit du papier crisser sous son postérieur. Une partition de saxophone. Margaux avait dû venir jouer un air aux parents lors de son dernier appel. Elle insistait pour travailler devant eux son doigté, même s'ils ne pouvaient rien entendre puisque le mirophore ne transmettait pas les sons. Une chance pour leurs tympans.

Phil repensa alors à la conversation qu'il avait surprise la veille. Le brigadier Grévin parlait avec quelqu'un de vive voix. Le minuscule engin qu'il avait caché ne pouvait donc pas être un mirophore. S'agissait-il d'un de ces fameux « téléphones » venus des Amériques ? Improbable, il n'avait remarqué aucun fil dans la guérite. Et Philémon avait encore plus de mal à croire que la gendarmerie fût subitement à la pointe de la technologie…

Le jeune homme attrapa l'ardoise accrochée près du miroir, ainsi qu'un bâtonnet dans le pot de craie. Sous la glace, une série de six chiffres étaient gravés. Ils correspondaient au numéro attribué par l'administration impériale. À côté d'eux, des boutons de cuivre marqués de 0 à 9 attendaient qu'on les presse.

Philémon composa de mémoire le numéro de Ferdinand. La famille de L'Anse-Dufour était suffisamment riche pour posséder plusieurs mirophores. Son ami en avait même un dans sa chambre.

Sitôt les boutons pressés, une ampoule au cobalt illumina le miroir de l'intérieur. Phil entendit les rouages activer une multitude de prismes plus petits, sertis dans une longue gaine de cuivre. Ils permettaient de transférer les images jusqu'au toit, où elles étaient envoyées à leur destination grâce au réseau de miroirs paraboliques, installés pour la plupart sur des dirigeables de retransmission. Il ne fallut pas bien longtemps à Philémon pour que la cloche de cuivre du mirophore se mette à sonner. Au lieu de son propre reflet dans la glace, la tête chiffonnée de Ferdinand.

« ? norialc ua ével se't uT ? lihP » était écrit sur l'ardoise qu'il portait.

Philémon retourna sa propre ardoise pour déchiffrer le message – le revers faisait miroir.

Il répondit « .rios iduej ruop ehcnaver am tE .ecnegru enu tse'C ».

Ferdi déchiffra à son tour.

Sans le fastidieux processus de traduction, la conversation ressemblait à ceci :

– Phil ? Tu t'es levé au clairon ?

– C'est une urgence. Et ma revanche pour jeudi soir.

– Je vois. Qu'as-tu encore explosé ?

– Tu ne crois pas si bien dire…

– Sais-tu qu'à cause de tes exploits, l'Exposition n'ouvrira ses portes que lundi ?

– Ce n'est pas plus mal, vu ce qu'on y trouve.

– Comme quoi ?

– Il faut qu'on en discute. Je peux passer chez toi ?

– Aujourd'hui ? Ça ne peut pas attendre ?

Le reflet de Ferdinand paraissait fuyant.

– Tu as mieux à faire que de me sauver la vie ?

Philémon souligna « sauver la vie » d'un trait insistant.

– Oh, ça va ! Inutile de monter sur tes grands chevaux ! J'ai juste une journée chargée. Mère organise sa séance : je dois lui servir de chauffeur pour la trimballer dans tout Paris. Mais nous serons de retour à 18 heures. Passe donc.

– Merci bien. J'essaierai de ne pas me faire tuer avant.

– Si ça arrive, je paierai ton cercueil. À plus tard !

Son image s'estompa, avant de disparaître complètement.

Philémon préférait ne pas lui en dire trop au mirophore. Les gazettes entretenaient des rumeurs à propos d'employés des dirigeables qui interceptaient les messages pour le compte de la police secrète. S'ils en étaient capables, d'autres le pouvaient aussi. Mieux valait rester discret sur ce qui s'était passé la veille.

Le jeune homme quitta le bureau pour gagner la chambre de Louise. Il entrebâilla la porte : sa petite sœur dormait profondément. Sous l'établi, l'enfant automate n'avait pas bougé. Phil n'avait aucune envie de le laisser ici toute la journée, surtout sans savoir quelle était sa fonction. Que se passerait-il s'il s'activait de nouveau ? S'il relâchait encore sa drôle d'énergie ?

Mais le traîner avec lui attirerait toutes sortes d'attentions malvenues. Il décida de consulter ses sœurs au petit-déjeuner pour trouver une solution.

En attendant qu'elles se lèvent, Philémon joua les sentinelles. Ses tours de garde le menèrent des fenêtres du salon jusqu'au jardin de l'arrière-cour. Tout semblait normal. Pas de silhouette tapie sur les murets. Il revint au salon. Dehors, le brouillard matinal se dissipait déjà sous l'ardeur du soleil. Phil crut alors apercevoir, au coin de la rue, une ombre massive et le bord d'un chapeau melon.

Il plissa les yeux, s'accroupit, visa... Mais l'ombre s'était déjà évanouie.

– Tu comptes abattre cette fenêtre avec le tromblon de grand-père ? fit Joséphine dans son dos.

– Sommes-nous attaqués par la Prusse ? Est-ce la guerre ? demanda Margaux, plus excitée qu'anxieuse.

– Certainement pas. Il ne se passe jamais rien dans le coin, intervint Constance en étouffant un bâillement.

En chemises de nuit et chaussons, ses sœurs se tenaient au milieu du salon.

– Il faut que je vous parle... leur annonça Philémon.

Une fois qu'il eut terminé son récit, elles échangèrent des regards sceptiques.

– Tu es sûr de ne pas avoir pris un coup sur la tête ? s'inquiéta Margaux.

– Je t'avais dit de rester à l'hôpital ! le tança Joséphine.

– Je suis parfaitement lucide, grommela Phil.

Il les emmena voir l'enfant pour prouver ses dires. Leur irruption finit par réveiller Louise.

– Quelqu'un est mort ? Est-ce que c'est Margaux ? s'enquit la benjamine d'une voix ensommeillée.

Sa sœur – bien vivante – lui expédia un oreiller au visage.

Les explications de Philémon furent soudain plus convaincantes : ses sœurs restèrent aussi interdites que lui face au réalisme de l'automate. Un peu attendries, aussi.

– Nous ne pouvons le laisser sans défense, annonça Joséphine.

– Mais que ferons-nous si les gendarmes débarquent ? s'affola Margaux. Ou ces terribles bonshommes en fer-blanc ?

– Nous pourrions passer quelques jours chez tante Hortense… proposa Joséphine.

– Dans la campagne d'Orléans ? Je préfère encore mourir ! affirma Constance.

– Le manoir de Ferdinand nous offrira l'asile, dit Phil. Je doute que quiconque soit assez puissant – ou assez brave – pour s'attaquer à Mme de L'Anse-Dufour et son armée de domestiques. Même une nation étrangère.

La proposition fut accueillie avec plus d'enthousiasme qu'il ne l'aurait cru.

– Boulogne ? C'est toujours mieux qu'Orléans, concéda Constance.

– Je peux emmener mon saxophone ? demanda Margaux.

– Si le saxophone vient, toi, tu restes ici, la rabroua Joséphine.

– Ferdi ne peut nous accueillir avant ce soir, expliqua Phil. En attendant, soyez sur vos gardes. N'ouvrez à personne. Pas de sortie. (Il se tourna vers Constance.) Et pas de mirophore pour tout raconter à tes amis !

Joséphine ramassa le tromblon qu'il avait déposé contre le mur.

– Qu'ils viennent donc, dit-elle en le faisant tournoyer comme un soldat de carrière.

– Je vais déployer Croquemuche ! proposa Louise.

Sous ce sobriquet se cachait un automate à l'apparence de grenouille mal fichue. Louise l'avait conçu elle-même. Il était censé protéger la maison comme un chien de garde, mais sa programmation hasardeuse le rendait imprévisible. Il avait notamment du mal à faire la différence entre les mollets de la famille et ceux des intrus.

– Mieux vaut activer Croquemuche quand nous serons sur le départ, tempéra Philémon.

Il se rendit dans sa chambre pour s'habiller. Une tenue plus discrète que son uniforme s'imposait. Son choix se porta sur la chemise ample et tachée d'herbe qu'il portait pour le jardinage, ainsi qu'un boléro oublié par un ramoneur. Un pantalon retroussé aux chevilles compléta l'ensemble.

Alors qu'il enfilait ses bretelles, Louise vint lui apporter un présent.

– Tiens. Ma ceinture de sécurité.

– Euh… merci ?

– Tu en auras plus besoin que moi, affirma-t-elle avec un clin d'œil.

Philémon haussa les épaules, mais accepta le cadeau : la ceinture remplacerait avantageusement ses bretelles. Devant la glace de sa salle de bains, il remit la boucle d'oreille qui traînait toujours sur le lavabo. Il ressemblait maintenant à un forain. À un forain de pacotille, certes, mais plus à un soldat.

– Quelle touche tu as ! Un déguisement qui sort tout

droit des *Mystères de Paris*… fit Constance en référence à ses lectures du moment.

Les heures jusqu'au départ s'égrenèrent dans une atmosphère électrique. Les sœurs de Philémon avaient pris grand plaisir à fortifier l'hôtel particulier, poussant les meubles en barricades et posant moult chausse-trappes : des clous sous le paillasson, des seaux d'huile au-dessus des portes, des billes d'acier dans l'escalier…

Malheureusement, la seule victime de ces traquenards était pour l'instant Otto. Personne n'avait pensé à reprogrammer le pauvre valet.

Phil patientait dans la chambre de Louise. Il s'était posté en vigie à la fenêtre, gardant un œil sur le jardin et l'autre sur l'enfant automate. Celui-ci ne s'était pas réactivé. Les mécanismes à l'intérieur tournaient toujours, mais bien plus faiblement que la veille. Le jeune homme doutait qu'il puisse à nouveau défendre qui que ce soit.

Sur les coups de 16 heures, Philémon partit en éclaireur. Au cas où il serait suivi, il ordonna à ses sœurs de ne sortir qu'une heure plus tard et de prendre un fiacre. Son apparence dépenaillée lui valut des regards torves jusqu'à bord de l'omnibus. Le trajet fut pesant.

Une fois à Boulogne, Phil descendit les rues pavées à l'ombre des chênes rouvres. La petite ville était plus verte que Paris, et bien plus huppée. Même les automates portaient parfois des cravates, des nœuds papillons, voire des boutons de manchettes. Plus que jamais, Philémon évita de croiser les gendarmes : son choix de costume menaçait de le faire arrêter pour vagabondage. Sans son uniforme, il se sentait chétif et vulnérable. Il venait de découvrir le quotidien des petites gens…

L'omnibus l'ayant déposé non loin du manoir, Phil se retrouva bientôt devant une palissade en fer forgé.

Les grilles entrouvertes l'invitaient à entrer.

ABSINTHE MOULIN VERT.

Adieu lèvres violettes,
adieu langues chargées,
adieu migraines…
Ne cédez plus
au delirium de la fée bleue…
Ne buvez plus de vilaines mixtures
coupées au gaz de cobalt…
*Choisissez l'***ABSINTHE MOULIN VERT** *!*
Un spiritueux **SAIN** *et* **NATUREL.**

L'**ABSINTHE MOULIN VERT** ne contient que des huiles essentielles d'absinthine et de thuyone. Des substances *INOFFENSIVES* que l'on retrouve dans l'origan et dans la menthe. Un verre d'**ABSINTHE MOULIN VERT** remplace donc *PRATIQUEMENT* un bon repas ou un tube de dentifrice. 500 médecins de l'Empire recommandent l'**ABSINTHE MOULIN VERT** !

- Distillation par automates bouilleurs de cru, modèle « Assommoir » ;
- Anis du Gers ;
- Sucre roux des Antilles (plantations de L'Anse-Dufour).

XII

Le jardin était si vaste qu'on ne distinguait pas la demeure depuis les grilles. Une allée de sable clair se perdait derrière un rideau d'arbres tropicaux: des palmiers, des manguiers, des fromagers aux troncs gris et ridés comme des pieds d'éléphant… Tous déracinés en outre-mer, ils étaient entretenus avec soin pour survivre au climat métropolitain. De grosses sphères de cuivre, qui ressemblaient à des infuseurs à thé géants disposées parmi les feuillages, servaient de brumisateurs durant tout l'été, puis de radiateurs une fois l'hiver venu.

Avant d'atteindre cette jungle, Philémon aperçut trois fiacres luxueux qui stationnaient le long du chemin. Deux des attelages étaient naturels ; le troisième, automate. Les chevaux contemplaient leurs homologues mécaniques avec circonspection.

Un petit cercle de cochers fumait des cigarettes entre les berlines. Ils saluèrent Philémon d'un hochement de tête sans lui accorder plus d'attention. Le jeune homme fut surpris qu'ils ne lui aboient pas de décamper de là. Ils avaient sans doute l'habitude d'amener des invités excentriques aux soirées de Mme de L'Anse-Dufour.

Il leur rendit leur salut et s'engagea sur l'allée centrale. Au passage, il repéra le cabriolet de Ferdinand. Le véhicule était caché derrière le fiacre à l'attelage mécanique – le plus pompeux des trois. Philémon se sentit rassuré : si le cabriolet était là, son ami ne lui avait pas fait faux bond.

Arrivé à l'orée du jardin tropical, il bifurqua d'un pied sûr pour se faufiler entre arbres et fourrés. Le jeune homme connaissait le trajet comme sa poche, passant ici au moins deux fois par mois depuis ses dix ans. L'âge auquel Ferdinand et sa famille avaient déménagé des Antilles pour la France.

Une moiteur sournoise tombait depuis les cimes. Les diffuseurs crachaient de la brume d'eau par intermittence, mais elle alourdissait l'air plutôt que de le rafraîchir. Phil huma l'odeur douceâtre des mangues trop mûres qui tapissaient l'allée. Des fleurs exotiques grignotaient la verdure sur les bas-côtés : explosions chatoyantes d'hibiscus, d'anthuriums sanglants, de bougainvilliers violacés.

Alors que le garçon se battait contre les moustiques, un pas lourd agita les sous-bois.

La première pensée de Philémon fut pour le colosse mi-homme mi-machine. Il se carapata derrière les épais contreforts d'un tronc de fromager.

Deux bras comme des tuyaux de poêle sortirent des buissons. Ils portaient un plateau d'argent sur lequel Phil aperçut des verres vides et un alléchant pichet de limonade.

Il esquissa un sourire. L'automate qui s'avançait devant lui était une Toinette. Toinette n° 7, plus exactement : il reconnaissait la rayure qui barrait son visage en forme de pot de chambre. La marque était le souvenir d'un sabre en fer-blanc et d'un lointain après-midi à jouer aux pirates. La pauvre Toinette avait été défigurée à vie par le cruel capitaine Ferdinand…

Le jeune homme quitta sa cachette et se servit un verre sur le plateau que l'automate lui présentait. La limonade coula délicieusement dans sa gorge. Elle devait sortir de la glacière ; des gouttes perlaient encore sur le pichet. La maison était proche.

Toinette repartit d'une démarche alourdie par ses habits : tunique et jupon de chambrière, ainsi qu'un tablier en dentelle. Mme de L'Anse-Dufour insistait pour que même les automates portent l'uniforme des domestiques. Philémon suivit la servante mécanique.

Une pelouse, aussi verte et impeccable qu'un terrain de golf, apparut bientôt au détour des taillis. Toits coniques et murs de bois blanc, l'immense demeure se dressait sur le gazon. Elle était bâtie comme les maisons créoles que l'on trouvait dans les plantations d'outre-mer. Deux étages de vérandas et de balcons ombragés l'entouraient de chaque côté.

Sous le porche, une vaste moustiquaire abritait un salon extérieur. Mme de L'Anse-Dufour y recevait cinq invités. Une cohorte grinçante de Toinette et de Maurice remplissaient leurs verres dès qu'ils étaient vides, leur présentaient des plateaux d'acras de morue et de petits boudins noirs à grignoter, leur agitaient des éventails à manche long sous le nez pour les rafraîchir. Les familles de la très haute société avaient non seulement les moyens de se payer des automates de qualité, mais aussi des immatriculations impériales en quantité.

Les invités firent de gros yeux en découvrant Phil attifé à la romaniciel. Mais la mère de Ferdi le reconnut vite.

– Mon cher Philémon ! le salua-t-elle depuis les coussins de sa marquise en osier.

– Bonjour, Madame, répondit-il en grimpant les marches avec embarras.

La maîtresse des lieux était une sémillante petite dame aux yeux rieurs et aux pommettes bien rondes. Elle portait toujours un minuscule éventail pour se cacher la bouche quand elle parlait : sa passion gourmande pour le sirop de canne lui avait usé les dents.

Lorsque le jeune homme fut plus près, elle replia son éventail et le lui agita sous le nez.

– Qu'est-ce que Ferdinand t'a encore raconté ? Il s'agit d'une séance, pas d'une soirée costumée !

Les invités s'esclaffèrent.

Philémon reconnut parmi eux une paire de vieilles bourgeoises fripées, les sœurs Ferment-Plantier. Elles participaient souvent aux séances de spiritisme pour tenter de communiquer avec les branches mortes de leur trop vaste arbre généalogique. La liste des défunts faisait déjà la taille d'un bottin de mirophore.

À leurs côtés, un jeune couple en habits de deuil et un bel homme dans la quarantaine, élégamment vêtu d'un costume trois pièces à épaulettes. Il portait aussi un monocle, avec lequel il détailla la tenue du garçon.

– Peut-être cherche-t-il à plaire à votre bohémienne savante ?

Sous son sourire narquois, il parlait avec un fort accent russe.

– La jolie Zélie ? (Madame fit un clin d'œil à Philémon.) Tu es venu la charmer, toi aussi ?

L'adolescent n'eut pas le temps de bafouiller une réponse.

– Tu la trouveras à l'intérieur, au buffet. Cette petite a plus d'appétit qu'un boa !

Phil la remercia et s'excusa auprès des invités.

Alors qu'il gagnait l'intérieur, un dernier échange lui fit dresser l'oreille :

– La mode des jeunes gens me surprendra toujours.

– Moi aussi, Monsieur l'Ambassadeur.

– À Saint-Pétersbourg, ils se coiffent les cheveux avec de la graisse de moteur…

Un frisson parcourut l'échine de Philémon. L'inconnu était *ambassadeur de Russie* ? La coïncidence paraissait trop grosse. Il devait trouver Ferdi au plus vite.

Le cœur tambourinant contre la poitrine, il passa les portes-fenêtres et entra dans le salon à dîner. Une table nappée de blanc était dressée sur un tapis persan. Elle débordait de pâtisseries. Une jeune fille à la jupe plus colorée que les fleurs du jardin piochait directement dans les assiettes.

– Euh… Salut.

Zélie se retourna vers lui, un gros macaron à la framboise entre les lèvres.

Ses yeux fauves s'agrandirent.

Le macaron lui tomba de la bouche.

Elle éclata de rire.

Vexé, Philémon croisa les bras et tapa du pied jusqu'à ce qu'elle se calme. Il remarqua tout de même la fleur d'hibiscus accrochée dans ses cheveux, à côté de ses lunettes d'horloger.

– Ouh… J'ai failli m'étouffer, souffla Zélie en essuyant des miettes au coin de sa bouche. Mais tes habits, *gadjo*… T'as pris un coup sur la tête ?

– C'est un déguisement, grogna Phil. On me pourchasse, figure-toi.

Zélie redevint sérieuse.

– Si tu voulais être discret, t'aurais pu trouver mieux. Les hussards, les gendarmes, même les honnêtes citoyens… Tout le monde nous surveille. Tout le temps.

– J'ai remarqué ça, avoua le jeune homme en repensant au trajet jusqu'à Boulogne.

Il lui offrit un sourire contrit, qu'elle lui rendit.

Le moment devint vite gênant.

– Ferdinand t'a invitée ? continua Phil en essayant de paraître indifférent.

– Sa mère. Elle a loué les automates de notre maison hantée pour rendre sa séance plus « vivante ». (Un gloussement lui échappa.) Je suis venue les installer.

– Je vois. Et Ferdinand ?

– À l'étage. Il est parti me chercher de la gaze : notre momie a perdu beaucoup de bandelettes pendant le transport. J'ai besoin de la retaper un peu.

En l'entendant, Phil eut une illumination.

– Tu crois que tu pourrais réparer un automate étranger ? Même un très compliqué ?

Zélie fit la moue.

– *Va.* Tous les automates sont étrangers, pour moi. Mais je peux tous les rafistoler !

– Superbe ! répondit-il, des étoiles plein les yeux. Ne bouge pas d'ici !

Il la laissa devant le buffet et fonça à l'étage.

– Pourquoi je bougerais, *narvalo* ? fit Zélie en levant un sourcil. J'ai même pas goûté tous les gâteaux…

Elle le regarda grimper les marches comme un possédé. Puis elle recommença à piocher dans les macarons.

Philémon trouva Ferdinand au milieu d'un long corridor. Des cages de perruches gazouillantes se partageaient les murs avec des tableaux aux cadres dorés.

Un rouleau de gaze entre les mains, son ami contemplait un portrait de son père. La peinture montrait l'amiral en uniforme, le visage sévère et la pose conquérante.

– Ah, Phil ! On dirait bien que tu as survécu, le salua Ferdi.

– On dirait bien…

Son camarade avait la voix un peu tremblante et le regard embrumé. Philémon en fut surpris : il n'avait pas l'habitude de le voir baisser ainsi sa garde. De laisser transparaître des émotions sincères.

Avant qu'il ne puisse s'en inquiéter, Ferdinand annonça de but en blanc :

– Tu as croisé Zélie ? Je t'assure que je ne l'ai pas invitée pour te la souffler.

– Je n'y pensais même pas, mentit Phil.

– Savais-tu que mon père voulait me marier à une lointaine cousine de province ?

– Je l'ignorais. À vrai dire…

– Des noces arrangées. Comme celles de mes parents, en leur temps. Il n'y a jamais eu beaucoup d'amour entre eux. Du coup, nous n'avons jamais été une famille très unie. (Il ricana, amer.) Son trépas a arrangé les choses, je suppose.

Un autre jour que celui-ci, Philémon aurait volontiers écouté les états d'âme de son ami. Mais il se sentait quelque peu pressé par les événements de la veille.

– Écoute, Ferdi, je ne suis pas là pour…

– J'ai dû me rendre insupportable pour que Père renonce à me marier. Briser des cœurs, flirter jusqu'à la lie. Mais si je continue aujourd'hui, ce n'est pas par goujaterie, non. Mes histoires sont sans lendemain car je cherche la perle rare. Celle avec qui je pourrai enfin bâtir la famille que je n'ai jamais eue.

– Certes. C'est très touchant, mais…

– Tout ça pour dire que je ne me mettrai jamais entre toi et ton âme sœur, mon ami ! Je suis heureux pour vous ! (Il lui fit un clin d'œil.) Mais je ne te rendrai pas la vie facile pour autant !

Philémon soupira.

– Qu'est-ce qui me vaut cette édifiante conversation ?

– Ta tenue, rétorqua Ferdi.

Effaré, Phil le dévisagea sans mot dire. Son camarade finit par reprendre la parole :

– Quoi ? Tu n'es pas venu m'annoncer que tu rejoignais les romaniciels pour épouser Zélie ?

– Bien sûr que non !

– Bigre. Pourquoi diantre es-tu attifé ainsi ?

– On a essayé de me tuer, nigaud !

– Ce n'est pas le genre de vêtements dans lesquels j'aimerai mourir... persista son ami.

– Descendons rejoindre Zélie. Je ne suis plus d'humeur à me répéter, grommela Philémon.

Une fois au rez-de-chaussée, il leur expliqua en détail ses mésaventures.

Ferdinand resta dubitatif. Mais Zélie fut plus réceptive :

– J'ai envie de le voir, l'enfant, dit-elle en mâchonnant un caramel.

– Dès que mes sœurs arrivent, nous retournons chez moi, proposa Philémon.

Il se tourna vers son camarade.

– En attendant, l'ambassadeur sur ta terrasse ne m'inspire aucune confiance.

– Je doute qu'il soit venu pour toi, ricana son ami. Ça fait des semaines que je le croise. Il courtise ma mère. Ou l'inverse.

– Il pourrait quand même être le contact de Grévin, insista Phil.

Ferdinand haussa les épaules.

– T'as qu'à prévenir le commandant de Gondrecourt. Ou la police secrète, tant qu'à faire. Je suis sûr que Rouflaquettes adorerait déjouer un complot pour se faire mousser !

– Et à qui devrais-je donc tout raconter ? Même toi, tu me crois à peine !

– Je ne dis pas que je ne te crois pas… Juste que je ne vois pas le lien entre ton « Grévin » qui veut récupérer son joujou et une conspiration.

– Un brigadier français qui travaille pour le compte d'une autre nation, c'est déjà de la haute trahison ! Mais si quelqu'un d'encore plus important lui donne ses ordres…

– Oui, c'est plutôt bizarre d'avoir missionné un soldat aussi haut gradé pour superviser une bête collecte de débris, concéda Ferdi. Qui d'autre était au courant ?

– Ader… soupira Philémon.

Il ne pouvait se résoudre à admettre que son professeur était peut-être dans le coup. Ferdinand ne semblait pas plus convaincu :

– Ader est l'un des inventeurs chouchous de l'Empereur. Il a tout ce qu'il veut à Saint-Cyr ! Je ne le vois pas trahir la France, même pour tout le cobalt du monde… Tu fais fausse route.

Phil s'empressa de trouver un nouvel argument :

– Et si l'automate est bien une arme ? Il a fait exploser le colosse qui m'a attaqué ! Croirais-tu qu'une nation ennemie cherche à nous nuire ?

– Ce serait un bon début… Mais, avant d'accuser une puissance étrangère, il faudrait savoir d'où il vient, en plus d'à quoi il sert.

Zélie leva les mains au plafond, faisant cliqueter les breloques de ses bracelets.

– Ouh là ! Je suis pas sûre de réussir à déterminer son origine… Vos constructions de *gadjés* se ressemblent toutes !

– Ne t'en fais pas pour ça, lui répondit Phil d'un ton conciliant. Si tu peux nous en dire plus sur sa fonction, ce sera déjà beaucoup.

– Prions pour que personne ne le fauche d'ici là, conclut Ferdi.

Une heure plus tard, les sœurs de Philémon rejoignaient la soirée mondaine. Mme de L'Anse-Dufour parut ravie de les voir : la présence de jeunes filles à une séance de spiritisme promettait quelques cris effrayés de bon aloi. Évidemment, elle ne connaissait pas les goûts « spéciaux » de Constance… Ni le caractère pugnace du reste de la fratrie.

Phil fut tout aussi ravi de retrouver ses sœurs saines et sauves. En revanche, il le fut beaucoup moins de les voir scruter Zélie sous toutes les coutures. La romanicielle avait l'élégance d'y rester indifférente.

– Prenons le fiacre de mes frangines pour rentrer, proposa le jeune homme.

– Plutôt mon cabriolet. Il est plus rapide, argua Ferdi.

– Mais il n'a que deux places. Et nous sommes trois.

– Tu peux t'asseoir sur mes genoux, intervint Zélie en élevant la voix.

Ils partirent sous les regards scandalisés des invités.

— XIII —

Le retour à Paris fut bref, mais marquant.

Zélie avait décidé qu'elle serait plus à l'aise sur les genoux de Philémon que l'inverse.

– Chez nous, ceux qui froissent la *rotkia* d'une jeune fille sont maudits jusqu'au troisième petit-enfant, prévint-elle en s'asseyant.

– Je suis déjà dans la panade. Pas besoin de me rajouter des ennuis surnaturels, ronchonna Phil.

– Alors évite de tortiller !

– Il n'en aura pas le temps, assura Ferdinand en passant ses lunettes de pilotage.

Son pied ne quitta plus la pédale des gaz : le cabriolet parut voler à travers la campagne. L'allure impétueuse les enfonça tous dans leurs sièges. Cramponnée à Philémon, Zélie riait à gorge déployée. Lui osait à peine bouger. À bord d'un aéronef, la vitesse ne le dérangeait guère. Dans les airs, on risquait tout de même beaucoup moins de percuter des vaches…

La présence de la jeune fille le troublait davantage que les risques de collision. Ses cheveux de jais lui battaient le visage, menaçant de l'étouffer. Entre deux inspirations, Philémon nota qu'ils ne sentaient plus le jasmin, mais le savon à l'huile de lin. Avec une touche piquante, qu'il avait déjà humée dans l'armurerie de Saint-Cyr. C'était l'arôme de la poudre noire. Il se demanda si Zélie jouait les artificières à ses heures perdues.

Les routes de campagne cédèrent place aux rues pavées. Le crépuscule grignotait l'azur par petites bouchées.

La place des Vosges apparut bientôt sous le flambeau des réverbères.

– Gare-toi dans le parc, conseilla Philémon à Ferdi. Nous finirons à pied.

Sa prudence paya : il remarqua des gendarmes postés sous la galerie d'arcades qui faisait le tour de la place. Plusieurs argousins en uniforme guettaient les escaliers qui menaient chez les Fernay.

– Une embuscade, comprit Ferdinand.

– Tu me crois, maintenant ?

– Je peux les distraire, proposa Zélie. Les gendarmes *adooorent* nous courir après.

– Pas la peine. On va passer par-derrière.

Phil avait l'avantage du terrain. Derrière la place, il connaissait une impasse dont les murs peu élevés donnaient sur l'arrière-cour de ses voisins. Il suffirait ensuite de sauter de jardin en jardin.

Hélas, les murs étaient plus hauts que dans ses souvenirs. Des tessons de bouteilles cassées recouvraient leur sommet, rendant l'escalade impossible.

– Mince… Nous allons devoir changer de plan.

– Pas forcément. Y a une porte juste là, fit remarquer Ferdinand.

Il tenta de l'ouvrir.

Verrouillée.

Un coup d'épaule contre le fer forgé démontra sa solidité. Phil s'y essaya aussi, mais le choc lui fit grincer des dents.

Zélie s'interposa en roulant des yeux.

– Écartez-vous, avant de vous faire mal, *dinlos* ! Je m'en occupe.

Elle farfouilla dans les pans de sa *rotkia* pour en tirer ce qui ressemblait à un œuf de cuivre. La jeune fille en pressa le sommet. Relâchant un léger nuage de cobalt, la coquille coulissa, actionnée par de minuscules rouages, puis se fractionna pour former des plumes délicates, des pattes et un bec en forme de clé… En quelques secondes, l'œuf s'était métamorphosé en petit oiseau. Il déploya ses ailes de métal pour voler jusqu'à l'épaule de sa maîtresse.

– Il ne ressemble pas à ton Ciriklo, constata Philémon en se rappelant l'épervier.

– Lui, c'est Yaro. Un rossignol, sourit Zélie.

Elle tendit le doigt vers la porte fermée.

– Ouvre-nous ça, Yaro !

Le rossignol mécanique plana vers la porte, planta son bec à l'intérieur de la serrure et tournoya sur lui-même.

Un clic ! victorieux se fit bientôt entendre.

– Impressionnant ! s'exclama Philémon. C'est toi qui l'as construit ?

Zélie secoua la tête, un peu embarrassée.

– Mon grand-oncle Timbo. Il a même vendu la technique à un bijoutier de Saint-Pétersbourg contre trois dents en or. Un *gadjo* avec un drôle de nom français… Fabergé, je crois bien.

– Dégrouillez-vous ! On réglera la question de l'œuf ou de la poule un autre soir ! lança Ferdi aux deux traînards.

Les murets intérieurs n'étaient pas crénelés de tessons. Un brin de courte échelle suffisait à les passer. Les jeunes gens atterrirent vite dans la cour des Fernay.

La porte de la cuisine donnant sur le jardin était entrouverte. Philémon n'y vit rien de bizarre : l'une ou l'autre de ses sœurs oubliait souvent de la fermer. Il fonça néanmoins dans le hall pour vérifier l'entrée.

Elle était bien verrouillée à triple tour.

Le jeune homme hasarda un coup d'œil par les rideaux. Les gendarmes guettaient toujours la porte, mais ne semblaient pas vouloir en forcer l'ouverture. Commettre une effraction dans la demeure d'un général de l'Empire était une limite qu'ils ne franchiraient qu'en dernier recours.

Un brin rassuré, Phil conduisit ses amis jusqu'à la chambre de Louise. Son inquiétude revint le temps du trajet : escaliers et corridors baignaient dans la pénombre. Il se souvenait pourtant avoir demandé à Margaux de laisser quelques lampes allumées, afin de donner l'impression que la maison n'était pas vide de monde. Mais aucune ampoule ne brillait. Seuls les craquements du plancher crépitaient dans le silence, aussi épais et aigre qu'une crème qui aurait tourné.

– Ta maison sent la mort, lâcha Zélie.

La romanicielle ne faisait pas de métaphore. Une mauvaise odeur leur titillait les narines. Au troisième étage, ils en découvrirent la source : des fissures lézardaient le papier peint à fleurs, là où les conduites de gaz avaient explosé dans les murs.

Philémon poussa la porte de la chambre avec appréhension.

Comme il s'y attendait, l'enfant automate n'était plus sous l'établi. Il le retrouva allongé sur la couette de Louise.

D'autres formes gisaient au pied du lit.

Le jeune homme comprit enfin pourquoi le silence le troublait autant : il n'avait vu ni entendu Otto nulle part depuis qu'ils étaient entrés.

Le valet automate reposait sur le plancher. Sa grosse tête lisse avait roulé loin de son torse de cuivre, fendu de toute part comme une pastèque trop mûre. Une bouillie d'huile et de pièces détachées suintait des crevasses. Deux corps encore plus massifs qu'Otto encombraient le tapis.

– Enfer et fer-blanc ! Qui sont ces loustics ? s'écria Ferdinand.

Sur le premier, Philémon crut d'abord identifier le visage cireux du colosse qui l'avait agressé. Mais, lorsqu'il se pencha sur le second, il découvrit avec stupeur que l'homme portait le même masque de cire. Leurs traits identiques leur donnaient l'air de jumeaux.

– L'un d'eux m'a attaqué à la galerie des Machines. Enfin, je crois… Ils se ressemblent beaucoup trop.

Ferdi fronça les sourcils.

– *Que* sont-ils, alors ? Hommes ou machines ?

– Les deux.

Comme au premier assaut, les membres mécaniques des colosses avaient été réduits en morceaux. L'un d'eux portait une sorte de piège à loup là où aurait dû se trouver son pied droit. À côté, Philémon reconnut les restes de Croquemuche. Telle une version mécanique de la célèbre fable, la grenouille automate avait explosé. Autour d'eux, d'autres prototypes de Louise gisaient, pulvérisés. Une charpie d'engrenages.

Ses souliers évitant les carcasses, Zélie s'avança jusqu'au lit et posa la main sur le front de l'enfant. Elle recula vivement, les yeux écarquillés de stupeur.

– T… tout va bien ? s'affola Philémon.

Zélie se passa la main dans les cheveux avec un sourire d'excuse.

– Sa peau est chaude. Ça surprend.

– Oui, il est un peu trop réaliste… T'en as déjà vu des pareils ?

– *Ni'm mour léva*. Jamais de ma vie, avoua la jeune fille. Je le croyais moins complexe. Quelque chose comme Yaro, Bobo ou nos autres animaux.

– Tu peux toujours le réparer ?

– *Va*. Mais pas ici.

Les poings sur les hanches, Ferdi poussa du pied la tête décapitée d'Otto.

– Arme ou pas, ce momacque est dangereux. T'es sûre de vouloir l'embarquer ? demanda-t-il à Zélie.

Elle acquiesça avec détermination.

Ferdinand haussa les épaules. Il souleva le corps de l'enfant pour le reposer aussitôt.

– C'est pas un poids plume ! Si on essaye de l'sortir par les jardins, on alerte tout le voisinage !

Phil réfléchit un instant.

– Par l'entrée, alors. Ma mère garde notre vieux landau à la cave. Ensuite, en déguisant Zélie… Je dois pouvoir lui trouver un uniforme de chambrière.

– Trop gentil ! grinça l'intéressée.

– Si tu préfères faucher dans la garde-robe de ma sœur, libre à toi.

Le visage de la jeune fille s'éclaira d'un large sourire. Elle se faufila jusqu'à l'armoire de Louise et commença à fouiller parmi les habits. Philémon se sentit bien bête : il ne s'attendait pas à ce qu'elle préfère cette solution.

– Bref… soupira-t-il. Dès que Zélie est prête, on planque l'enfant dans le landau. Je sortirai le premier, pour attirer les gendarmes. Pendant ce temps, vous filez.

Ferdinand secoua la tête.

– Certainement pas, mon vieux. La diversion, je m'en charge !

– Ferdi…

– Réfléchis : je ne risque pas grand-chose. Une nuit au poste. Deux, à tout casser. Toi, en revanche…

Il tira de sa veste la clé du cabriolet et la jeta à Phil. Celui-ci l'accepta sans broncher. Impossible de discuter avec Ferdi quand il décidait de jouer les héros.

Derrière eux, Zélie claqua les portes de l'armoire.

– Ouste, maintenant ! Je me change ! Et pas d'yeux qui traînent. Sinon, la *bibahtalipe* sur vous !

Elle pointa deux doigts vers eux en signe de mauvais œil.

Les garçons s'éclipsèrent au plus vite, direction la cave.

Parmi les caisses de vin et les bonbonnes de gaz, ils trouvèrent le landau, un imposant berceau de cuivre muni de quatre roues et d'un guidon. Le sortir de la cave ne fut pas une mince affaire. Alors qu'ils le posaient sur le dallage, ils entendirent un cri venu des hauteurs.

– Zélie ! s'exclama Philémon en grimpant les marches quatre à quatre.

La jeune fille déboula dans l'escalier et faillit lui rentrer dedans.

– Les hommes-machines ! Ils sont toujours vivants !

Philémon se précipita dans la chambre de Louise.

Adossé à l'établi, l'un des colosses poussait un râle lugubre. L'autre se remettait debout sur ses moignons.

– On attrape le gosse et on se tire ! s'écria Ferdinand.

Ils foncèrent vers le lit et soulevèrent l'automate, évitant au passage le mastard estropié qui cherchait à leur faucher les jambes. Un éclair de colère traversa les iris bruns de l'hybride. Philémon nota ici une différence : son acolyte avait les yeux bleus.

Zélie claqua la porte de la chambre dès qu'ils furent sortis.

En descendant les marches, ils entendirent des poings qui tambourinaient contre le plancher, près de le fracasser. La ténacité des hommes-machines les laissait sans voix. Heureusement, trois étages entiers les séparaient d'eux.

– En piste ! déclara Ferdi une fois l'enfant installé dans le landau.

– Bonne chance. On se revoit vite, l'encouragea Phil en lui donnant une tape sur l'épaule.

– Un baiser porte-bonheur ? quémanda son ami auprès de Zélie.

– Bon… d'accord, répondit-elle malicieusement.

Elle s'accrocha au bras de Ferdi et se dressa sur la pointe des pieds.

Vert de jalousie, Philémon remarqua que la robe de Louise était un peu trop courte : elle lui dévoilait les chevilles. L'une d'elles arborait un joli bracelet plein de médailles dorées.

Alors que Ferdi se penchait pour recevoir son présent, Zélie recula brusquement. Un éclair de cuivre chétif jaillit de son corsage et voleta entre eux.

– Hé ! Mais qu'est-ce que…

– Je te laisse Yaro, s'esclaffa l'adolescente. Au cas où tu aurais besoin d'ouvrir une porte. C'est plus utile qu'un baiser, *dinlo*.

Ferdinand sourit à son tour. Le rossignol se posa sur sa paume tendue et reprit sa forme d'œuf. Le jeune homme le glissa dans sa veste, puis adressa un salut militaire à ses compagnons. Ouvrant la porte d'entrée, il partit en trombe sous les arcades de la galerie couverte.

Des sifflets de gendarmes retentirent aussitôt.

– Halte ! Halte !

– Pas le temps, l'ami ! J'ai rencard avec une dame ! Une dame au cœur de fer ! Mais à Paris, elles en ont toutes, n'est-ce pas ?

Ferdi criait à tue-tête pour signaler sa position.

Phil attendit que sa voix s'éloigne, ainsi que le bruit des bottes qui le coursaient.

Il passa enfin la tête dehors.

Gagné : pas un gendarme en vue.

Il aida Zélie à descendre le landau. La romanicielle poussait le guidon comme une jeune maman distinguée. D'un pas nonchalant, ils traversèrent la place des Vosges sans se retourner.

Dès qu'ils furent installés dans le cabriolet, Philémon hasarda un regard pour Ferdi.

Un attroupement s'était formé au coin de la place. Avec des mouvements d'ivrogne, Ferdinand escaladait un lampadaire en chantant une ritournelle paillarde. Des bâtons de gendarmes le cernaient de toutes parts.

– *Sik, sik !* T'en fais pas pour lui ! Il a la tête plus dure que les hommes-machines ! fit Zélie en lui pressant le bras.

Phil en était moins certain qu'elle.

Le cœur coupable, il tourna la clé du cabriolet et quitta les lieux.

— XIV —

Garé à l'orée du bois de Vincennes, Philémon attendait le retour de Zélie. La jeune fille s'était précipitée vers le camp pour chercher du renfort.

Il profita de son absence pour inspecter l'automate à la lumière des phares.

L'enfant semblait en plus piteux état qu'avant. Une huile bleuâtre avait coulé de ses oreilles, formant une croûte sur ses lobes de caoutchouc. Sa blessure au ventre s'était agrandie : on n'entendait quasiment plus les rouages à l'intérieur. S'il n'avait pas été une machine, Phil aurait juré que celui-ci se trouvait aux portes de la mort.

Après ce constat sinistre, il évita de laisser vagabonder ses pensées vers Ferdinand et ce qu'il pouvait lui arriver aux mains des gendarmes.

Zélie revint accompagnée de l'ours Meska. Sitôt l'enfant sanglé au dos de la bête, ils traversèrent les bois.

Sans *patchiv* pour l'animer, le campement des romaniciels paraissait bien désert.

– Beaucoup d'entre nous travaillent à la foire jusqu'aux petites heures du matin, expliqua la jeune fille.

Parmi les présents, quelques femmes cuisinaient le ragoût du soir. Leur énorme marmite devait avoir été un torse d'automate, dans une autre vie. Plus loin, sous les guirlandes de lampions, un groupe de gamins jouait aux osselets avec des vis et des écrous.

Zélie échangea des mots en romani avec les curieux. Mais elle repoussa toutes les mains qui s'approchaient de leur cargaison.

Elle entraîna Philémon jusqu'à une aéroulotte à la peinture écaillée, plantée à côté de l'immense chapiteau central.

– C'est chez moi, annonça-t-elle d'une voix fière.

Philémon s'attendait à retrouver le désordre de la chambre de Louise, mais l'intérieur était parfaitement rangé, avec des rideaux de tulle pour séparer les espaces, de belles nappes florales, d'épais tapis sans tache d'huile et un mobilier rouge pimpant qui épousait la forme arrondie des murs couleur miel. L'odeur des bouquets de fleurs séchées peinait à couvrir celle, entêtante, du vernis frais.

Phil remarqua que son shako décorait une étagère, au milieu d'une collection d'assiettes en faïence colorée. Zélie le gratifia d'un petit sourire gêné.

Ils déposèrent l'enfant automate sur la table de cuisine qui servait aussi d'établi.

La maîtresse des lieux sortit des placards ronds une batterie d'outils digne d'un atelier de désenroueurs : tournevis, pinces, clés plates par dizaines. Lunettes de bijoutier vissées sur les yeux, elle ausculta l'enfant d'une main aussi précise que délicate. Elle était si concentrée qu'elle tirait parfois la langue.

Philémon la regarda faire dans un silence admiratif. Il n'était pas manchot quand il s'agissait de réparations, mais les doigts graciles de Zélie rappelaient un chirurgien en pleine opération. L'apparence de l'automate rendait l'image encore plus juste. Plus déroutante, aussi.

– *O'beng !* Jamais rien vu d'pareil ! avoua la jeune fille avec enthousiasme au bout d'un long quart d'heure.

– C'est une sorte d'arme, n'est-ce pas ? hasarda Philémon.

Il gardait un souvenir vivace de son domicile ravagé. Notamment des fissures aux murs et des conduites de gaz explosées. L'automate avait aussi broyé les membres des hommes-machines par deux fois. Sa dangerosité était évidente.

Zélie haussa pourtant les épaules.

– Difficile à dire. Il n'a pas de couteaux cachés à l'intérieur des bras. Ni de poudre noire ou à canon dans le ventre. Juste du bel ouvrage.

– Tu saurais dire d'où il vient ?

Les yeux de Zélie s'éclairèrent derrière ses loupes.

– Ça, c'est encore plus bizarre ! Il est lisse !

– « Lisse » ? répéta Philémon sans comprendre.

– Ça veut dire qu'il n'a pas de numéro d'immatriculation ni de nom de manufacturier gravés sur les engrenages. Même pas d'alliage que je pourrais reconnaître. (Elle se frotta le menton, pensive.) Notre campement a sillonné toute l'Europe, alors on sait très bien faire la différence entre les ferrailleurs de Saint-Pétersbourg, les fabriques de Montmartre, les souffleries de Venise et les villes-usines de l'Empire ottoman… Mais là, rien.

Philémon fronça les sourcils. Déjà deux coups d'épée dans l'eau : impossible d'identifier son origine ou sa fonction.

– Ne fais pas cette tête ! reprit Zélie, sourire aux lèvres. Si je le répare, peut-être qu'il nous dira tout ça de lui-même.

Il la dévisagea un instant, pas certain d'avoir bien entendu.

– Tu plaisantes, j'espère. Il ne peut quand même pas parler ?

– Pourquoi pas ? Tu peux bien, toi. (Un soupçon d'aigreur traversa le visage de Zélie.) Tu te souviens de ce que je te disais, l'autre soir ? Au sommet du chapiteau ?

Philémon se passa la main dans les cheveux avec embarras.

– Pas exactement...

Elle croisa les bras sur sa poitrine, vexée.

– Je t'expliquais que, plus les automates sont complexes, plus ils ont... de la personnalité, disons. Tu n'en as jamais remarqué un en train de faire quelque chose qui n'était pas programmé sur ses cartes perforées ?

Immédiatement, Phil repensa aux automates-cibles de son examen de pilotage. L'un d'eux avait tremblé comme une feuille en dirigeant son fusil factice vers lui. Sur le coup, le garçon avait cru à une simple simulation. Mais, maintenant qu'il y réfléchissait, pourquoi programmer une réaction de peur face à l'ennemi ? Il n'y avait pas d'avantage stratégique à apprendre à tirer sur des gens terrorisés.

Philémon s'apprêtait à faire part de cette bizarrerie à Zélie quand il se rappela qu'ils avaient déjà eu cette discussion, l'autre soir... Il referma donc son clapet.

Devant son air choqué, la jeune fille s'esclaffa.

– Ah ! Il se souvient, bravo ! (Elle pointa un tournevis vers le visage artificiel du gamin.) Bien sûr que non, il ne va pas parler ! Mais peut-être que sa façon d'agir va nous en apprendre plus sur lui.

– Oui, on sera fixés quand il essaiera de nous tuer… persifla Philémon.

– Je croyais qu'il t'avait sauvé la vie. Et que c'était même pour ça que tu l'avais rapporté chez toi, le taquina-t-elle.

– Il ne fonctionnait pas très bien. Mieux vaut rester prudents.

– Je vais avoir besoin d'un coup de main pour le remettre en état, admit Zélie. Je pensais m'en sortir seule, mais il est bien trop complexe. J'ai pas très envie de lui ouvrir la tête pour regarder les cartes à l'intér…

On frappa soudain à la porte. Des coups violents, qui les firent sursauter sur leurs tabourets. Philémon pensa d'abord aux gendarmes. Puis son esprit envisagea pire : les colosses de chair et d'acier.

– Zélioschka ? Tu es rentrée ? hasarda une voix rocailleuse.

La jeune fille parut aussitôt rassurée.

– Quand on parle du *ruv* ! dit-elle avec un sourire.

Elle bondit sur ses pieds et ouvrit la porte.

Un homme imposant entra dans l'aéroulotte. Malgré ses soixante, soixante-dix ans et sa large bedaine, il marchait le dos droit et le pas plus fier qu'un jeune coq. Son visage était marqué par le temps, surtout autour des yeux. Philémon trouva qu'il ressemblait à un vieux pirate, avec sa barbe hirsute qui tombait sur sa chemise ouverte.

De minuscules médailles d'airain cliquetaient parmi ses tresses grisonnantes.

– Oncle Timbo ! le salua Zélie.

Il souleva la jeune fille dans ses gros bras tatoués, manquant de peu le plafond bas de la roulotte, puis la reposa comme si elle ne pesait rien.

– Te voilà sapée comme une *rani* ! constata-t-il en découvrant sa nouvelle robe.

Les yeux cernés de Timbo tombèrent alors sur Philémon.

– Qui c'est, ce *tchavo* ? Ton amoureux ?

– Oncle Tim… souffla Zélie, gênée.

Le vieil homme gratifia Phil d'un rictus où brillaient assez de dents en or pour fondre un petit lingot. Il y ajouta une remarque en romani que le garçon ne comprit pas, mais qui fit beaucoup rire Zélie.

– Marco et Patrin t'attendent à la baraque, poursuivit Oncle Timbo. C'est ton tour de préparer la tambouille.

La jeune fille parut troublée.

– Ils ont déjà faim ? s'étonna-t-elle.

– *Va*. Ça veut *criave* avant demain.

Ils échangèrent un long regard plein de non-dits. Philémon ne comprenait pas ce qu'il y avait de si mystérieux à cuisiner, mais il se garda bien de poser des questions.

– Je vais y aller, concéda Zélie. Mais avant, tu peux jeter un coup d'œil à ça ?

Elle s'écarta de la table, laissant Timbo découvrir l'automate d'enfant.

– *Devel !* clama le grand-oncle en levant les bras au ciel.

Il se laissa tomber sur un tabouret et étudia l'automate avec les mêmes gestes précis que sa petite-nièce.

– Tu es sûre qu'on fait bien de lui montrer ? chuchota Philémon à l'oreille de la jeune fille.

– Timbo est mon *kirvo*. Mon parrain, lui répondit-elle. C'est aussi le meilleur mécano de tout le camp. (Elle éleva la voix.) Oncle Tim, tu penses qu'on peut le remettre sur pied ?

Il se tourna vers eux en tirant sur la pointe de sa barbe.

– Les engrenages sont costauds. Me faut des vis de six, de nouveaux pistons, des moyeux à double couche…

– On trouve ça à la casse, *na* ?

Oncle Timbo secoua la tête.

– La retape ne tiendra pas. Faut du neuf, du solide. Surtout, faut des pièces en *roupini*, voire en *sonékaÿ*. Pas de la merdouille de *sastar* ou de *kopra*… La conduction électrique du circuit interne est trop délicate.

– Il faut des pièces de rechange en argent ou en or. Pas en fer ou en cuivre, traduisit Zélie.

Elle se mordit la lèvre, l'air contrarié.

– Comme tu t'en doutes, poursuivit-elle, c'est pas des métaux qu'on trouve sous le sabot d'un âne…

– Et pas touche aux chicots d'ma *muj* ! ricana Timbo en montrant ses dents.

Philémon réfléchit un instant. Puis son visage s'éclaira.

– Si vous me faites une liste, je vous dégote tout pour demain, leur assura-t-il.

– Tu comptes *tchourav* un orfèvre ? Un dépôt-banque ? s'enquit le vieil homme.

Récupérant son shako parmi les assiettes décorées, Phil lui répondit avec un clin d'œil :

– Mieux… une école !

— XV —

L'enceinte de Saint-Cyr paraissait toujours plus haute en pleine nuit.

Philémon ne se laissa pas intimider : les frasques de Ferdinand les avaient déjà entraînés dans des visites nocturnes de l'école. Il s'agissait surtout de menues bêtises avant la rentrée des classes, comme plier en portefeuille les lits du dortoir des garçons, ou déposer une rose sur chaque oreiller de celui des filles. De quoi briser la glace avec les nouveaux aspirants.

C'était cependant la première fois que Phil s'y rendait en ayant l'intention d'y commettre un crime.

Un crime ? Tu y vas fort ! Un délit, tout au plus ! plaisanta Ferdi dans sa tête, en parfaite manifestation de sa mauvaise conscience.

En se garant à côté du Marchfeld, Philémon se souvint aussi que son ami avait un dicton : « Il ne se passe jamais rien de bien après 3 heures du matin ! » Or, l'heure avait tourné. Il espéra que sa chance ne tournerait pas, elle aussi.

Ni claire comme le jour, ni sombre à trébucher, la nuit

était saupoudrée d'étoiles. Une brise humide annonçait un orage prochain. Seuls des hululements de chouettes couvraient parfois la complainte du vent.

Le jeune homme traversa le petit bois pour rejoindre les hangars d'aviation. En bon étudiant militaire, il s'était fixé deux objectifs : son casier, puis les ateliers. Les formes ovales des hangars apparurent bientôt devant lui, tel un champ de dirigeables. Philémon se glissa dans celui de la classe d'aviation.

Le clair de lune filtrait à peine par les hublots fumés, mais le garçon naviguait d'un pied sûr entre les ombres cuivrées des aéronefs. Il connaissait les lieux mieux que sa propre chambre. Arrivé devant son casier, il y récupéra une minuscule lampe à gaz – un modèle qui servait à éclairer les moteurs pendant les réparations. Il enfila également une longue redingote réservée aux vols d'hiver. La doublure de laine lui tenait trop chaud, mais combiné à son shako, le manteau faisait un uniforme acceptable. Phil n'avait pas osé retourner chez lui pour se changer, et son déguisement de bohémien, déjà fort décrié durant la soirée, aurait encore moins de succès ici... On risquait même de lui tirer dessus à vue.

Une fois habillé, il gagna les ateliers. Aucune chance d'y trouver les pièces de la liste de Zélie : la classe d'aviation étant considérée comme trop coûteuse par le commandant, ils n'avaient droit qu'à des écrous de seconde main et des boulons au rabais. Les outils étaient cependant passables. En particulier les tournevis, ainsi qu'un pied-de-biche destiné à ouvrir les carlingues pour les vidanges. Il glissa une paire des premiers dans ses poches; le second sous son manteau. Puis il éteignit sa lampe et quitta le hangar pour commencer la véritable infiltration.

Même sous le couvert de l'obscurité, traverser les derniers cent mètres du Marchfeld vers les bâtiments était risqué: Phil avançait en rase campagne sur la pelouse impeccable. Le moindre officier en train de fumer la pipe à sa fenêtre, le moindre élève pris d'une insomnie... et le clairon d'alarme retentirait. Son ersatz d'uniforme ne le sauverait pas: l'accès aux extérieurs était interdit à tous les élèves, passé minuit.

Les patrouilles étaient cependant moins fréquentes qu'on aurait pu le penser. Le commandant de Gondrecourt les espaçait pour que les aspirants soient tentés d'enfreindre le couvre-feu. De cette façon, il pouvait régulièrement infliger une bonne punition publique aux fauteurs de troubles. Un excellent moyen de briser le moral des prisonniers de guerre... enfin, des pensionnaires. Aux yeux de Philémon, le machiavélisme du commandant expliquait bien des choses sur les penchants sadiques de sa fille, Joséphine.

Pour éviter de finir «fusillé» à coups de seaux d'eau glacée devant toute l'école, il avança donc recourbé, prêt à détaler en vitesse si l'une des cent fenêtres du bâtiment s'illuminait soudain.

Les ampoules restèrent toutefois éteintes.

Il avait presque atteint les parterres floraux et les escaliers derrière eux quand les bribes d'une conversation parvinrent à ses oreilles. Les voix parlaient de tout et de rien, se plaignaient des élèves comme de l'administration. Elles étaient cependant proches, trop proches : deux officiers venus faire une pause cigarette au milieu de leur patrouille.

Le cœur battant la chamade, Philémon plongea dans un buisson touffu.

Par chance, aucune branche ne craqua pour trahir sa présence.

Par malchance, il s'agissait d'un rosier.

Le visage couvert de fraîches égratignures, le jeune homme ressortit du fourré une fois le danger passé. Maudissant le tabagisme, il grimpa les marches jusqu'à l'entrée.

De son tournevis, il descella la poignée de porte. Une technique bien plus simple que d'essayer de forcer la serrure – il tenait la méthode de Constance et de ses romans policiers.

Le bâtiment central était sobrement décoré, façon galerie d'art classique en manque de visiteurs. Philémon ne s'attarda pas sous les peintures militaires ni les bibelots ramenés des campagnes impériales. Son nouvel objectif était l'atelier de désenrouage de l'école. Il se situait dans l'aile ouest, entre l'armurerie et les dortoirs des filles.

Glissant en silence sur le marbre des dalles, le garçon traversa les couloirs silencieux. Il y avait quelque chose d'excitant à se faufiler ainsi en territoire hostile. S'il échouait à devenir soldat, son père pourrait peut-être jouer de ses contacts au ministère de l'Ennemi intérieur et lui trouver un poste de contre-espion ? Phil s'imagina un instant en uniforme de la police secrète. Mais la violence routinière des Hussards noirs ne l'enchantait guère. De plus, s'ils ne s'étaient pas rendu compte qu'un complot menaçait l'Empereur et que même des gendarmes étaient impliqués, ils ne devaient pas être bien compétents…

À force de penser « espionnage », Philémon se sentit observé. Ce n'était probablement que son imagination, exacerbée par les corridors identiques qui se succédaient. Mais il éteignit à nouveau sa lampe. La lumière des astres suffisait bien : la lune le surveillait de son œil pâle à travers les fenêtres. Phil espéra tout de même qu'elle était la seule à le faire.

Lorsque le sol de marbre céda la place à du parquet grinçant, il sut qu'il avait atteint l'aile ouest. Il ne lui restait qu'un étage à grimper pour trouver l'atelier. Le pied léger, il poussa plus avant.

Un flash illumina soudain ses déambulations.

Philémon se raidit, certain de s'être fait prendre.

Mais le flash disparut à la vitesse de… l'éclair. Un coup de tonnerre le suivit. L'orage pressenti venait d'éclater.

En bon Parisien, Phil pesta contre la météo. Le retour en ville s'annonçait humide, car le cabriolet était dépourvu de capote. Une pluie drue comme de la grêle se mit alors à tomber. Les éléments se déchaînaient derrière les vitres. Malgré le tonnerre, ses oreilles captèrent un chuintement dans la pénombre. Affolé, Philémon se glissa dans la première salle de classe venue.

La source du bruit se rapprocha. Un frotti-frotta régulier, comme des chaussons sur un tapis.

Par la porte entrebâillée, le garçon risqua un œil à l'extérieur.

Un banal automate d'entretien passa devant lui : un pot de fonte à roulettes, maniant un balai élimé. Pas le genre de machine qui risquait de l'arrêter.

Ricanant de sa frayeur, Philémon repartit.

Il se trompa de couloir, atterrit devant le dortoir des filles et dut rebrousser chemin avant que Tantine Cerbère, l'automate d'alarme qui veillait sur les lieux, ne le détecte.

Finalement, la porte de l'atelier surgit devant lui.

Une chaîne munie d'un cadenas à combinaison la verrouillait. Quelqu'un d'aussi malin que Zélie ou sa sœur Louise aurait probablement pu trouver le code. Mais Philémon ne possédait pas leur intelligence. Ni même un automate de rossignol. Voilà pourquoi il avait apporté un autre genre d'animal : son pied-de-biche.

Plutôt que de forcer le cadenas, il employa encore une technique de filou et s'attaqua à la chaîne. Il enroula les maillons les plus lâches autour du pied-de-biche, auquel il imprima un mouvement de torsion. Après plusieurs tours, les anneaux de métal s'entremêlèrent, exerçant une forte pression les uns sur les autres. L'un d'eux craqua finalement comme une noix, permettant à Phil d'entrer dans l'atelier.

La pièce était moins remplie qu'il ne l'avait escompté. Saint-Cyr n'utilisait pas assez d'automates perfectionnés pour faire des lieux une caverne d'Ali Baba. En dehors des mannequins d'entraînement, dont les poitrails en morceaux attendaient des réparations sur divers établis, les seuls modèles plus complexes que les machines d'entretien de l'école étaient les « bourdons ». Ces automates-là ressemblaient à des cubes de zinc épais munis d'une hélice sur leur face supérieure. Bien plus fiables que des pigeons voyageurs, ils transmettaient des missives par la voie des airs lorsque le réseau de mirophores ne suffisait pas.

Philémon fut ravi d'apercevoir une douzaine de bourdons remisés sur une étagère. Leurs circuits internes contenaient des pièces de premier choix. Proprement alignées au fond de la pièce, d'autres caisses de matériaux patientaient derrière les rayonnages.

Le jeune homme sortit de ses poches la liste donnée par Zélie. Elle l'avait griffonnée au dos d'une réclame pour un « corselet-gorge », une toute nouvelle invention qui allait être présentée à l'Exposition universelle par une certaine Herminie Cadolle. D'après le prospectus, il s'agissait d'un sous-vêtement. Philémon se sentit un peu gêné par les illustrations… mais pas autant que par l'écriture de Zélie. Il dut s'y reprendre à plusieurs fois pour déchiffrer ses pattes de mouche. Heureusement, l'oncle Timbo avait raturé certains mots pour les remplacer par d'autres plus lisibles.

L'adolescent remplit sa redingote de vis, de moyeux et de boulons adéquats. Il faucha même une bobine entière de fil d'or. Ne lui manquaient que les pistons en argent. Aucune des caisses n'en contenait, et les automates-cibles étaient en trop mauvais état pour en récupérer sur leurs carcasses. Phil se tourna donc vers les bourdons. Il se souvenait d'avoir étudié leur mécanique interne en cours.

Il monta sur un tabouret pour atteindre leur étagère.

Tandis qu'il farfouillait, une voix le fit sursauter.

– Fernay ? Mais qu'est-ce que tu fabriques ?

Il se retourna et manqua tomber : Elisa Delaroche se tenait à côté du tabouret.

Même avec le fracas de l'orage pour couvrir ses pas, comment était-elle arrivée aussi près ? Un fantôme de chat n'aurait pas été plus discret.

La jeune fille empoignait le pied-de-biche qu'il avait posé. Elle n'hésita pas à le lui brandir sous le nez.

– Je… j'ai une bonne explication ! balbutia Philémon en reculant contre l'étagère.

– Inutile de gaspiller ta salive. On est tous au courant de ton larcin : tu as volé un fiacre de la gendarmerie.

– Quoi ? Mais pas du tout ! Je…

– À d'autres ! le coupa Elisa. Cet après-midi, un brigadier est venu avertir les professeurs et les pensionnaires. Ils te cherchent partout. Et maintenant, je te prends la main dans le sac. Je pensais que tu aimais les cieux, mais te voilà tombé bien bas…

Sa condescendance habituelle exaspéra aussitôt Philémon.

– Ça te fait rire ? Si je vole en pleine tourmente, c'est ta faute ! s'emporta-t-il.

– Ma faute ? Et puis quoi, encore ?

– C'est toi qui devais conduire le Zéphyr ! Pas moi !

– Je… j'étais malade… répliqua Elisa, désarçonnée.

– Tu parles ! Nous sommes dans la même classe depuis trois ans, et je ne t'ai – hélas ! – jamais vu manquer une seule journée. Oui, j'ai fait attention !

La main d'Elisa trembla un peu sur la barre de fer. Ses joues s'empourprèrent un instant. De rage, ou d'émoi ? Difficile à dire, dans la pénombre. Phil, en tout cas, ne remarqua rien.

– Même atteinte du choléra, tu n'aurais pas laissé passer ta chance de piloter le Zéphyr, poursuivit-il. Et si tu n'avais pas déréglé les commandes, j'aurais pu au moins… (Ses yeux s'écarquillèrent soudain.) Mais… Attends un peu ! Aurais-tu fait exprès de le saboter ?

– Quoi ? Quelle idée ! Je n'ai rien sab…

Sans lui laisser le temps de terminer sa phrase, il repoussa le pied-de-biche et sauta au bas du tabouret.

Elisa recula.

Mais Philémon n'en profita pas pour s'enfuir : il préférait la confronter. La colère lui donnait des ailes, et son cerveau tournait à plein régime, comme si des rouages dont il ignorait l'existence s'activaient soudain sous son crâne.

– Bon sang ! continua-t-il. Comment ai-je pu ne pas le voir ? Ta disparation le jour du défilé, les commandes qui ne répondaient plus… Tu voulais provoquer un accident ! Parce que, parce que… tu fais partie de la conspiration !

Elisa le dévisagea, interdite.

– La conspiration ? (Elle secoua la tête.) Ce n'est pas en prison que tu devrais aller… Plutôt dans un asile.

– Ah oui ? Si j'ai perdu l'esprit, explique-moi donc ce que tu fais ici à une heure pareille.

L'hésitation ressurgit dans la voix de la jeune fille.

– Je… je suis déléguée de classe. C'est mon devoir d'aider les patrouilles de l'école. Surtout avec un aliéné comme toi dans les parages.

Entre deux coups de tonnerre, Phil éclata d'un rire nerveux.

– Mais bien sûr... Parce que tu savais que j'allais revenir me jeter dans la gueule du loup ? *Ce soir même ?* Tu es douée pour beaucoup de choses, Elisa, mais le mensonge n'en fait pas partie.

La poigne de la jeune fille se resserra sur la barre de fer.

– Suffit, les fadaises, maintenant ! Je t'emmène chez Gondrecourt. Ne m'oblige pas à t'assommer.

Les yeux du jeune homme s'écarquillèrent de nouveau. Il pointa la porte de l'atelier du doigt.

– Et ça, ce n'est pas un de tes monstrueux complices qui s'approche, peut-être ?!

– Si tu crois que je vais me laisser avoir par une ruse aussi grossière, soupira Elisa, tu me prends vraim...

Elle n'eut pas le temps de finir sa phrase. Un bras métallique la balança à travers la pièce comme une poupée de chiffon. Elle atterrit contre un établi, renversant des morceaux de mannequins-cibles.

Le pied-de-biche était tombé près de Philémon. Il le ramassa avec résignation, tout en toisant le visage lisse de l'agresseur. Ces colosses et leurs chapeaux melon commençaient à lui taper sur les nerfs... Il projeta donc la barre de fer en plein dans sa face de pantin.

Le géant attrapa le pied-de-biche au vol. Tel un hercule de foire, il le tordit comme un bretzel. Puis il se jeta sur le garçon.

Philémon esquiva la charge d'un pas sur le côté.

Son assaillant percuta l'étagère. Les bourdons roulèrent partout dans l'atelier. Même avec l'orage, un tel chahut allait alerter les professeurs.

Avant que l'homme-machine ne se redresse, Phil attrapa l'un des automates sphériques et s'apprêta à le balancer sur son adversaire. Il se ressaisit néanmoins. Autant attaquer un mammouth à la fronde. Il ne se sentait pas l'âme d'un David terrassant Goliath.

Empochant le bourdon, il partit à toutes jambes vers la porte de l'atelier. Dans sa fuite, il chercha Elisa du regard. La jeune fille se relevait déjà. Contre toute attente, elle semblait en pleine possession de ses moyens.

– Attends ! s'écria-t-elle en le voyant filer.

– C'est après moi qu'ils en ont ! Je te sauve la vie ! l'assura Philémon.

Il n'avait pas fait dix mètres hors de l'atelier qu'un éclair révéla une autre silhouette massive. Elle se tenait au bout du couloir, prête à l'intercepter.

Jetant un coup d'œil par-dessus son épaule, Phil vit le premier colosse sur ses talons. Il décida de tenter le tout pour le tout. Comme lorsque les aspirants jouaient au rugby sur la pelouse du Marchfeld, il fonça vers l'homme-machine.

Celui-ci tendit les bras pour le saisir.

Philémon feinta à gauche, puis se détourna vers la droite d'un coup de bassin. Exécuté à la perfection, le mouvement aurait fait mouche lors d'un match.

Hélas, l'hercule mécanique avait un autre tour dans son sac d'engrenages.

Relâchant un nuage de vapeur, ses avant-bras pivotèrent sur eux-mêmes en une fraction de seconde. Ils attrapèrent Philémon par les pans de sa redingote et le soulevèrent pour l'assommer contre le plafond.

Le jeune homme baissa la tête, manquant de peu un lustre. Tout en bourrant son agresseur de coups de talons, il tenta de se dégager de son manteau. Il était presque sorti des manches quand une brusque torsion l'envoya valdinguer dans les airs.

Phil chuta… droit à travers une fenêtre !

Il sentit la morsure des éclats de vitre. La fraîcheur de la pluie. La poigne irrésistible de la gravité. Dans un réflexe désespéré, il appuya sur la boucle de sa ceinture.

Un filin d'acier jaillit de l'invention saugrenue de Louise. Terminée par un aimant, son extrémité s'enroula autour des barreaux du garde-corps.

La chute de Philémon s'interrompit net.

Après s'être cogné les genoux contre la façade, il resta à balloter au bout du câble. Des gouttes mouillaient son visage et lui brouillaient la vue. Des lumières commençaient à poindre aux fenêtres du rez-de-chaussée.

Au-dessus de lui, par la menuiserie fracassée, le colosse le contemplait. Une expression confuse animait ses yeux. Le reste de son visage demeurait aussi figé qu'un masque mortuaire. Il semblait pourtant hésiter : ramener le jeune homme ou le faire tomber ?

Philémon essaya de s'accrocher quelque part avant que celui-ci n'ait pris une décision. Mais la pluie rendait le filin glissant sous ses doigts. Le cuir de sa ceinture produisait d'inquiétants craquements à chacun de ses mouvements. De toute façon, où fuirait-il ? Il était à la merci du géant.

Celui-ci se pencha pour se saisir du câble. Ou peut-être le défaire.

Phil ne sut jamais quel choix il avait fait : poussé par une bourrade soudaine, le colosse bascula en avant.

Un son de casseroles retentit jusqu'au toit quand il s'écrasa dans la cour.

Bouche bée, Philémon leva les yeux et découvrit son sauveur… Ou plutôt, sa sauveuse : Elisa se penchait par la fenêtre en miettes.

– Accroche-toi, Fernay ! Je te remonte !

Ni une, ni deux, elle attrapa le filin entre ses gants blancs.

– Non ! Va plutôt chercher de l'aide ! gémit Phil.

Entraînement militaire ou pas, la jeune fille lâcherait le câble à mi-course. Elle n'avait pas la force de le hisser jusqu'en haut ; c'était certain.

Philémon ferma les yeux et attendit la chute.

Quelle ne fut pas sa surprise quand les bras d'Elisa l'empoignèrent par les aisselles ! Ses muscles n'avaient pas cédé. Ils l'avaient même tiré jusqu'au garde-corps en un temps record.

Phil s'effondra contre elle. Elisa s'écarta aussitôt.

– L'autre… Où est-il ? bégaya le garçon.

– Hors d'état de nuire. Mais ne t'endors pas sur tes lauriers : ils en envoient au moins deux paires chaque fois.

– Qui ça, *ils* ? Attends un peu… Tu connais ces types ?

Elisa baissa les yeux et contempla ses bottes, trahissant son hésitation. Elle finit tout de même par lui répondre :

– Oui. Ce sont des Jacks.

– Des… Jacques ? répéta Philémon.

– *Jacks*, corrigea-t-elle avec son accent natal. Filons d'ici, avant que les renforts ne débarquent !

– Je suis garé près des hangars.

– Trop risqué. Ils doivent surveiller l'extérieur.

– Demandons à Gondrecourt de nous aider, alors ! Nous sommes entourés de soldats !

Elle secoua de nouveau la tête.

– Pas si des Jacks sont impliqués. Mais je connais un moyen de leur échapper… Dépêche-toi, et suis-moi !

Phil eut à peine le temps de ramasser sa redingote pleine de pièces détachées qu'Elisa l'entraînait à l'étage. Des clameurs résonnaient à travers les couloirs, des bottes martelaient les escaliers. Les sirènes d'alarme hurlaient de toute part leurs cris rouillés.

Les jeunes gens se retrouvèrent devant le dortoir des filles.

– Ne fais pas ton effarouché. Tout droit ! ordonna Elisa en le voyant hésiter.

Philémon la suivit en se couvrant les yeux. Les aspirantes n'étaient pas toutes réveillées, mais leurs hauts cris dominaient les alarmes. Dans sa fuite, le garçon entrevit des chemises de nuit et des visages outrés.

– Du sang-froid, mesdemoiselles ! Je ne fais que passer ! clama-t-il.

Pour la peine, il fut mitraillé par un peloton d'oreillers.

– Va te faire voir en Prusse, Fernay ! Espèce de greluchon ! lança Madeline Marey-Monge, ulcérée par ce réveil en sursaut.

Phil battit en retraite sous un tir nourri de coussins et d'injures.

Elisa le mena jusqu'à ce qui semblait être les douches. Elle les traversa sans s'arrêter et l'invita à se glisser dans une remise. La pièce étriquée n'abritait que la chaudière : des canalisations sortaient d'un énorme ballon de cuivre et couraient partout sur les murs. Dès qu'ils furent entrés, Elisa abaissa la clenche pour verrouiller la porte.

– Voilà qui devrait les retenir un moment !

Derrière la chaudière, une épaisse plaque d'acier renforçait le mur. Quelque peu éberlué, Philémon regarda Elisa la soulever sans effort.

– Après toi, ordonna la jeune fille en retenant la plaque d'un seul bras.

– Où ça mène ? demanda son camarade devant le conduit obscur.

– Au royaume des amants disparus.

Et, sans plus d'explication, elle le tira dans le noir.

XVI

Elisa referma doucement la plaque derrière eux.

Cherchant sa lampe à tâtons, Philémon s'aperçut qu'il l'avait perdue dans l'échauffourée. Sa camarade sortit la sienne de son uniforme. Une lueur bleuâtre illumina bientôt le conduit.

– Ne pose pas les doigts sur les tuyaux. Ils sont brûlants, prévint Elisa à voix basse.

Avertissement inutile : leur chaleur était si intense que Phil eut vite l'impression de crapahuter dans un sauna. Des jets de vapeur fuitaient des jonctions cuivrées de la plomberie. Ils rendaient l'air moite et étouffant, quand ils ne manquaient pas carrément de vous ébouillanter.

Les jeunes gens avançaient l'un derrière l'autre, courbés comme des mineurs de cobalt dans l'étroit conduit. L'endroit ressemblait à un couloir de service, ces passages quasi secrets réservés aux domestiques dans les demeures huppées.

Après plusieurs bifurcations, ils parvinrent à une volée de marches inégales. Elles descendaient vers les étages inférieurs, et plus bas encore, semblait-il. Au bout de quelques minutes, Philémon entendit des éclats de voix à travers les coffrages tapissés de toiles d'araignée. Il reconnut même les inimitables ronchonnements du commandant de Gondrecourt : l'escalier passait juste derrière les murs de son bureau, au rez-de-chaussée.

Le doigt plaqué sur les lèvres, Elisa intima le silence à son camarade.

Descendant toujours plus profond, ils finirent par atteindre des marches complètement vermoulues. Ici, l'espace entre les murs s'élargissait peu à peu. Plus de panneaux de bois, mais de la pierre de taille, à la façon d'une cave à vin. Une forte odeur de salpêtre prit Philémon à la gorge.

Deux cents mètres plus loin, ils arrivèrent dans un tunnel vétuste qui semblait sans fin. Les parois de pierre avaient cédé la place à des murs de terre, renforcés de planches en mauvais état. Des racines s'accrochaient parfois aux cheveux des aspirants. Leurs pieds foulaient des champignons pâlots.

– Nous nous trouvons sous le Marchfeld, commenta Elisa. Ces souterrains mènent à Versailles. Louis XIV les utilisait pour rejoindre sa maîtr...

– Je connais déjà cette histoire, figure-toi ! l'interrompit Philémon.

La jeune fille roula des yeux, mais répondit avec son flegme habituel :

– Parfait. Nous pouvons donc nous taire jusqu'à la sortie.

– Je préférerais que tu me parles des costauds en costume, insista Phil. Ils prennent l'expression « rouler des mécaniques » très à cœur...

Elisa pouffa sans joie.

– À cœur ? Je ne suis pas certaine qu'ils en aient encore un.

– Qu'est-ce que tu veux dire ?

– Les Jacks sont les âmes damnées de la reine Ada. Un peu comme les Hussards noirs pour l'Empereur. Ce sont tous des soldats qui ont combattu pour le Royaume-Uniforme, notamment dans les Indes, et qui en sont revenus grièvement blessés. Les ingénieurs royaux leur ont offert une seconde vie.

– Tu parles d'une vie… grimaça Philémon. Ils sont plus automates qu'hommes. Je préférerais être mort.

En entendant ses mots, elle perdit sa contenance d'un coup :

– Tais-toi ! Comment peux-tu débiter de telles sornettes ? Pense un peu à ta famille, à tes proches… Ils n'hésiteraient pas à faire ce choix pour toi !

La lueur de la lampe teintait de violet son visage furieux. Sans décolérer, Elisa leva haut le bras. La gifle s'annonçait magistrale. Mais elle se retint au dernier moment.

Phil profita de son hésitation pour lui attraper le poignet.

Surprise, Elisa voulut se dégager, mais il retint son gant entre ses doigts.

Dessous, la main de la jeune fille n'était que rouages et vérins. Une main mécanique, plus vraie que nature. La peau en moins.

Elisa poussa un feulement outragé. Elle lâcha la lampe et battit en retraite dans l'obscurité.

Philémon la ramassa avant qu'elle ne s'éteigne. Il s'approcha très lentement d'Elisa, comme s'il avait affaire à un animal aux abois.

– Désolé. Je devais en être sûr, s'excusa-t-il en lui tendant son gant.

– C… comment as-tu…

– Deviné ? (Il se passa la main dans les cheveux, gêné.) Je l'avais d'abord senti en te tombant dessus, quand tu m'as tiré sur le balcon. Tes avant-bras étaient aussi durs que du marbre. Sur le coup, je me suis dit que l'effort t'avait peut-être tétanisé les muscles… Mais ensuite, tu as soulevé la plaque de cuivre dans la chaufferie aussi facilement que le couvercle d'une boîte de chocolats ! Père a fait installer le même genre de plaque dans notre cave pour condamner le dépôt de charbon, maintenant que le gaz est partout. Je me souviens d'avoir essayé de la soulever… Elle pesait un bon quart de tonne. De quoi me mettre la puce à l'oreille. Sans même parler du fait que tu as déboulonné seule deux de ces brutes à vapeur…

Il hasarda un sourire hésitant.

Elisa avait les yeux trop brillants. Mais aucun sanglot ne troublait sa voix quand elle reprit la parole :

– Pourquoi réagis-tu ainsi ?

– Comment devrais-je réagir ? s'étonna Phil.

– Moins calmement. Moins… *gentiment*.

– Eh bien… D'une : tu m'as sauvé la vie. De deux : j'ai fait ces derniers temps des rencontres bien plus bizarres que toi.

Il regretta aussitôt ses mots.

– Non pas que tu sois bizarre ! Du tout, du tout ! Je veux dire… des rencontres plus… invraisemblables ? Non, ça ne va pas non plus… Choquantes ? Saugrenues ?

Chaque adjectif lui semblait plus insultant que le précédent.

Il opta finalement pour le mutisme.

– Je vois, constata Elisa d'une voix pincée. Tu as peur que je te brise la nuque dans ce tunnel oublié de tous, histoire de garder mon secret… Tu me dis donc ce que j'ai envie d'entendre. Puis tu me dénonceras aux hussards.

– Absolument pas ! s'offusqua Phil, soudainement inquiet pour sa nuque.

Elle roula des yeux au plafond.

– Je plaisante, Fernay. Je te dois une explication. Mais je ne suis pas la mieux placée pour la donner. Et pas maintenant. Pas ici. (Elle se frotta le menton, pensive.) Nous devons d'abord prévenir quelqu'un.

– Qui donc ? Le chef de la police secrète ? La préfète ?

– Ma mère, lâcha Elisa.

Philémon resta interdit. La soirée prenait une tournure des plus inattendues.

– Ta mère est la reine Ada, c'est ça ? supposa-t-il.

– Bien sûr que non ! (Elle soupira.) Parfois, je me demande si tu n'as pas des cartes perforées à la place du cerveau…

Elle lui reprit la lampe des mains et recommença à marcher.

Un silence tendu s'installa dans le souterrain. Ils s'épièrent l'un l'autre durant le trajet.

Philémon avait voulu paraître désinvolte face à la main artificielle d'Elisa. Mais, au fond de lui, il se ne sentait pas si serein. Comme une séance de kinétoscope, il se repassait en tête tous ces matins où il l'avait retrouvée en classe, impeccable dans son uniforme, le visage grave, portant le poids de l'Empire sur ses épaules. Son secret pesait plus lourd qu'un cuirassier.

Des considérations pratiques l'intriguaient également. Il se rendit compte qu'il ne l'avait jamais vue sans ses gants, même aux entraînements sportifs. Ni en robe ou en jupons. Pourtant, Elisa était pensionnaire de l'école. Comment avait-elle dissimulé ses membres mécaniques aux autres aspirantes ? Prenait-elle sa douche loin de ses camarades ?

Il rougit de l'imaginer en tenue plus légère. Non pas que l'idée ne lui ait jamais traversé l'esprit avant, mais…

– Tu m'as l'air fébrile, Fernay, remarqua soudain Elisa, les yeux plissés Tu n'es quand même pas blessé ?

– D… douche ! répondit Phil au débotté.

Il se racla la gorge, retrouvant sa contenance :

– Tu n'imagines pas ce que j'ai vécu depuis hier… Je me damnerais pour un bon bain.

– Hmm… Nous avons un bac à la maison. Et peut-être même de l'eau chaude, vu l'heure. Mais ne t'attends pas à un palace : j'habite sur la butte Montmartre.

– Oh. Côté carrières ou manufactures ?

– Entre les deux.

Elisa écourta la conversation en accélérant le pas.

Le tunnel débouchait non loin du château de Versailles, à l'intérieur d'un cabanon de jardinier que plus personne n'utilisait. Ils sortirent par une trappe aux planches moisies et gagnèrent les rues du village.

Versailles rappelait Boulogne : une bourgade qui avait du chic, mais à échelle plus humaine que sa grande sœur, Paris. Les jeunes gens y trouvèrent un arrêt de noctibus, des omnibus spéciaux qui circulaient à des heures tardives. Il s'agissait d'une autre trouvaille de la préfète Haussmann pour assainir les rues de la capitale. Les campagnards des faubourgs venaient trop souvent s'enivrer à Paris, et finissaient par s'endormir à même les caniveaux en tentant de rentrer à pied. Grâce aux noctibus, les poivrots étaient tous parqués au même endroit. Une solution plus propre et plus pratique pour les débarquer ensuite en banlieue.

Rattrapé par la fatigue, Phil loua les idées rosses de la préfète. Il s'écroula sur une banquette au fond du wagon. Elisa le rejoignit après avoir payé leurs tickets. Quelques soiffards entamèrent une chanson d'ivrognes, mais le regard acide de la jeune fille suffit à les faire taire.

– Voilà qui doit te changer des bals mondains, Fernay… Fernay ?

Bercé par le roulement des pistons à vapeur, Philémon s'était déjà endormi.

Deux heures plus tard, il se réveilla en sursaut.

Il venait de sortir d'un cauchemar : vêtus de chapeaux melon, une armée de valets « Otto » le poursuivaient sur un échiquier géant. La reine Ada et l'Empereur observaient le spectacle depuis une haute tribune montée sur ressorts. Les quatre sœurs de Philémon, Ferdinand et même Zélie se trouvaient à leurs côtés. Mais leurs visages étaient lisses comme de la cire.

– Tu as bavé sur mon uniforme, le rabroua Elisa.

Phil se redressa précipitamment et s'essuya la joue. Il s'était assoupi contre l'épaule de sa camarade. Épaule plutôt confortable, à vrai dire… Certainement pas en métal. Mais, depuis sa rencontre avec l'enfant automate, Philémon doutait que la première impression suffise à démêler le naturel de l'artificiel.

– On descend au prochain, annonça la jeune fille en époussetant son uniforme.

Elle tira le signal d'arrêt, déclenchant le tintement d'une petite clochette à l'intention du chauffeur.

Le noctibus s'immobilisa au croisement des rues Francœur et Caulaincourt.

Philémon eut l'impression de descendre en enfer: tout autour d'eux, le quartier n'était que flammes et suie. Les feux des hauts-fourneaux montaient en flèches ardentes pardessus des immeubles rouge brique. Chantiers et manufactures crachaient des étincelles sur les pavés, la clameur des outils martelait la nuit. Montmartre était un creuset qui ne s'éteignait jamais. Une enclume toujours battue, toujours bruyante. On forgeait ici la modernité de Paris.

Sitôt sortis, les jeunes gens se trouvèrent happés par la foule. Montmartre se levait aux aurores. Partout, des ouvriers, souvent mieux bâtis que les automates qui les accompagnaient, faisaient la queue devant leurs usines. Des chineurs loqueteux disputaient la moindre parcelle de trottoir aux mendiants souffreteux. Des filles de joie bâillaient sous les lampadaires, attendant un dernier client. Des soûlards finissaient de cuver leur nuit. À vivre dans une forge, les habitants transpiraient le labeur, la rudesse, l'indigence… Du minerai pauvre et brut.

– C'est vraiment ici que tu habites ? demanda Phil à Elisa.

Sa question était sincère : il n'arrivait pas l'imaginer dans ce décor.

– Trois rues plus loin, oui. À côté des ateliers de la compagnie générale des omnibus. Le loyer est moins cher à cause du bruit.

Devant son air estomaqué, elle soupira :

– Ça te change des beaux quartiers, hein, Fernay ?

– Disons que… ça a du charme. Je comprends mieux pourquoi tu préfères le pensionnat.

Elisa esquissa un sourire fugace mais plein de fierté.

– C'est juste pour la distance. Je reviens dormir à la maison trois fois par semaine. Et si ça ne tenait qu'à moi, j'habiterais tout le temps ici. Nous avons plus d'automates dans les rues que chez vous, les soldats de la haute… mais les gens sont moins faux.

Philémon fit la moue. Il n'avait jamais vraiment réfléchi à son appartenance à l'aristocratie militaire. Sa famille lui paraissait même plutôt chichement dotée, comparée à celles de la grande bourgeoisie telles que les L'Anse-Dufour. Mais le monde ne s'arrêtait pas à ces deux catégories. Il s'imaginait maintenant comme surplombant un brouillard de cobalt nauséabond depuis le sommet d'une échelle. La rencontre avec les romaniciels en avait scié quelques barreaux. Mais Elisa venait de lui plonger la tête dans le gaz.

Il ne put qu'en rire :

– Ferdi avait raison. Les aspirants d'origine modeste ont la particule qui s'touche.

– La… *quoi* ?

– Ton nom. « Delaroche ». Et pas « de », plus loin, « La Roche ». C'est moins noble.

Elisa secoua la tête, dépitée.

– C'est le nom de jeune fille de ma mère. Elle l'a repris quand nous avons fui le Royaume-Uniforme. Mon père est resté là-bas.

Distrait par la conversation, Phil trébucha sur des morceaux de cobalt tombés d'un chariot. Son séant sur les pavés, le jeune homme regarda passer des dizaines d'autres chariots identiques, tous plus hauts que des fiacres et tous chargés de minerai. Le convoi venait de la gare aux charbons, plus au nord de Montmartre. Elle recevait des tonnes de cobalt arraché aux colonies, ainsi que la houille extraite des profondes carrières qui s'étendaient sous la ville. Les chariots allaient d'ateliers en manufactures, tantôt poussés par des automates, tantôt par des ouvriers musculeux. Les uns comme les autres étaient couverts de poussière bleu sombre, si bien qu'on ne distinguait plus vraiment les hommes des machines.

Pendant qu'Elisa aidait Philémon à se remettre debout, un duo d'ivrognes les interpella depuis le porche d'un bistrot :

– Hé, gigolette ! Pourquoi t'es sapée comme un grivier ?

– Tais ta goularde ! le rabroua son compagnon de beuverie. C'est la fille de la Toresse.

– Oh. Mille excuses, princesse…

Il baissa les yeux, le regard perdu dans sa chopine.

Phil se tourna vers sa camarade :

– La Toresse ?

– Ma mère est médecin, expliqua Elisa. Après notre arrivée ici, nous avons dû vivre discrètement. Ses patients ne la connaissaient que comme « la doctoresse ». Ou *la Toresse*, pour faire plus court. Le surnom est resté.

– Une doctoresse, répéta Philémon, impressionné. Elle ne doit pas manquer de travail, vu l'état des autochtones.

La remarque sonna plus insultante que dans sa tête. Mais Elisa n'en prit pas ombrage.

– Ça, non. Entre les accidents des manufactures, les malades chroniques et les soiffards… (Elle pointa du doigt les deux hommes au bistrot.) Tu vois comment leurs lèvres sont bleues ?

Phil plissa les yeux.

– Maintenant que tu le dis…

– Ils boivent un vin pétillant coupé au gaz de cobalt. C'est moins cher et, paraît-il, ça soûle plus facilement. Malheureusement, ça corrode aussi leur foie comme du cuivre sous la pluie. (Elle secoua tristement la tête.) De pauvres bougres pour un pauvre bourg…

Philémon approuva en silence. Ils ne risquaient pas de croiser de gendarmes par ici. Toutes les polices évitaient le quartier comme la peste. Et la peste, justement, avait un pied dans la demeure: des hordes de rats se disputaient les monceaux d'ordures et pataugeaient dans l'eau croupie des caniveaux. L'enfer des uns était le paradis des autres…

Les jeunes gens gagnèrent le nord-est du quartier, au pied de la grande butte.

Philémon porta les yeux à son sommet: l'Acier-Cœur, la plus grosse manufacture impériale de Paris, se dressait là. Les cheminées de ses hauts-fourneaux dominaient tout Montmartre, plus hautes que des tours de château. La fabrique avait le même âge que Phil, puisque sa construction remontait à 1872, lorsque deux Parisiens dévots, Alexandre Legentil et Hubert Rohault de Fleury, avaient proposé à l'Empereur de bâtir une basilique pour occuper la colline. Mais Napoléon III, grisé par sa victoire sur la Prusse, avait préféré produire plus de cuirassiers. Le salut de la France passerait par les armes, et non par les prières.

– Tu rêvasses devant cette mocheté? constata Elisa d'une voix amusée.

Elle le conduisit jusqu'à un immeuble minuscule. Trois étages à peine, encastrés entre la butte et les grilles de la compagnie générale des omnibus. Un lampadaire grésillait devant la porte d'entrée. Elisa la poussa et ils entrèrent dans une cage d'escalier insalubre.

– Au troisième, chuchota-t-elle à Philémon. Passe devant, je vais vérifier que personne ne nous a suivis.

– T'es sûre? Ce serait plus prudent de rester ensemble.

– Certaine. Je te rejoins tout de suite.

Elle lui tendit une lourde clé en fer forgée.

– Ne fais pas trop de bruit en entrant. Maman a le sommeil léger.

Elle se glissa ensuite dans la rue, furtive comme une ombre.

Philémon empocha la clé, puis gravit les marches sans se hâter. Les ampoules à gaz ne fonctionnaient pas et, du rez-de-chaussée au deuxième étage, les fenêtres étaient cassées. Le garçon n'entendit rien derrière les portes du couloir décrépit. Pas même une latte de lit qui craque ou une quinte de toux. L'immeuble semblait à l'abandon. Au troisième étage, du blanc d'Espagne recouvrait les vitres, masquant d'éventuels regards. Une unique porte en acier blindé patientait dans la pénombre.

En cherchant la clé dans ses poches, Philémon fit tomber le bourdon qu'il avait volé à Saint-Cyr. L'automate frappa le plancher avec un bruit de casserole.

Le jeune homme pesta contre sa maladresse et le ramassa. Il tourna ensuite plusieurs fois la clé dans la serrure, luttant pour l'ouvrir. Finalement, il poussa la porte de l'épaule et entra.

Il fut accueilli par le canon d'un fusil.

— XVII —

– Il n'y a rien à voler ici, canaille ! Pars, avant que je ne te troue !

– C'est une méprise, commença Philémon en levant les mains en l'air. Je suis un ami d'Elisa.

Il y avait comme un air de famille entre sa camarade et cette dame en chemise de nuit et bonnet. Mêmes pommettes saillantes. Même regard bleu acier. Même façon de le menacer.

– Je suis désolé pour le boucan, essaya de se dédouaner le jeune homme. Elle m'avait prévenu que vous aviez le sommeil léger.

– Et la main lourde ! gronda Mme Delaroche en remontant ses lorgnons sur son nez.

Du canon de son fusil, elle pressa un interrupteur. Une unique ampoule éclaira le perron. Sous la lumière blême, la mère d'Elisa avait les joues creuses et de grosses poches brunes sous les yeux.

– Puisque tu la connais si bien… Où est ma fille ?

– Ici, M'man.

Philémon constata avec stupeur qu'Elisa se tenait sur le

palier. Elle avait gravi les marches sans bruit, et en un temps record.

– Je te présente Philémon de Fernay, annonça-t-elle en les rejoignant.

Le regard de sa mère s'adoucit. Elle se fendit même d'un sourire.

– Ah ! Le fameux Philémon !

Elisa eut un petit sursaut.

L'intéressé se tourna vers elle, mais la jeune fille baissa les yeux.

– Ne commence pas, M'man… maugréa-t-elle. *Ils* sont ici.

L'expression joviale de Mme Delaroche s'évanouit aussitôt.

– Nos valises seront prêtes dans trois minutes, annonça-t-elle gravement.

– Pas la peine, répondit Elisa en secouant la tête. Ils n'étaient pas là pour nous. Je crois qu'ils en voulaient à Phil.

– Et tu l'as amené ici ? Tu sais ce qu'il se passera s'ils nous retrouvent !

L'anxiété dans sa voix fit frissonner Philémon.

– Je peux partir… proposa-t-il, hésitant.

– Non, Fernay. Tu restes. (Elisa se tourna vers sa mère.) Nous avons semé les Jacks à Saint-Cyr. Personne ne sait que nous sommes là.

– Je préfère ça, soupira Mme Delaroche en posant son fusil contre le mur.

Elle reporta son attention sur leur invité.

– Ma fille et moi devons mettre les choses au clair.

Son ton ferme indiquait à Phil qu'il n'était pas le bienvenu dans la conversation. Il acquiesça, quelque peu hébété, et fit mine de retourner vers les escaliers.

Mme Delaroche posa alors une main compatissante sur son épaule.

– Elisa ? Installe Philémon dans ta chambre. Ce pauvre garçon tombe de fatigue.

– Dans ma… *chambre* ?! M'man !

– Tu vois une autre solution ? Le canapé du salon est toujours infesté de punaises : après les factures et les courses, il ne restait rien pour payer les fumigateurs !

– S'il faut, je peux dormir dans votre baignoire… hasarda Phil.

La maîtresse de maison ricana.

– C'est tout à ton honneur. Mais nous n'avons qu'une douche.

Elle fronça les sourcils à l'adresse de sa fille. Elisa finit par céder :

– Suis-moi.

Elle mena Philémon dans un couloir au sol carrelé de tomettes. Beaucoup étaient fendues. Le jeune homme les contempla comme une merveille d'architecture : c'était la première fois qu'il mettait les pieds dans un domicile dépourvu de parquet.

La chambre d'Elisa l'intrigua tout autant. Il s'attendait à la trouver propre et austère, mais elle était encombrée de plantes en pots, de vêtements roulés en boule et de piles de romans à quatre sous. Bien loin de l'image disciplinée que la déléguée de la classe d'aviation renvoyait à Saint-Cyr. Dans un coin, un squelette anatomique souriait de toutes ses dents. Des modèles réduits d'aéronefs et de planeurs décoraient le plafond. Devant la fenêtre aux volets clos, des pièces détachées et des outils garnissaient un établi.

– Désolée pour le bazar… marmonna Elisa. Je ne m'attendais pas à recevoir du monde.

Philémon était trop fatigué pour les moqueries. Il se contenta de hausser les épaules.

La jeune fille ouvrit son armoire pour en tirer une couette et un oreiller.

– Dormir sur le tapis, ça te va ?

– J'ai l'habitude, grimaça-t-il.

Il repensait à tous ces matins où son valet mécanique l'avait envoyé au bas de son lit.

Elisa balaya du pied le tapis avant d'y étaler la couette. Elle lança un oreiller à Phil.

– La salle de bains est au bout du couloir. Le robinet goutte, inutile d'essayer de le fermer.

Elle l'abandonna ensuite avec pour seule compagnie une veilleuse à gaz en forme de mésange.

Philémon s'étala sur son lit de fortune. Les murs de l'appartement étaient fins ; il pouvait presque entendre la conversation fébrile des Delaroche dans la cuisine. Il tenta d'en saisir plus que des syllabes.

Mais ses yeux se fermèrent d'eux-mêmes.

Philémon se réveilla dans la pénombre d'une chaude matinée.

Un son mécanique attira son attention. Pas un grincement : un claquement léger. Comme des crans de fixation qui s'enclenchent. Le même bruit que lorsqu'il fallait changer l'embout « rémouleur » pour l'embout « presse-purée » de l'automate de cuisine des Fernay.

Il tourna la tête et découvrit Elisa assise au bord de son lit. Face au miroir de la penderie, sa camarade paraissait s'habiller. Elle portait une sous-combinaison qui s'arrêtait aux épaules et à mi-cuisses, semblable à ces barboteuses venues d'Australie que Philémon avait pu apercevoir lors de lointaines vacances à Deauville. La tenue n'était pas immodeste, mais il aurait été plus galant de détourner les yeux. Phil ne pouvait s'y résoudre. Il découvrait enfin Elisa sous toutes les coutures. Ou plutôt, les soudures.

À partir des coudes et des genoux, les extrémités de la jeune fille étaient entièrement mécaniques.

Elle n'enfilait pas des bas de soie comme il l'avait cru tout d'abord : elle assemblait plusieurs longs morceaux de cuivre fuselés qui formaient ses jambes. Les prothèses étaient d'un raffinement inouï. Bien plus délicates que les membres grossiers des Jacks. Si Philémon n'avait jamais croisé l'enfant automate, il aurait cru qu'il était encore en train de rêver.

La découverte le laissa sans voix. Il avait deviné, pour les bras d'Elisa, mais ses jambes également ? Sa chair claire tournait net au cuivre foncé. À la façon dont elle enclenchait les pièces pour les fixer, Phil comprit qu'elle ne possédait que des moignons sous ses membres artificiels. Qu'avait-il bien pu lui arriver ?

Un instant, il fut tenté de l'interpeller. De lui demander les explications qu'elle lui avait promises. Il se souvint alors de la réaction d'Elisa dans les tunnels. De la façon dont elle s'était enfuie loin de lui, comme si elle se sentait monstrueuse. Finalement, la honte prit le dessus sur sa curiosité. Il ferma pudiquement les yeux et fit semblant de somnoler.

Elisa finit par sortir de la chambre, étonnamment silencieuse malgré ses talons d'acier. Elle les cachait sous des bottes épaisses, le reste de ses prothèses dissimulé par un pantalon et un long caban bleu marine. Une casquette en toile lui donnait l'air d'une ouvrière du quartier – la parfaite conductrice d'omnibus ou de bateau-mouche. À l'exception de ses éternels gants blancs de cyrarde, la métamorphose en civil était totale.

Philémon dut reconnaître qu'elle était plus douée que lui pour se grimer. Il laissa passer quelques minutes, puis se leva à son tour. À la lumière du jour, la demeure des Delaroche paraissait plus piteuse encore. Outre les tomettes brisées, le papier peint verdâtre se décollait et les meubles avaient l'air de sortir du mont-de-piété. Phil tenta d'atteindre la salle de bains en écrasant le moins de cafards possible. Ses chaussettes lui en seraient reconnaissantes.

Rauque comme un moteur enroué, une quinte de toux attira son attention vers la cuisine.

Il trouva Mme Delaroche devant une table minuscule. Elle apaisait sa gorge en sirotant un thé aux senteurs de bergamote, les mots croisés d'une gazette étalés sous sa tasse. Tout comme son domicile, la clarté ne lui réussissait pas : des rides lui fripaient le coin des yeux, et sa peau était plus livide qu'un ventre de poisson. Elle portait toujours son bonnet de nuit, masquant ses cheveux que Phil supposait blonds, comme ceux d'Elisa.

– Bonjour, Philémon, le salua-t-elle en ôtant ses lorgnons. Prends-tu du citron ou du miel avec ton thé ?

– Dans ma famille, nous sommes plutôt café… avoua-t-il, un peu gêné.

Mme Delaroche lui sourit largement. Elle paraissait soudain moins âgée.

– Assieds-toi.

Elle lui offrit une tasse bien pleine. Philémon nota qu'un placard de la cuisine contenait d'innombrables boîtes de thé en étain coloré. Mais aucun automate pour aider aux tâches ménagères. Pas même un fouet à œufs mécanique.

– Elisa est sortie acheter des croissants, expliqua sa mère.

Phil sauta sur l'occasion.

– Puis-je vous poser une question avant qu'elle ne revienne ?

– Ne devrais-tu pas la lui poser à elle ? rétorqua Mme Delaroche, un brin de soupçon dans la voix.

Le garçon plongea les yeux au fond de sa tasse.

– J'ai peur de lui faire de la peine.

– Ah, je vois ! (Un sourire fatigué lui étira les lèvres.) Tu veux connaître la cause de sa… différence ?

Il hocha respectueusement la tête.

La mère d'Elisa finit sa tasse d'un trait.

– Je crains que ce ne soit ma faute. Et celle du Royaume-Uniforme. Que connais-tu de son histoire, exactement ?

– L'histoire ubritonne ?

Phil essaya de se remémorer ses vagues leçons. On ne savait pas grand-chose sur l'ex-Angleterre : les frontières étaient closes depuis presque cinquante ans.

– Je sais que la reine Ada a pris le pouvoir au cours de la Révolution industrieuse. Elle a mis un terme au règne de la jeune reine Victoria, se rappela-t-il. Et je sais qu'on acclame son génie des mathématiques.

Mme Delaroche sourit tristement.

– Oui, notre reine a toujours trop aimé les chiffres... Après le décès de son père, le fameux poète Lord Byron, cet « amour » est devenu une obsession démente. Ada n'avait que huit ans quand il est mort en héros pendant la guerre d'indépendance grecque.

Philémon tressaillit sur son tabouret. Cette guerre, déjà source de la *Pax Automata*, n'en finissait pas de bouleverser l'Histoire.

La mère d'Elisa poursuivit :

– Vingt années plus tard, la petite Ada Byron était devenue la comtesse de Lovelace. À la faveur de la Révolution, elle s'empara de la couronne d'Angleterre en prétextant que la dynastie régnante conduisait le pays à sa ruine. Pour éviter cela, il fallait qu'elle puisse instaurer son « Grand Plan ».

– *Grand plan ?* Voilà un nom qui n'inspire pas vraiment la confiance… commenta Phil.

– En effet, acquiesça Mme Delaroche. Quand j'ai dit que le décès de son père l'avait marquée… La reine Ada aime follement les chiffres et les nombres, mais elle aime encore plus les gens ! Tout serait sans doute plus simple si elle détestait ses sujets. Hélas, leur vie est trop fragile à ses yeux. Elle souhaite les délivrer de leur faible, si faible chair…

– Les automates ! s'exclama Philémon. La reine Ada veut transformer ses sujets en hommes-machines ?

Elle claqua des doigts, ravie.

– Exactement. Des corps plus solides que les nôtres, qui résistent davantage aux ravages du temps. Sauf, peut-être, la rouille…

– Mais, les Ubrit… je veux dire, les Anglais ont accepté sans broncher ? Ils se laissent changer en automates de leur plein gré ?

Mme Delaroche secoua la tête.

– À ma connaissance, la reine Ada n'impose rien à son peuple. Pas pour le moment, du moins. Elle se contente de « réparer » des volontaires cassés par la vie.

– Comme les soldats estropiés qui deviennent des Jacks ?

– Tout à fait. Une seule contrariété l'empêche encore d'appliquer son Grand Plan au reste de ses sujets : elle n'a toujours pas réussi à mener une conversion totale à son terme.

Philémon écarquilla des yeux ronds.

– Vous voulez dire…

– Oui. Ada souhaiterait que tous les habitants du

Royaume-Uniforme deviennent 100% automates. Mais… sans y perdre leur âme. (Elle eut un petit rire amer.) Comme tu peux t'en douter, le processus est infiniment complexe, même avec les merveilles du gaz de cobalt. Tu imagines ! Des machines avec une âme !

Dans l'esprit du jeune homme, les mots faisaient écho aux paroles de Zélie. Il repensa aussitôt à l'enfant automate.

– Sous la pression de la reine, les meilleurs scientifiques du royaume œuvrent nuit et jour pour résoudre ce paradoxe, poursuivit Mme Delaroche. Mon époux et moi-même en faisions partie.

Elle se resservit une tasse de thé fumant et attendit qu'il refroidisse. Un silence gênant tomba sur la cuisine.

Philémon osa finalement le briser.

– Avez-vous… avez-vous expérimenté sur… votre propre fille ?

Mme Delaroche le dévisagea d'un air anxieux.

– Pas volontairement, soupira-t-elle. Avant d'être la doctoresse des pauvres gens, j'étais chimiste. Le Grand Plan demande des quantités d'énergie colossales, et tout le cobalt du monde n'y suffirait pas. Je travaillais sur un autre minerai. Un minerai venu des Indes, et non d'Afrique : le rajadium.

Phil se gratta le menton, perplexe.

– C'est normal que tu n'en aies jamais entendu parler, le rassura son interlocutrice. (Elle retrouva vite son air grave.) Le rajadium est un minerai curieux. Dangereux. Il luit dans le noir. Un vert malsain que j'aurais dû voir comme un avertissement. Au cours de mes recherches, j'ai découvert qu'il dégageait des ondes. Des ondes terribles. Elles m'ont… empoisonnée.

Elle retira son bonnet de nuit, découvrant le haut de sa tête.

Le garçon eut un petit sursaut : Mme Delaroche n'avait presque plus de cheveux. Seules quelques mèches filasse survivaient, comme des racines malades, sur son crâne lunaire.

– À l'époque de mes recherches sur le rajadium, j'étais enceinte d'Elisa. Sans elle, je ne serais plus là aujourd'hui. (Elle se mordit les lèvres, le regard douloureux.) Mon bébé m'a sauvé la vie. Son petit corps a absorbé beaucoup de ces ondes toxiques. Seulement, il en a payé le prix. Lorsque Elisa est née, il lui manquait… (Une larme silencieuse conclut sa phrase. L'essuyant du coin de son bonnet, Mme Delaroche reprit :) Le père d'Elisa était l'un des ingénieurs les plus talentueux de Londres. Lui et moi avons œuvré sans relâche pour offrir à notre fille la vie qu'elle méritait. Paradoxalement, le Grand Plan a fait un bond immense grâce à nos recherches sur les prothèses mécaniques.

Philémon repensa aux terribles poings des Jacks.

– Saviez-vous ? Saviez-vous à quoi vous participiez ?

Il regretta que sa question sonne comme une accusation. Mais la mère d'Elisa ne lui en tint pas rigueur :

– Pas au début. La bureaucratie royale est une mécanique bien huilée. Elle maintient tout le monde dans l'ignorance pour éviter les questions et les défections. Mon époux et moi avons fini par comprendre les infamies que nos recherches causeraient. Dès lors, nous avons tout fait pour fuir. La reine Ada maintient les frontières closes, comme tu le sais. La raison tient à son Grand Plan. Selon ses calculs déments, le Royaume-Uniforme doit toujours compter vingt-cinq millions d'habitants, pour que chaque citoyen puisse survivre éternellement. Pas un de plus, pas un de moins.

– Mais, et les nouvelles naissances ? Et les décès ? s'interrogea Phil.

– Comme elle n'a pas encore réussi à vaincre la mort, Ada se contente de contrôler la vie : chaque couple ubriton n'a droit qu'à un seul enfant. Ce chiffre tombera à zéro si elle parvient à ses fins… En attendant, les agents de la reine ne quittent leur île que pour traquer les fugitifs et les ramener de force. Il s'agit de garder farouchement les secrets du royaume, tout en collant au plus près au *numerus clausus*.

– Comment avez-vous réussi à fuir, alors ?

De nouveau, une peine profonde alourdit les traits de Mme Delaroche.

– Nous n'avons pas complètement réussi, à vrai dire. Mon mari a été rattrapé du côté de Calais. Il était resté en arrière pour que nous puissions échapper aux agents. (Ses yeux embrumés se perdirent un instant dans le vague.) Ma fille et moi avons rejoint Paris, et nous nous sommes installées ici avec l'aide de mon frère. Il travaille pour le ministère de l'Ennemi intérieur. Mais nous n'avons jamais demandé l'asile politique à l'Empire, de peur d'attirer l'attention sur Elisa. Sa nature même contrevient à la *Pax Automata*. Ils pourraient me l'enlever. Ou pire.

– Je suppose que l'oncle d'Elisa l'a aidée à intégrer Saint-Cyr ? devina Philémon.

Mme Delaroche opina.

– Une bénédiction, car nous avons fort peu de moyens. La machinerie d'Elisa coûte si cher à entretenir… En dix ans, il a fallu élargir bien des pièces et réparer de nombreux écrous. Quand nous sommes arrivées ici, elle commençait tout juste à prendre conscience de ses prothèses. Tant de meubles cassés avant qu'elle ne trouve les bons réglages et ne maîtrise sa force…

Philémon comprenait soudain mieux toutes les tomettes brisées du sol.

– Heureusement, ma fille tient de son père. Grâce aux pièces et aux outils qu'elle dérobe dans votre école, elle…

Une exclamation outrée l'interrompit :

– M'MAN ! Tu racontes que je suis une grinche au premier venu ?!

Elisa se tenait sur le pas de la cuisine, un sachet en papier brun entre les bras. Un parfum de beurre frais s'en échappait.

– Le premier venu ? On se connaît depuis trois ans ! grinça Phil.

Il se leva et piocha un croissant dans le sac.

La jeune fille le fusilla du regard.

– Voilà donc pourquoi tu traînais dans l'atelier, hier soir… ajouta-t-il entre deux bouchées goulues.

– D'ailleurs, qu'est-ce que tu fichais là-bas, Fernay ?

– Comme toi. Je jouais les grinches.

– Et pour quelle raison ?

Philémon lui fit un clin d'œil malicieux.

– Assieds-toi et prends un croissant. Je vais tout vous expliquer, mais ça va être long…

Il se lança dans un résumé de ses récentes mésaventures, depuis le crash de la parade jusqu'à son intrusion à Saint-Cyr.

– Je veux voir cet automate, déclara Elisa une fois qu'il eut terminé.

– Ma chérie, c'est trop risqué… avertit sa mère.

– Tu l'as entendu, non ? Phil a dit que sa mécanique me ressemble.

– Ton père avait abandonné des placards entiers de schémas avant notre fuite. Quelqu'un qui aurait eu accès à ses travaux aurait pu reproduire les mêmes…

– Son travail est inimitable ! Je le reconnaîtrais si je le vois ! rugit Elisa.

Sous le coup de la colère, son bras s'abaissa vivement au-dessus de la table, comme pour la frapper du poing. Elle retint son geste au dernier moment.

Philémon nota sa maîtrise ; le bras mécanique aurait brisé le bois. Il comprit aussi que le quotidien de la jeune fille était rempli d'efforts de ce genre. Partout. Tout le temps. Cela devait être éreintant, à la longue. Il ne l'en admira que davantage.

– Je t'emmènerai examiner l'enfant, promit-il. À votre avis, pourquoi les Jacks sont-ils à ses trousses ? Et aux miennes, par la même occasion ?

Mme Delaroche nettoya ses lorgnons avec sa serviette, pensive.

– Les ondes que tu décris… Si elles agissent ainsi sur les

machines et les circuits… Un automate expert dans la destruction d'automates. Voilà qui ferait une arme terrible !

– Il n'a pas été apporté à l'Exposition universelle pour rien, ajouta Elisa. Tu as raison : cela fleure la conspiration. Mais qui tire les ficelles ?

– Probablement cet ambassadeur avec lequel le brigadier Grévin communiquait, supposa Philémon. On pourrait prévenir le ministère de l'Ennemi intérieur par le biais de ton oncle ?

– Pas sans preuve concrète. Surtout s'il s'agit d'impliquer une autre nation.

– J'ai l'impression d'entendre Ferdinand et ses objections ! bougonna le garçon.

La jeune fille accueillit la comparaison avec un haussement de sourcils.

– Tu veux dire que ce fanfaron fait parfois preuve de prudence ? Difficile à croire ! Mais même une horloge cassée donne l'heure juste deux fois par jour, je suppose…

– Et si nous trouvions nous-mêmes des preuves ? proposa Phil. Peut-être l'étrange mirophore de poche ? Il nous suffirait de prendre l'ambassadeur ubriton en filature, puis de fouiller sa redingote, son bureau ou son domicile… Si vos fameux Jacks sont dans le coup, alors il s'agissait forcément de lui !

Elisa plissa davantage ses yeux bleus, l'air revêche.

– Sauf que le Royaume-Uniforme n'a plus d'ambassadeur en France depuis longtemps. Qui que soit le mystérieux commanditaire, il n'est pas ubriton.

– Fichtre, c'est vrai ! J'avais oublié.

– Une autre nation est sans doute alliée à la reine Ada, argua la jeune fille. Depuis sa victoire à Sedan, l'Empereur ne manque pas d'ennemis.

– Alors, trouvons le bon ambassadeur !

Sa camarade acquiesça.

– Ta première idée n'était pas si mauvaise : il doit appartenir à l'une des nations exposées dans la galerie des Machines. Plus particulièrement, dans le coin que tu as embouti. Ton incompétence va peut-être sauver la France !

– Très drôle, grogna Phil. Je te signale que je me suis écrasé par ta faute ! Toi et tes réglages débiles... Tout le monde n'a pas ta force, tu sais ! Pourquoi étais-tu absente de la parade, d'ailleurs ?

Elisa baissa les yeux sur son croissant.

– Ma jambe droite avait un problème, avoua-t-elle. L'un des rotors était complètement usé. Le matin de la parade, il a fini par casser. Je sentais qu'il allait me lâcher depuis un bon moment, alors j'avais essayé de trouver de quoi le réparer dès notre examen de pilotage... Mais en vain. Plutôt que de défiler, je suis donc rentrée à Saint-Cyr en prétextant que j'étais malade. Je craignais qu'on ne remarque ma prothèse mal en point.

Philémon se sentit un peu bête. Il se souvenait bien de l'avoir vue farfouiller dans les établis, après les épreuves. Pour ne pas perdre la face, il fit cependant mine de ne pas être convaincu :

– Mouais... Tes jambes m'ont pourtant l'air parfaites, maintenant.

Elisa rougit face à ce compliment inattendu. Lui n'en remarqua rien, trop occupé à croquer dans un autre croissant.

– C'est parce que j'ai enfin réussi à les réparer, dit la jeune fille en retrouvant son sang-froid. J'ai profité de ce que tout le monde soit à la parade pour fouiller dans l'armurerie de l'école. Hier soir, je voulais justement y remettre les outils que j'avais empruntés. C'est à ce moment-là que je te suis tombé dessus, grinche de pacotille !

Le jeune homme leva les mains en signe d'apaisement.

– Bon, bon... Je te crois. Revenons-en plutôt à nos problèmes : si ce n'est pas un ambassadeur ubriton qui tire les ficelles, peut-être un russe ou un italien ? Ce ne serait pas la première fois que leurs pays s'allient au Royaume-Uniforme contre la France.

– Ton hypothèse n'est pas complètement stupide, concéda Elisa. Mais comment retrouver les ambassadeurs ? Nous ne fréquentons pas vraiment les mêmes cercles...

Philémon claqua des doigts, l'air pénétré.

– Nous pourrions demander à la mère de Ferdinand. Elle a des... hum... *liens* avec l'ambassade de Russie à coup sûr. Et sans doute avec les trois-quarts du gratin mondain de Paris !

– Les L'Anse-Dufour ? Ils s'acoquinent avec ce genre de zigotos ? Peuh ! Ça ne m'étonne même pas.

– C'est plutôt la Russie qui cherche à s'acoquiner avec la mère de Ferdi...

Les pommettes d'Elisa rosirent de nouveau. Elle se leva brusquement et parla d'un trait pour cacher son trouble :

– Puisque nous avons un plan, allons-y. D'abord, l'automate. Ensuite, on passe voir ton dadais de copain.

La voix de Mme Delaroche, qui s'était faite fort discrète depuis quelques minutes, flotta alors jusqu'aux oreilles des jeunes gens avec une douceur feinte :

– Ma chérie… Je me fourvoie sans doute, mais j'ai l'impression que tu comptes vadrouiller à travers tout Paris alors que la ville grouille de Jacks.

– Maman, voyons ! Je suis toujours prudente ! Et si on croise des Jacks, je peux toujours leur jeter Philémon en pâture…

L'intéressé ne goûta pas sa plaisanterie. La mère d'Elisa non plus :

– Si le Royaume-Uniforme cherche vraiment à retrouver cet enfant automate, il est hors de question que tu t'en approches. Pas plus que d'un ambassadeur. La diplomatie est une guerre qui se joue au milieu des salons et des bals. Elle n'en est pas moins mortelle.

– Mais, M'man ! Je dois vérifier que…

– Hors. De. Question.

Elisa braqua ses iris bleus sur sa mère. Le regard de Mme Delaroche était encore plus inflexible. La jeune fille finit par céder, baissant les épaules avec une expression penaude qui la rajeunissait.

– Très bien, approuva sa mère avec un sourire froid. Maintenant, dis au revoir à Philémon, et file dans ta chambre. Et que je ne te voie pas en sortir pour autre chose que les repas !

Tandis que Philémon regagnait la rue, sonné par toutes les nouvelles informations qu'il tenait des Delaroche, il reçut une minuscule vis sur le crâne.

– Hé ! s'exclama-t-il en levant les yeux.

Il découvrit Elisa qui enjambait la fenêtre de sa chambre. La jeune fille s'accrochait d'une main à une longue gouttière qui avait vu de meilleurs jours. En quelques mouvements d'acrobate, elle se retrouva sur le trottoir.

– Ferme un peu ton clapet avant de gober un moucheron, Fernay, lui lança Elisa en s'époussetant les genoux.

– Euh… Tu es certaine d'avoir envie de défier ta mère ? Elle a l'air de se faire du souci…

– Ça, oui ! Elle s'en fait TOUT LE TEMPS ! (Elle croisa ses bras mécaniques de frustration.) On croirait que je suis faite à moitié en sucre, et non en acier !

– Elle se sent responsable de ton état… Tu ne devrais pas lui en vouloir pour ça.

Phil trouvait Elisa plutôt dure envers sa mère, si dévouée. Lui ne voyait la sienne que deux mois par an.

– Ah, tu ne vas pas t'y mettre aussi ! le rabroua sa camarade. Techniquement, elle ne m'a pas VUE sortir. Je suis donc parfaitement dans mon droit. Surtout si tu me payes un repas. Mais avant, allons voir cet automate…

XVIII

Les clochers et les sirènes des manufactures sonnaient midi quand ils rejoignirent Vincennes.

Le campement des romaniciels s'animait toujours davantage à l'heure du déjeuner. Cette fois pourtant, les gamins aux mains fureteuses se tinrent à distance. La présence d'Elisa, fière et droite dans son caban, semblait les intimider. Philémon se sentit un peu insulté de ne pas avoir réussi à forcer leur respect.

Devant l'aéroulotte de Zélie, ils tombèrent nez à nez avec Ferdinand. Le garçon jouait aux cartes avec Marco. À en croire la pile d'écrous sur le baril qui leur servait de table, Ferdi remportait la mise.

Elisa fronça des sourcils en l'apercevant. Et vice-versa.

– Qu'est-ce qu'*elle* fabrique ici ? lança Ferdinand à Philémon. À moins que vous ne vous soyez antiflés dès potron-minet, j'vois aucune raison pour ramener ce macaron !

Il avait forcé sur l'argot des rues pour évincer leur trop sérieuse camarade de la conversation. Mais, comme tous les aspirants, Ferdi ignorait que la jeune fille habitait Montmartre. Son quartier baignait dans une soupe des jargons les plus louches, ce qu'elle s'empressa de lui démontrer :

– Si quelqu'un ici est marié à Fernay, c'est plutôt toi, lézard !

– Ça, par exemple ! La Roche entrave l'argot.

– Mieux que toi, galette.

Ferdinand accrocha son ami du regard, à la recherche de soutien.

– Elisa me donne un coup de main, précisa Phil. Elle en sait beaucoup sur les gaillards à boulons qui me pourchassent.

– Sans oublier que je t'ai sauvé d'un atterrissage fatal dans la cour Louis XIV, ajouta la jeune fille.

Ferdi ricana.

– Vous avez passé la soirée à Saint-Cyr ? Eh bien ! Moi qui pensais qu'on ne pouvait pas faire pire que ma nuit en cellule de dégrisement !

– C'est toute une histoire, commença Philémon.

– Où est l'automate ? les coupa Elisa d'un ton acide.

– Elle sait aussi pour le gamin ? De mieux en mieux ! rouspéta Ferdinand.

– C'est une *très longue* histoire… soupira Phil.

Ferdi posa son index sur le bout de son propre nez. Entre les deux amis, le geste signifiait « on en recausera plus tard… et avec tous les détails croustillants ».

Il changea ensuite de sujet :

– Tu as récupéré les pièces pour Zélie ?

Philémon tapota les pans de sa redingote. Son butin tinta et sonna.

– Zélie ? C'est le nom de l'automate ? demanda Elisa, subitement plus intéressée.

– Pas exactement…

Durant ses explications, Phil avait omis de parler en détail de la romanicielle. Sans vraiment savoir pourquoi, à vrai dire : il avait juste l'intuition qu'il valait mieux éviter le sujet quand une autre jeune fille lui prêtait toute son attention…

– Zélie bosse au chapiteau avec l'oncle Timbo, leur apprit Marco. Elle va revenir bientôt.

Le trio de cyrards patienta donc.

– Tu penses que ta mère sait où trouver son ambassadeur russe ? demanda Phil à Ferdi.

– Amusant que tu en parles ! Il nous a invités à voir un opéra au palais Garnier, ce soir. Mais ma chère mère a décidé de le faire mariner comme un bœuf Stroganoff, car elle aime se faire désirer. Elle compte donc lui poser un lapin !

– Quelle famille… constata Elisa en roulant des yeux.

– C'est une invitation pour deux personnes ? demanda Philémon.

– Ouaip. Mais j'ai interdiction formelle de m'y rendre. Mère n'a pas trop apprécié mon retour à la maison dans un fourgon de police… (Il fit craquer ses phalanges.) Vu que je déteste l'opéra, je ne m'en plains pas !

– Tu penses que je peux récupérer ton invitation ?

– Pourquoi pas ? Mais la soirée est suivie d'un bal et, vu comment tu valses, il va te falloir une excellente cavalière. Heureusement, t'en as une toute trouvée… (Ferdi se tourna vers Elisa, un rictus narquois aux lèvres.)… *Zélie !*

– Pour ta gouverne, L'Anse Dufour, je danse très bien, riposta Elisa d'un ton froid.

– Toi ? Laisse-moi rire ! J'ai déjà vu des automates rouillés moins raides sur leurs jambes ! Peut-être que si tu retires le balai dans ton fondement…

Philémon ouvrit la bouche pour défendre la jeune fille. Il se ravisa néanmoins, de peur de trahir son secret.

Lèvres pincées, Elisa se posta tel un cerbère à côté de la roulotte. Ses prunelles dardaient des éclairs vers Ferdinand, qui continuait sa partie de cartes en lui retournant des regards semblables.

Tiraillé entre ses deux camarades, Philémon accueillit l'arrivée de Zélie comme une délivrance.

La romanicielle découvrit l'attroupement avec des yeux ronds.

– *O'beng !* Vous faites de ces têtes ! Quelqu'un a renversé vos roulements à billes ? Ça m'agace toujours, quand ça arrive…

– Juste une nuit compliquée, lâcha Phil sans s'étendre. Mais j'ai tes pièces !

Tout sourire, Zélie le regarda déballer son butin. Elle l'applaudit même des deux mains lorsqu'il sortit de ses poches le bourdon automate.

– *Suzipa !* Quelle beauté ! Ça va être bien !

– Hé ! Moi aussi, je t'ai ramené un truc ! intervint Ferdi. (Il lui lança un œuf métallique : le rossignol qu'elle lui avait prêté.) J'ai dû pleurnicher un peu pour que les gendarmes me le rendent… Ça ne mérite pas un baiser ? quémanda-t-il, incorrigible.

– J'vais d'abord vérifier que tu l'as pas cassé, *dinlo* ! rétorqua Zélie en lui tirant la langue.

L'œuf rangé avec le reste, elle s'approcha de la porte de sa roulotte. Elle s'arrêta devant Elisa et pencha la tête en la dévisageant, comme pour déchiffrer son expression.

– Toi, tu t'y connais en machines. Et tu en as gros sur le cœur… déclara-t-elle, pensive, un doigt sur le menton. Ta vie manque de feux d'artifice, non ?

Elisa eut un petit mouvement de recul.

– C'est *toi*, Zélie ? Je… je veux voir l'enfant automate, riposta-t-elle, décontenancée.

– *Va, va*, on va le voir. Tu vas aussi m'aider à le retaper, comme ça, on pourra parler. (Elle se tourna vers Phil et Ferdi.) Vous deux, vous attendez dehors ! C'est une causerie entre femmes !

Les sourcils froncés, Zélie hocha la tête pour appuyer son propos. Elle invita ensuite Elisa à entrer dans l'aéroulotte.

Laissés pour compte, les garçons échangèrent un regard d'incompréhension.

– Mais qu'est-ce qu'on a fait ? s'interrogea Ferdinand à voix haute.

– Elles s'entendent un peu trop bien… frémit Philémon.

Il s'assit avec les joueurs de cartes et profita du répit pour partager les dernières nouvelles avec son ami.

Ce dernier lui apprit qu'au matin, après son passage en cellule, il avait subi un interrogatoire intensif. D'après les gendarmes, Philémon était recherché pour un vol de fiacre. Le même mensonge qu'ils avaient servi à Saint-Cyr. Ferdinand avait joué la forte tête jusqu'à ce que le brigadier Grévin vienne en personne lui tirer les vers du nez. En demandant à passer un appel de mirophore à sa mère, l'héritier des L'Anse-Dufour avait fait comprendre à l'officier qu'il appartenait à une illustre famille. Plutôt que de l'imaginer en complice, Grévin avait alors préféré le ramener chez lui avec un simple avertissement.

– Ça arrive souvent, avoua-t-il à son camarade surpris. Mère dit toujours que notre nom est comme une armure. Bien entendu, il ne me protège pas de ses baffes à elle... Elle n'était vraiment pas contente que je me sois encore fait arrêter !

– « Encore » ?!

– Hé hé, tu me connais ! L'été me donne soif ! rétorqua Ferdi en clignant de l'œil.

Ils tuèrent ensuite les heures avec les romaniciels, jusqu'à ce que Marco parte travailler à la foire. Au milieu de l'après-midi, un cri perça les hublots de l'aéroulotte. Il fut suivi d'un appel :

– Les garçons ! Venez voir ça !

Plus aiguë qu'à l'accoutumée, la voix d'Elisa trahissait sa fébrilité.

Philémon ouvrit la porte à la volée.

Il faillit trébucher sur sa camarade, accroupie à côté de la table. Elle aidait Zélie à se relever. La romanicielle paraissait être tombée de son tabouret.

– Tu vas bien ? s'enquit Phil.

– *Va*. Juste surprise par son réveil.

Elle hocha la tête vers le fond de la roulotte.

L'automate se tenait assis sur le lit, les jambes ballantes, les mains en coupe devant le nombril. Philémon ne le trouva pas plus expressif qu'un pantin de ventriloque. Jusqu'à ce que l'enfant tourne la tête vers lui.

Ses yeux gris – des billes d'acier dans une cornée de porcelaine – se figèrent sur les étagères de la cuisine. Il tendit l'index vers un bibelot, une libellule de cuivre qui ressemblait aux mobiles accrochés dans la chambre d'Elisa. Ses lèvres lisses s'entrouvrirent comme pour siffler. Aucun son n'en sortit. À la place, un minuscule éclair bleu jaillit de son doigt et frappa la libellule de plein fouet.

Les adolescents reculèrent tous d'un bond.

Les ailes de l'insecte mécanique se mirent à vrombir. Il voleta à travers la roulotte en cliquetant comme une machine à écrire. Sa destination ? La paume de l'enfant. Celui-ci laissa la libellule se poser, le visage vide de toute expression.

Ébahis, les jeunes gens échangèrent des regards confus. Ferdinand fut le premier à mettre quelques mots sur leur stupéfaction :

– Fichtre ! Ça fait un choc ! Et je ne parle même pas du courant !

Philémon se tourna vers Zélie.

– Comment a-t-il réussi un coup pareil ?

La romanicielle haussa les épaules, la mine confuse.

– Et surtout, comment l'en empêcher ? ajouta Ferdi. Imaginez que ce Jupiter en culottes courtes nous vise avec ses éclairs !

– Peux-tu lui retirer ses cartes perforées ? s'enquit Phil.

Zélie secoua ses lunettes de bijoutier.

– *Na*, c'est bien le problème… L'a pas d'cartes dans la tête !

Elle montra ses outils, étalés sur la table de la cuisine.

– J'étais en train de jeter un coup d'œil à l'intérieur de sa caboche quand il s'est mis à bouger. Pas de cartes là-dedans, juste un globe de verre rempli d'un liquide bleu. On dirait des cristaux de cobalt, mais tout fondus !

– Des cristaux *liquides* ? Voilà une bien étrange invention ! s'étonna Ferdi.

Philémon prit Elisa en aparté.

– S'agit-il de l'ouvrage de ton père ? chuchota-t-il à son oreille.

– Je… je ne saurais le dire… répondit sa camarade, troublée. Il est trop différent de tout ce que j'ai connu. Trop… *parfait*.

– Moi, je trouve qu'il te ressemble.

Les joues d'Elisa s'empourprèrent. Il fallut une petite seconde à Philémon pour comprendre son compliment involontaire. Il bafouilla pour se rattraper :

– Je veux dire… La forme de vos yeux. Et la finesse de vos mécanismes.

Voilà qui valait à peine mieux.

Phil se demanda pourquoi il insultait ou complimentait toujours la jeune fille sans le vouloir. En présence d'Elisa, son horloge interne semblait fonctionner à rebours.

La voix moqueuse de Ferdinand lui remit les pendules à l'heure :

– Dites, les tourtereaux, on vous dérange pas trop ? Je vous rappelle qu'on a des ambassadeurs à dépouiller !

– B… bien sûr, le bal ! s'exclama Philémon.

Il tourna le dos à sa camarade et reporta son attention sur Zélie.

– Tu voudrais venir avec moi, ce soir ? J'aurai besoin d'une cavalière. Enfin, d'une distraction…

Il pouvait presque sentir le regard furieux d'Elisa braqué sur sa nuque.

Zélie éclata de rire.

– Moi ? Danser avec des *gadjés* pleins aux as ? Tu m'as bien regardée ?

Du menton, elle désigna le fond de la roulotte.

– Et puis, il faut bien que quelqu'un garde un œil sur lui…

L'enfant automate n'avait pas bougé du lit. Pas le moindre mouvement. Seule la libellule mécanique continuait à vrombir au creux de sa paume.

– Tu veux vraiment surveiller ce bidule ? Il n'en fait qu'à sa tête !

Zélie se rembrunit :

– Quelle différence avec toi, Ferdi ?

Le jeune homme ne trouva rien à répondre. Il croisa les bras, l'air renfrogné.

– Un automate qui agit sans être programmé… murmura Philémon d'une voix songeuse.

– Une monstruosité, selon la *Pax Automata*, intervint Elisa avec son sérieux habituel. Un bon soldat la détruirait sur-le-champ.

Ils échangèrent un regard intense.

Derrière eux, Zélie toussota.

– On dirait que tu l'as trouvée, ta distraction… leur sourit-elle. Amusez-vous bien ! Et ramenez-moi des petits fours !

LEÇONS DE **SPHAIRISTIKÉ** – *Professeur R. Garros, uniquement sur rendez-vous (Mirophore : 6101888)*

Vous cherchez un jeu sain pour vos enfants ? Loin de la folie du monde moderne ? Sans automate ni engrenages, boulons ou gaz d'échappement ?

Le *Sphairistiké* vous attend !

Seulement du muscle, de l'adresse et un peu d'huile de coude !

Tirant son origine de la pelote basque et du jeu de paume, il fut inventé par Walter Clopton Wingfield, officier de Sa Majesté Ada du Royaume-Uniforme, en 1874. Hélas, nous n'avons aujourd'hui que très peu de nouvelles du père fondateur de notre sport…

Le nom saugrenu de *Sphairistiké* signifie « l'art de la balle » en grec ancien. Il se joue avec une simple paire de raquettes, un filet et une balle en gomme de caoutchouc. Mes leçons se déroulent dans un cadre champêtre, sur les pelouses à la lisière du bois de Boulogne. De plus, grâce à mes contacts personnels avec les professeurs de l'école de Saint-Cyr, mes élèves les plus méritants auront la chance de participer à un tournoi les opposant aux aspirants aviateurs de cette fameuse académie militaire, sur les champs de terre battue où ils déploient leurs aéronefs. Une expérience unique et inoubliable.

N'attendez donc plus et attrapez la balle au rebond !

Faites de vos enfants de futurs champions de *Sphairistiké* !

— XIX —

Après s'être lamenté de la négligence de Philémon qui, la veille, avait laissé son cabriolet garé à Saint-Cyr, Ferdinand les ramena chez lui par l'omnibus.

Elisa découvrit avec de grands yeux le jardin tropical des L'Anse-Dufour. Quant à la demeure, elle la laissa sans voix. L'armée de domestiques automates, en revanche, valut à Ferdinand une remarque cinglante sur les origines de sa fainéantise.

Philémon les laissa se chamailler dans la véranda et partit en éclaireur.

Il trouva Constance au salon. Vautrée sur une marquise, elle lisait un roman à trois francs-plomb pendant que Toinette n° 7 lui massait les pieds.

– Tu sens la sueur, cher frère, le salua-t-elle. La sueur et le soufre.

– À Montmartre, c'est le dernier parfum à la mode, plaisanta-t-il à voix basse, de peur qu'Elisa l'entende.

Les yeux de Constance pétillèrent.

– Montmartre ? Comme c'est excitant ! Certainement plus que cet enfer bourgeois où je m'étiole !

– Oui, tu as l'air tout à fait opprimée… se moqua Philémon en poussant du pied une boîte de chocolats vide. La maîtresse de maison est dans le coin ?

Constance secoua la tête.

– Partie pour tenir salon chez une de ses amies. Une certaine « Rachilde », adepte du spiritisme et des belles-lettres. Elle ne revient pas avant demain.

– Ah ! Parfait, parfait.

Une porte s'ouvrit sur les hauteurs de la mezzanine. Joséphine, Margaux et Louise apparurent à la balustrade. Ses sœurs tenaient en main des raquettes de *sphairistiké*, une variante plus moderne du jeu de paume qui pouvait se jouer dans l'herbe grâce à des balles en caoutchouc.

– Il ne vous a pas fallu longtemps pour prendre vos aises, dites donc ! constata leur grand frère.

– Bonjour à toi aussi, Phil, pouffa Joséphine. Tu nous rejoins ? Cette limace de Constance refuse de faire la quatrième…

L'offensée lui tira la langue, puis se remit à lire.

– Pas le temps, déclara Philémon. Je dois me préparer pour un bal.

– Un bal ?! s'étonnèrent ses quatre sœurs d'une même voix.

– Tu y vas avec cette jolie fille ? reprit Louise en pointant sa raquette vers les portes-fenêtres.

Elles se tordirent toutes le cou pour scruter Elisa.

– Encore une demoiselle mystérieuse ? dit Joséphine. D'où sortent toutes ces créatures, cher frère ? D'une manufacture ?

– Je croyais que c'était Ferdi qui multipliait les conquêtes comme Jésus, ajouta Margaux.

– Jésus ne multipliait que les pains et les poissons ! Tu n'écoutes rien au catéchisme ! la houspilla Louise.

– Du pareil au même, renifla sa sœur sans se démonter.

Joséphine se pencha à la balustrade pour mieux voir.

– Celle-ci est une beauté plus… *classique* que l'autre, constata-t-elle. Père risque moins de faire un infarctus si tu l'épouses.

– Elle n'a rien de *classique*, crois-moi. Et pourquoi le monde entier est-il obsédé par mes noces ? se lamenta Philémon.

– Probablement parce que tu as dix-sept ans, intervint Constance. Te voilà presque un vieillard. Si tu tardes trop, la Mort sera ta seule compagne…

D'une grimace, le jeune homme mit fin à la conversation. Il fit signe à Elisa et Ferdinand que la voie était libre. Ses camarades entrèrent à leur tour dans le salon.

– Bonjour, mesdames ! Nous ne faisons que passer ! ricana Ferdi en grimpant les marches quatre à quatre.

Elisa et Philémon lui emboîtèrent le pas.

Les sœurs Fernay les regardèrent tous passer avec intérêt.

– Qui sont toutes ces filles ? Mme de L'Anse-Dufour tient un harem ? chuchota Elisa une fois dans le couloir.

– Ce sont mes sœurs, grommela Philémon.

– Oh ! Je vois. Elles ont l'air… énergiques.

– C'est le moins qu'on puisse dire ! Tu ne connais pas ta chance d'être fille unique.

– Et elles jouent au sphairistiké ?

– Oui, c'est la dernière folie chez les jeunes mondaines…

Au croisement de deux corridors, Ferdinand se tourna vers eux.

– Phil, tu viens par ici. On devrait avoir un costume à ta taille dans les affaires de mon paternel. (Il pointa le couloir opposé du doigt.) La Roche, tu trouveras la garde-robe de ma mère au fond, derrière les trois dernières portes. Choisis une tenue qui n'a pas l'air de coûter plus cher qu'un dirigeable. Et sonne donc une Toinette pour te faire les retouches.

– Hum. Je devrais te dire merci, je suppose, grinça Elisa entre ses dents.

– Ne t'étouffe pas avec ta reconnaissance. (Ferdi poussa Phil par les épaules.) Bon, en piste, jeunes gens ! Nous partons à huit heures pétantes : le retard n'est plus tant à la mode qu'avant !

Philémon se sentait engoncé dans son gilet, étriqué dans sa veste et étranglé par sa cravate.

Elisa, en revanche, était sublime. Sa robe lie-de-vin, brodée de dentelle à la poitrine et au col, était sans manches. Pour cacher ses avant-bras mécaniques, elle avait enfilé de longs gants de satin, d'un blanc plus crémeux que ceux de son uniforme.

Lorsqu'elle apparut en haut de la mezzanine, le cœur de Phil battit plus fort dans sa poitrine. Il essaya de se convaincre que c'était de la nervosité : un faux mouvement, et les gants risquaient de se retrousser, révélant au grand jour les artifices de la demoiselle.

Ferdinand, qui ignorait tout, se laissa aller à un sifflement admiratif.

– Je vois que tu t'es servie dans le maquillage de ma mère ! lui lança-t-il néanmoins.

Elisa recoiffa ses boucles blondes d'un geste faussement hautain.

– Je doute qu'elle s'en rende compte. Sa coiffeuse contient plus de poudre et de cartouches qu'un arsenal.

Les garçons lui décochèrent un regard confus.

– Poudre de riz et cartouches de rouge à lèvres, évidemment… expliqua-t-elle en roulant des yeux. Mais toi, L'Anse-Dufour, que portes-tu donc ?

– Un uniforme de chauffeur, expliqua Ferdi en ajustant sa casquette. On va prendre l'un des fiacres de Mère. J'irai récupérer mon cabriolet demain.

Le garage de Mme de L'Anse-Dufour contenait de nombreux véhicules fascinants. L'un des plus singuliers était une calèche tirée par un attelage d'automates : de véritables faux zèbres des manufactures d'Abyssinie, le seul pays d'Afrique qui n'avait pas été colonisé par les nations européennes. Ferdinand les conduisit à une tout autre voiture, plus compatible avec leur mission : portières sang et or, roues gigantesques et étalons mécaniques pourvus de six pattes pour gagner en vitesse. La berline était aussi élégante que les jeunes gens.

Ferdi grimpa sur le siège du cocher. Il laissa s'installer ses passagers à bord, avant d'activer l'attelage d'automates par l'énoncé à voix haute du numéro d'immatriculation impérial. Les bureaucrates avaient trouvé cette méthode pour éviter les vols de fiacres, ainsi qu'un certain nombre d'accidents : les conducteurs soûls avaient toujours du mal à se rappeler le bon numéro…

À l'intérieur de la cabine, Philémon et Elisa se faisaient face sur de confortables banquettes.

– Arrête de zieuter mes jambes, Fernay…

– Je ne regarde pas tes gambettes ! Je m'assure qu'on ne puisse pas les voir, justement ! (Il secoua la tête en soupirant.) Quelle idée de prendre de tels risques ? Avec une telle tenue ?

– Ma robe n'est pas à ton goût ?

– Non. Enfin… si. Mais…

Elisa battit des cils avec exagération. Maquillés, ses yeux avaient perdu leur éclat inflexible et gagné en fougue. Ils étaient passés de l'acier à la tempête.

– Tu voulais une distraction, non ? Je me devais d'attirer les regards.

Pour ça ! Elle les attirerait mieux qu'un aimant.

– Dire que tu me reprochais de ne pas prendre ma mission au sérieux… grinça Phil entre ses dents.

– Je la prends plus au sérieux que toi ! se défendit Elisa. Je n'accorde pas ma confiance à la première foraine venue, *moi* !

– Parce que tu crois les romaniciels indignes de confiance, peut-être ? Ne me dis pas que tu partages ces préjugés vaseux !

– Je n'ai rien contre les romaniciels. C'est d'*elle* que je parle ! Tu la connais à peine !

– Qu'en sais-tu ? Je l'ai rencontrée il y a peu, c'est vrai, mais j'ai déjà l'impression de la connaître mieux que toi.

La jeune fille recula brusquement sur la banquette, comme s'il l'avait giflée avec ses mots. Elle croisa ses longs gants sur sa poitrine, la mine boudeuse. Philémon jugea préférable d'en rester là. Il ne comprenait pas quelle mouche avait piqué Elisa et, surtout, pourquoi elle s'en prenait soudain à Zélie. Elles semblaient si complices au campement… Plutôt que d'envenimer les choses en quémandant une explication, il préféra contempler par la fenêtre la vue de Paris.

Le spectacle était encore au rendez-vous. Comme à bord de son aéronef, voyager en fiacre donnait une certaine hauteur, ouvrait des perspectives nouvelles sur le quotidien de la capitale. Tout paraissait différent.

Lorsqu'ils atteignirent le IXe arrondissement, les rangées de lampadaires peignaient les rues nocturnes d'une lumière mielleuse. Les passants s'agglutinaient sur les avenues en petites bandes, tels des insectes coquets. Le bourdonnement du gaz conférait encore davantage à la ville l'aspect d'une ruche animée. La place de l'Opéra se dessina bientôt à la fenêtre. Philémon s'imagina que, vue du ciel, elle devait avoir la forme d'un hanneton : les sept artères symétriques qui y débouchaient formaient autant de pattes et d'antennes. Le palais Garnier couronnait au nord l'étrange bestiole.

Comme pour de nombreux bâtiments dans la Ville lumière, il s'agissait d'une construction récente, datant de tout juste trente ans. Il avait été conçu dans un but bien étrange pour un opéra : protéger l'Empereur des attentats. En effet, un triste soir de 1858, Napoléon III et son épouse avaient échappé par miracle à une attaque de révolutionnaires, alors qu'ils se rendaient à un autre opéra du quartier, rue Le Peletier. Menés par un féroce italien du nom de Felice Orsini, les séditieux avaient provoqué un carnage avec leurs machines infernales remplies de dynamite. Pour prévenir de futures attaques de ce type, l'Empereur avait décrété qu'un nouvel opéra verrait le jour sur une grande place dégagée.

De prime abord, Philémon trouva l'ouvrage de Charles Garnier, l'architecte qui avait remporté le concours organisé pour l'édification, plutôt quelconque. Les arcades et les colonnades marbrées rendaient la façade splendidement classique ; les statues d'or angéliques de l'Harmonie et de la Poésie, perchées à gauche et à droite du toit en dôme vert-de-gris, ne l'emballaient pas. Il apprécia davantage les autres sculptures, celles des caryatides au niveau de la rue, car elles servaient aussi de becs de gaz et semblaient porter des flammes à bout de bras.

Mais, à dire vrai, Phil était encore plus intéressé par un grand immeuble décoré de réclames mécaniques pour le chocolat Suchard. Il commençait à avoir un petit creux.

– Regardez par là ! J'aperçois le fiacre de notre ambassadeur russe ! indiqua Ferdinand avant d'aller se garer à un angle discret.

Face à l'Opéra, une centaine de voitures déchargeaient leur cargaison de mondains en costumes raffinés. Ferdi fit de même avec ses passagers.

Presque sans y penser, Philémon offrit son coude à Elisa. Elle l'accepta sans un mot. Ils avançaient maintenant vers le palais comme un jeune couple en pleine trêve après sa première dispute.

Malgré sa nature mécanique, le bras d'Elisa était si léger au creux du sien qu'il avait peur de le serrer trop fort. Le sentirait-elle, de toute façon ? Philémon avait tant de questions qu'il n'osait poser à sa camarade, de crainte de la brusquer de nouveau…

Des dizaines d'automates plaqués or, qui représentaient vaguement le dieu Hermès, attendaient devant l'entrée principale. Il suffisait de glisser les billets dans la fente de leur visage lisse pour qu'ils effectuent une courbette grinçante et invitent les spectateurs à les suivre jusqu'à leurs places.

– C'est un peu exagéré. Nous pouvons trouver nos sièges seuls, lâcha Elisa.

Phil fut content de l'entendre sortir de son mutisme, même si elle s'adressait davantage à l'automate qu'à lui. L'Hermès mécanique n'en stoppa pas sa course pour autant. Il n'avait pas été programmé pour accepter la sympathie des visiteurs.

Une fois passé le vestibule, ce fut finalement la jeune fille qui serra fort le bras de Philémon. Mais il partageait son ébahissement : le chemin qui menait à la salle de spectacle était à couper le souffle. Les spectateurs pouvaient déambuler à loisir dans ses rotondes pavées de mosaïques, ainsi que dans ses nombreux salons pendant les entractes. Éclairées par des lustres grandioses, des fresques pastorales et des arabesques en médaillons se disputaient les plafonds. Le grand foyer, en particulier, ressemblait comme deux gouttes d'or à la galerie des Glaces de Versailles. Ses murs étaient chargés de miroirs aux cadres ouvragées.

– Regarde. C'est ici que va se tenir le bal, signala Elisa.

Des automates installaient dans un coin des tablées nappées de blanc. D'autres y déposaient des plateaux d'argent garnis de petits fours, ainsi que d'une pyramide de coupes à champagne.

Philémon remarqua un long tube de cuivre soudé au mur le plus proche.

Un système de pneumatiques.

Les invités s'arrêtaient tous devant le tube pour y récupérer un rouleau de papier cacheté à la cire. Phil décida de faire de même : il s'agissait du programme de la soirée.

– Quelle est la pièce de ce soir, très cher ? lui demanda sa cavalière tandis qu'il déchiffrait l'écriture cursive.

– Un opéra français. Les *Contes d'Hoffmann*. Je l'ai déjà vu, il devrait te plaire !

Philémon se remémorait la présence parmi les personnages d'une fille automate – Olympia.

– Je ne suis pas certaine que nous serons très attentifs, répondit Elisa. Mais j'essaierai d'en profiter…

Devant l'escalier monumental, dans une nef incroyable où se déployaient des dizaines de balcons et des volées de marches en marbre blanc, elle murmura à l'oreille de son partenaire :

– Il est temps de fausser compagnie à notre ouvreur. Sauf si tu veux t'asseoir à côté de l'ambassadeur. C'est son invitation, après tout.

Phil acquiesça. Ils s'esquivèrent discrètement, laissant l'automate-guide continuer seul sa route.

Plus habitué aux lieux que sa camarade, le jeune homme les mena au « bel étage », là où se trouvaient les loges disposant de la meilleure vue. Elisa s'empara aussitôt d'une paire de jumelles en cuivre pour admirer la salle et son époustouflante scène.

Guidé par leur propre Hermès plaqué or, un couple arriva dans leur loge peu de temps après.

– Notre automate nous a menés ici les premiers, leur assura Elisa d'un ton ferme.

Carrure costaude et faciès sanguin, l'homme ne donnait pas l'impression qu'on lui disait souvent « non ». Mais, d'un simple chuchotement, sa timide moitié le convainquit de renoncer à l'esclandre.

– Scandaleux ! C'est comme au ministère ! Ces foutues machines sont programmées par des incapables ! s'emporta l'époux en cognant le crâne de l'automate avec sa canne d'apparat.

Une fois qu'ils furent partis, les jeunes gens ne purent s'empêcher de pouffer. Philémon eut l'impression que, dans d'autres circonstances, Elisa et lui auraient passé une excellente soirée. Mais la mission le rappela vite à la réalité.

– Ici ! indiqua-t-il à sa comparse.

Il venait de repérer la loge de l'ambassadeur italien, un disgracieux personnage aux cheveux pommadés. Sa singulière laideur contrastait avec la mise impeccable de son costume trois pièces. Pendant l'après-midi, Ferdinand et Phil avaient trouvé son portrait en daguerréotype dans un vieux numéro de gazette.

– Et là-bas, compléta Elisa.

Elle pointa de ses jumelles la loge de l'ambassadeur de Russie. Il était accompagné d'une dame élégante, proche de l'âge de Mme de L'Anse-Dufour, et de pas moins de trois valets automates aux petits soins. S'il y en avait eu un de plus, la loge se serait sans doute effondrée jusqu'au parterre sous leur poids.

– Soldat de Fernay, nous avons nos cibles ! murmura Elisa d'une voix mutine. Y a plus qu'à guetter le moment opportun…

Philémon acquiesça du bout des lèvres. Contrairement à ce que sa camarade laissait paraître, il sentait le trac se lover dans ses entrailles. Ah ! Que n'aurait-il pas donné pour un estomac en fer-blanc !

Sur ces considérations intestines, trois coups sonnèrent et l'opéra commença.

— XX —

Elisa dévorait le premier acte des yeux.

Pour calmer ses nerfs, Philémon la regardait davantage qu'il ne regardait la pièce. Il lisait tant d'émotions sur le visage de la jeune fille… De l'émerveillement, face aux décors montés sur vérins hydrauliques qui changeaient en un instant sous les pas des acteurs. De la tristesse, en découvrant les moqueries des autres personnages à l'égard d'Olympia, lorsque sa nature d'automate fut révélée au grand jour.

Philémon détourna la tête à ce moment-là. Il venait de se rappeler qu'il était censé surveiller les ambassadeurs.

Ses premières observations ne lui apprirent pas grand-chose. Ni le Russe ni l'Italien n'utilisèrent de mirophore miniature. Pas plus qu'ils ne s'absentèrent de leurs sièges. L'entracte arriva après le deuxième acte, et il n'avait toujours rien découvert.

Tamisées pour le spectacle, les ampoules au gaz regagnèrent peu à peu leur pleine intensité. Avec la lumière revint aussi le brouhaha des spectateurs.

– Tu as remarqué ? lui glissa Elisa à l'oreille, tandis qu'ils se levaient.

– Quoi donc ? Les effets spéciaux dignes des meilleures pellicules de kinétoscopes ? hasarda Philémon.

– Mais non… L'ambassadeur russe. Il a confié son manteau à l'un de ses automates au début de la pièce. Une redingote de popeline. Avec un insigne à trois couronnes cousu au revers.

Phil la dévisagea, les yeux ronds. Comment avait-elle relevé tant de détails alors que son attention semblait toute tournée vers la grandiose production ? Elisa était définitivement mieux taillée que lui pour jouer les espionnes.

– L'automate a dû l'apporter à un vestiaire, car il est revenu les mains vides, poursuivit sa camarade. Si on la retrouve…

– … on pourra la fouiller !

La jeune fille acquiesça.

Philémon consulta le programme.

– Le bal de gala commence dès l'entracte. Nous avons une heure devant nous.

– *Tu* as une heure. Je vais garder les ambassadeurs à l'œil. C'est plus prudent de nous séparer.

– Bon… d'accord, rechigna Philémon.

Il n'avait jamais entendu dire que se séparer était une stratégie prudente. Mais il ne comptait pas non plus passer pour un pleutre. Après tout, ils ne risquaient pas grand-chose dans un lieu aussi public que l'Opéra… n'est-ce pas ?

– Gagnons déjà le hall pour ne pas attirer l'attention, ajouta-t-il. On se montre, on boit un verre ou deux, histoire de donner le change. Puis je file fouiller les vestiaires.

– On ne boit pas en service, le tança Elisa, la mine sérieuse.

– Ah ! mais ça suffit, à la fin ! s'emporta Philémon. Si mon plan ne te convient pas, tu es libre de…

– Je plaisantais, Fernay. Détends-toi un peu. Tu avais l'air moins paniqué quand tu étais suspendu à vingt mètres du sol.

Elle lui donna une tape amicale sur l'épaule. Avec sa main mécanique, le coup lui fit plus mal que prévu. Mais Philémon se força à sourire. Elisa avait raison : il n'avait pas été aussi nerveux lorsqu'il avait cambriolé Saint-Cyr. Sans doute la présence de la jeune fille y était-elle pour quelque chose… Ou peut-être que son courage de tantôt provenait de sa promesse à une autre demoiselle ? Des sentiments contradictoires bouillonnaient en lui comme les gaz de moteur d'un Éole. Il préféra mettre la question de côté avant que son cerveau ne surchauffe.

Bras dessus, bras dessous, ils se glissèrent parmi le flot de spectateurs.

Le bal s'annonçait pompeux.

Pour surprendre les invités, la galerie avait été décorée pendant les deux premiers actes : des guirlandes de fleurs mécaniques, qui s'ouvraient et se fermaient en un rythme hypnotique, étaient à présent suspendues aux murs. Les automates de service avaient également installé des sculptures de verre, remplies de gaz incandescent, qui représentaient les neuf muses des arts. Les spectateurs ne prêtaient guère attention à ces merveilles : ils s'intéressaient davantage aux petits fours. Pressés contre les tables, ils riaient, parlaient fort, renversaient des miettes sur leurs corsets et leurs plastrons blancs amidonnés. Les bulles de champagne allégeaient l'atmosphère.

Pour l'instant, un seul violoniste servait d'arrière-fond musical. Ou plutôt, une violoniste : une automate sans visage, qui portait les mêmes habits que l'actrice jouant Olympia. Philémon fut surpris par les accents mélancoliques que la machine parvenait à tirer de son instrument. Elisa aussi, car il sentit son coude se contracter au creux du sien.

– Ne serre pas si fort. Je vais avoir besoin de mon bras, plaisanta-t-il pour la détendre.

– Désolée.

Elle avisa les convives de ses yeux perçants.

– Ambassadeur italien à quatre heures ! Et j'aperçois aussi le Russe… Là-bas, à côté des choux à la crème.

– Ne restons pas trop en vue, avertit Phil.

Ils allèrent se dissimuler du côté de la pyramide de coupes de champagne. Comme cette dernière rapetissait à vue d'œil, ils s'emparèrent de verres et firent mine d'admirer les statues de muses dans le coin le plus éloigné des ambassadeurs. La somptueuse tenue d'Elisa attira bien des regards. Heureusement que Mme de l'Anse-Dufour n'était pas présente pour reconnaître sa garde-robe…

– Trinquons à l'Empereur, proposa Elisa en levant sa coupe.

– Tu plaisantes ? Je préfère trinquer aux amitiés nouvelles et solides comme l'acier, ajouta Phil avec un clin d'œil.

– Tu n'as vraiment pas la fibre patriotique, Fernay…

Mais elle souriait en disant cela. C'était suffisant.

Lorsque Philémon quitta le grand foyer, davantage d'automates avaient gagné l'estrade des musiciens. Quelques couples

– ceux qui avaient abusé du champagne – se mettaient déjà à valser. Il abandonna Elisa avec un petit pincement au cœur : elle était maintenant celle qui risquait le plus, si le commanditaire des Jacks se trouvait effectivement dans la salle de bal.

Et en parlant des hommes-machines…

Tandis qu'il déambulait dans les méandres dorés du palais Garnier, Philémon entendit un pas lourd à faire vibrer les planchers. Un pas lourd qui commençait à ne lui être que trop familier.

Par pur réflexe, il se jeta derrière une colonne de marbre.

Un Hermès passa alors devant lui. Il portait une pile de chapeaux : hauts-de-forme et canotiers plus estivaux.

Phil sourit. Il avait peut-être confondu l'automate avec un Jack, mais au moins, il ne s'était pas trompé de direction.

Il suivit le préposé aux chapeaux jusqu'au vestiaire. Celui-ci consistait en un guichet minuscule qui donnait sur une longue pièce étroite. Un automate plus large qu'une armoire normande y était posté. Le jeune homme pouvait à peine distinguer les rangées de cintres derrière lui. Accroché autour de sa tête en forme de fer à repasser, un écriteau indiquait à la craie : TARIF UNIQUE : UN FRANC-PLOMB POUR UN JETON. UN JETON CONTRE UN VÊTEMENT. Au-dessous de la pancarte, son poitrail était muni d'une fente qui attendait les pièces et les jetons.

Perplexe, Phil se demanda comment passer ce cerbère d'acier. Il essaya tout d'abord de grimper sur le comptoir. L'automate ne réagit pas. Les interstices sur ses côtés restaient trop étroits pour se glisser dans le vestiaire, même pour un maigrichon tel que Philémon.

Le garçon sauta au sol et tenta une nouvelle approche.

– Puis-je récupérer quelque chose dans mon manteau? demanda-t-il à la machine. C'est une redingote en popeline. Le revers porte un insigne à trois couronnes.

L'automate demeura immobile. L'un de ses bras, aussi gros qu'un tuyau de poêle et muni de pinces plates, se contracta néanmoins vers les consignes de l'écriteau.

– Oui, oui... Je sais lire! rouspéta Phil.

Échaudé, il se creusa davantage les méninges. Peut-être qu'en trouvant un pied-de-biche, il pourrait ouvrir l'automate et le reprogrammer? Ou mieux: lui cabosser sa grosse tête de mule...

Desserrant son nœud de cravate qui commençait à l'étrangler, l'inspiration lui vint.

Il sortit un franc-plomb de ses poches et le glissa dans la fente prévue à cet effet. La mécanique interne de l'automate grinça. Au bout de quelques secondes, un jeton numéroté tomba dans la main de Philémon.

– Je voudrais déposer ma veste, annonça-t-il alors. Celle que je porte en ce moment même.

Il se tourna dos au guichet et baissa légèrement la tête pour présenter son col à l'automate.

Les grincements d'engrenages s'approchèrent. Tel un rot bleuâtre, un nuage de gaz sortit de la fente: la machine avait compris la demande. Ses énormes pinces plates avancèrent lentement vers le col du jeune homme.

Un instant, Phil fut pris d'un terrible doute: et si l'automate voulait plier sa veste avant de la ranger?

Les pinces se refermèrent sur son col avant qu'il ne puisse changer d'avis. Son habit et lui furent soulevés du sol, puis emportés dans le vestiaire.

Rien de terrible ne se produisit néanmoins. Il y eut juste un long moment d'inconfort, lorsque l'automate glissa sans ménagement un cintre entre la veste et les omoplates du jeune homme, le suspendit à une tringle avec les autres manteaux et retourna au guichet.

Philémon se décrocha en marmonnant des jurons. Il pouvait s'imaginer désormais ce que devait ressentir un asticot sur un hameçon.

Voyant que l'automate ne réagissait pas à sa présence, il entreprit de fouiller le vestiaire. Au bout d'une demi-heure, il tomba sur la bonne redingote parmi des centaines. Mieux encore : dans la poche intérieure l'attendait l'appareil compromettant.

– Ah ! J'en étais sûr ! clama Philémon.

L'ambassadeur russe était donc bien dans le coup ; il l'avait senti dès qu'il l'avait croisé chez la mère de Ferdinand. Fier de son intuition, Phil ouvrit l'engin.

L'objet n'était pas un mirophore de poche, il s'était trompé sur ce point. Pas de petite glace, pas de prismes ; seulement un disque de cuivre percé de trous très fins, à la façon d'un tamis à farine. Des boutons numérotés de 0 à 9 entouraient le cadre. Le numéro 17 était ciselé au dos du clapet.

Perplexe, Philémon empocha l'objet et retourna au guichet. Son bras avait tout juste l'espace nécessaire pour glisser le jeton à l'aveuglette dans le poitrail de la machine.

De nouveau, celle-ci grinça.

Phil se hâta de regagner la tringle où il avait été accroché. Il passa le cintre sous ses épaules et attendit. L'automate le ramena au comptoir et l'y déposa sans délicatesse. La tête du jeune homme heurta violemment le bois. Une belle bosse à prévoir… Mais ce n'était pas cher payé pour mettre au jour un complot.

Se massant le crâne, il repartit en direction du bal.

Une valse endiablée avait saisi le grand foyer. Philémon chercha des yeux Elisa. Il remarqua tout d'abord l'ambassadeur russe qui dansait avec son invitée du soir. Au moins, ces deux-là étaient trop occupés pour leur causer des problèmes. Il aperçut ensuite la jeune fille au milieu de la piste, en train de tournoyer avec élégance. Son partenaire n'était autre que l'ambassadeur italien. Le disgracieux personnage bougeait plutôt bien. Leur différence d'âge et de taille – Elisa le dépassait d'une tête – avait beau être comique, Phil se sentit irrité par la scène. Que sa camarade ait promis de garder l'attention de leurs cibles sur elle, soit… Mais de là à danser avec un ennemi potentiel ? C'était trop !

Trop *quoi* ?

Trop risqué.

Oui, Philémon s'inquiétait à cause des risques qu'Elisa prenait. Il n'était pas jaloux pour un sou…

D'un signe de la main, il essaya de capter son attention. Le regard de la demoiselle glissa sur lui comme ses souliers sur le plancher vernis. Elle se contenta d'un sourire aguicheur à son cavalier. Dans un élan d'audace, celui-ci l'attira plus près de lui. La distance qui les séparait flirtait maintenant avec l'indécence.

Elisa se laissa faire. Pour un court moment. Au détour de la piste, elle virevolta soudain comme une toupie. La vitesse du mouvement n'était pas naturelle : elle la devait à ses jambes mécaniques.

Déséquilibré, l'ambassadeur voltigea sous la force centrifuge. Il renversa un plateau de fruits de mer dans sa chute, provoquant des rires chez les spectateurs qui ne dansaient pas.

– Je crains que vous n'ayez trop bu, ambassadeur. Nous terminerons notre valse quand vous vous sentirez plus droit sur vos jambes, dit sa partenaire en le saluant d'une révérence.

L'intéressé se mit à rire et lui souffla un baiser.

Philémon se précipita vers Elisa, mais elle lui passa devant en chuchotant :

– Pas ici. Pas maintenant.

Ils s'éclipsèrent discrètement sur un balcon, près du grand escalier.

– Tu te fais de nouveaux amis ? demanda le jeune homme d'un ton aigre-doux.

– Quoi ? Je n'ai pas le droit de fréquenter le gratin parisien, moi aussi ? (Elle jeta un coup d'œil aux alentours, s'assurant qu'ils étaient bien seuls.) Regarde ce que je viens de trouver dans le gilet de mon nouvel ami…

Elisa tira de son corsage un disque de cuivre : un autre appareil de communication !

– Grâce à moi, on vient de trouver notre conspirateur, déclara-t-elle, triomphante.

Philémon sortit sa propre prise de ses poches. Le sourire de sa camarade se figea.

– Les deux sont dans le coup ?

– On dirait... Et peut-être bien d'autres encore !

Désemparée, Elisa croisa ses mains gantées sur son jupon.

– Tu as réussi à faire fonctionner ces machins ?

Phil secoua la tête.

– Non, mais ça ne doit pas être bien compliqué, si un gendarme peut les utiliser... Ton appareil est marqué d'un « 08 ». Le mien, d'un « 17 ». Peut-être qu'ils fonctionnent comme les numéros des mirophores ?

– Essayons, proposa la jeune fille.

Elle pressa les boutons « 1 » et « 7 » sur son cadran. Presque aussitôt, un son strident sortit de la surface trouée de l'autre engin.

– Pouah ! Quel vacarme !

– Arrête-le ! lui intima Elisa.

– J'essaie, j'essaie... répondit Phil en triturant les boutons.

Un écho de sa voix remplaça alors la sirène. Il venait de jaillir du premier appareil.

Tous deux se dévisagèrent, abasourdis.

– Incroyable ! Comment peuvent-ils transmettre du son ? s'extasia Elisa.

– Par des ondes électromagnétiques. Je crois qu'on nomme ça un « téléphone », même si ces deux-là ne ressemblent guère aux gravures de mes revues...

– Pratique. Mais ça n'arrange pas notre affaire. Je pensais que nous pourrions récupérer un message écrit sur ces engins avant qu'ils ne se rendent compte de leur disparition.

– Peut-être qu'en attendant un peu, on recevra un…

Un tintinnabulement les interrompit. Hélas, il ne provenait pas des téléphones.

Ils se retournèrent et découvrirent plusieurs automates Hermès qui agitaient des clochettes. Des écriteaux indiquant ENTRACTE TERMINÉ pendaient à leur cou.

Les flonflons du bal s'interrompirent à leur passage. Les invités commencèrent à quitter le grand foyer pour regagner leurs sièges.

Philémon et Elisa rangèrent les appareils en catastrophe. Ils virent alors la dame élégante, celle qui avait remplacé la mère de Ferdinand pour la soirée, passer seule devant eux. Intrigué, Phil scruta la foule et repéra les ambassadeurs, en retrait sur un balcon du grand escalier. Après un bref échange, ils tournèrent les talons et partirent ensemble vers les couloirs de l'Opéra.

– Suivons-les ! proposa aussitôt Elisa.

– Pourquoi donc ? On a déjà les téléphones. Il suffit de les confier aux autorités, et ils pourront sans doute intercepter un appel qui prouvera…

– Et s'ils ne communiquent plus, par notre faute ? le coupa sa camarade. On sera le bec dans l'eau comme un canard en plomb !

Philémon leva des yeux au plafond.

– Qu'est-ce que cette expression ? Tu es bien une fille de Montmartre…

– Un peu de bon sens, Fernay, gronda Elisa. Tu ne trouves pas bizarre que ces deux-là soient présents à la même soirée ? Et qu'ils filent ensemble ?

– Certes, c'est louche...

– Ah, tu vois bien ! Allez ! On va la gagner, notre médaille de bravoure !

Elle le tira par la main avec empressement. Difficile de résister à sa poigne de métal. Mais, même sans cela, Philémon se serait laissé convaincre.

La filature s'annonçait compliquée. Les automates Hermès agitaient leurs clochettes dès qu'ils croisaient quelqu'un dans les couloirs, obligeant les jeunes gens à faire des haltes et des détours pour ne pas attirer l'attention des ambassadeurs. Au rez-de-chaussée, ceux-ci empruntèrent un escalier qui longeait la salle de spectacle pour mener aux coulisses.

Philémon découvrit l'envers du décor d'un œil admiratif : la machinerie de l'Opéra était digne d'une manufacture. Des treuils et des dizaines de *tambours* – des roues crantées aussi hautes que des chevaux – servaient à déplacer les plateaux de la scène qui n'étaient pas montés sur vérins hydrauliques. Des kilomètres de câbles et de courroies tapissaient les murs, tombaient du plafond, crissaient dans des poulies pour donner corps aux visions féeriques des metteurs en scène. Une forêt de poutrelles soutenait la cage de scène. Entre ces sortes de mâts, les cordages et les longueurs de toile, Phil se sentait comme au cœur d'un galion.

Les machinistes d'antan avaient été remplacés par des automates silencieux. Ils ne s'offusquèrent donc pas de la présence des adolescents.

Les ambassadeurs poursuivirent leur périple sur des passerelles de service grillagées. Enfin, ils descendirent jusqu'à un couloir mieux éclairé. Un tapis carmin recouvrait le sol, et deux rangées de portes se faisaient face dans l'opulent corridor.

– Ce sont les loges des artistes, chuchota Phil. Mon père m'avait emmené ici pour rencontrer le ténor Hervé, son chanteur préféré.

– Hervé ? Vous deviez bien le connaître, pour l'appeler par son prénom.

– Tu n'y es pas du tout. C'est son nom d'artiste. Il s'appelle en réalité Louis-Auguste-Florimond Ronger.

Elisa lui sourit, mi-amusée, mi-dépitée.

– Je ne sais pas *qui* a les noms les plus bizarres : les artistes ou les aristos…

Philémon la trouva bien gouailleuse, elle qui était toujours si austère à Saint-Cyr. Il appréciait néanmoins le changement.

– Ce que, moi, je trouve bizarre, c'est qu'il n'y ait personne ici. C'est soir de spectacle : les loges devraient grouiller de monde !

– L'Opéra est si vaste… Peut-être qu'il existe d'autres coulisses ?

– Pas très logique, mais bon…

Ils continuèrent à filer leurs cibles sur la pointe de leurs souliers.

Les ambassadeurs s'arrêtèrent tout au bout du couloir, devant un mur aveugle.

Elisa se posta derrière une banquette marquise pour les épier ; Philémon, contre un chariot-repas où pourrissaient les restes d'un plateau d'huîtres. Hélas, les cachettes n'abondaient pas.

Ainsi tapis, ils surprirent une conversation entre les deux hommes.

– Que se passe-t-il, Giovanni ? Vous avez l'air nerveux, demanda l'ambassadeur russe.

Son homologue italien tâtait son veston, à la recherche de quelque chose.

– *Scusa,* Fyodor… J'ai l'impression d'avoir égaré mon…

En entendant ces mots, les jeunes gens retinrent leur souffle.

L'ambassadeur éclata cependant d'un rire aviné.

– *Niente, niente !* J'ai dû le laisser dans la loge pendant l'initiation. (Il fit un grand geste vers le mur.) Après vous, mon cher Pirotsky, après vous !

Un sourire peu engageant se peignit sur le visage du Russe.

– Je vous en prie, mon cher Caselli. J'espère que ce n'est pas votre sceau que vous avez égaré, car je ne serai pas toujours là pour vous ouvrir…

Pirotsky leva sa main gauche et retira un anneau à son index.

Philémon plissa les yeux : le bijou rappelait vaguement un boulon.

L'ambassadeur russe le posa alors contre le mur.

Pendant deux ou trois secondes, rien ne se passa. Puis, un coulissement de crémaillère crissa dans le couloir vide. Le pan de mur pivota sur des gonds invisibles, révélant un carré de ténèbres. Les deux hommes s'y engagèrent prestement. L'entrée secrète se referma après eux.

– Eh bien ! C'était moins une ! souffla Phil en sortant de sa cachette.

– Je t'avais dit qu'ils remarqueraient vite nos larcins, le sermonna Elisa.

Philémon l'ignora et s'approcha de la cloison. En l'examinant de près, il y décela une minuscule aspérité, juste assez large pour y glisser un anneau.

– Dommage que ton bellâtre italien ne t'ait pas passé la bague au doigt… La piste s'arrête là, je le crains.

– Certainement pas, répondit Elisa.

– Tu as des dons de passe-muraille ?

– Plus ou moins.

Elisa posa ses mains gantées contre le mur.

– Si tu cherches le mécanisme, il se trouve davantage au milieu, lui indiqua Phil, sans comprendre où elle voulait en venir.

– Je me fiche du mécanisme !

Avec un geste rageur, elle pressa de tous ses muscles – naturels et artificiels – sur la paroi. L'effort la rendait écarlate, mais la jeune fille ne céda pas.

La porte, si.

Un grincement terrible, comme un ressort remonté à contresens, se fit entendre. Les gonds pivotèrent, emportant le mur avec eux. Le passage était ouvert.

Incrédule, Philémon regarda Elisa chasser les gouttes de sueur qui perlaient à son front. Il laissa échapper un sifflement d'admiration.

– Après vous, mon cher Fernay… sourit sa camarade en reprenant son souffle.

Le jeune homme s'avança prudemment dans la noirceur du passage secret. Des éclats de voix lointains résonnaient contre les parois. Il fit signe à Elisa de le suivre en silence.

Le tunnel déboucha sur une vaste pièce circulaire, un dôme en cloche qui rappelait une basilique. Entre plusieurs colonnes de marbre se tenait une vingtaine de silhouettes encapuchonnées. Leurs robes de bure bleu cobalt épousaient la lumière d'un flambeau au gaz, allumé en plein centre de leur cercle.

Sur le pilier le plus proche, Philémon remarqua des crochets où étaient suspendues d'autres robes. Il fit un signe de tête à Elisa, pour lui proposer d'en enfiler une. Mais la jeune fille refusa catégoriquement. Elle se contenta de s'accroupir derrière un pilastre. Phil haussa les épaules avant de faire de même. Sans doute valait-il mieux éviter un nouveau déguisement… Tandis qu'il observait les murs gris, il remarqua un symbole gravé : deux pyramides reliées par le sommet. Peut-être un sablier ?

Après deux ou trois minutes de silence religieux, un des participants sortit de la pénombre et se positionna dans la lumière du brasier. Il était flanqué de deux escogriffes qui, eux, avançaient sans toge. Sous leurs chapeaux melon, leurs visages rigides ne trompaient pas : des Jacks !

L'inconnu abaissa sa capuche.

Philémon sursauta.

Âgé d'une cinquantaine d'années, l'homme avait la moitié du visage mangée par le fer. Sa peau pâle s'interrompait brusquement entre le nez et la joue droite, remplacée par une plaque de cuivre vissée avec de gros écrous. Lisse et métallique, le prolongement de son crâne était également hideux. Une touffe de cheveux roux pendait de l'autre côté.

D'un fort accent ubriton, il se mit à parler :

– Chers confrères de toutes nations, votre présence dans notre loge parisienne m'honore !

Aussitôt, le symbole gravé aux murs s'éclaira d'une vive lueur électrique.

L'assistance tapa du talon trois fois, puis trois fois encore, en un simulacre d'applaudissements.

L'homme défiguré reprit :

– Pour celles et ceux qui me rencontrent pour la première fois, je me nomme Ned Ludd, du chapitre du Royaume-Uniforme. J'étais autrefois l'un des plus farouches détracteurs du Grand Plan, n'hésitant pas à saboter les manufactures et à détruire les automates qui nous remplaçaient au labeur… Mais la reine Ada, notre souveraine ô combien éclairée, m'a ouvert les yeux !

Tandis qu'il prononçait ces mots, Philémon ne pouvait s'empêcher de fixer la bille d'acier qui roulait dans son orbite droite.

– Vous avez devant vous un homme nouveau. Pour un monde nouveau. Un monde qui, tel le fardeau d'Atlas, repose sur vos épaules. Vous êtes les rouages du Grand Plan, les élus de l'Horloger céleste lui-même ! Grâce à vous, l'Aube d'acier se lèvera bientôt sur l'Europe !

Les pieds martelèrent de nouveau le sol. Philémon trouva les acclamations aussi sinistres que le chant d'une mitrailleuse.

La mine satisfaite – ou du moins, à demi satisfaite –, Ludd poursuivit d'un ton posé :

– Avant de passer à l'ordre du jour, je rappelle qu'un peu plus tôt nous avons connu une nouvelle initiation. En récompense de tous ses récents efforts, *mister* Gustave Eiffel a rejoint l'Aube d'acier en qualité d'acolyte.

Une troisième ovation pédestre accueillit l'annonce.

– *Mister* Eiffel s'en est déjà retourné auprès de l'empereur félon, pour ne pas éveiller les soupçons. Mais c'est grâce à ses travaux, et en particulier sa tour, que Napoléon et ses ambitions indignes seront bientôt mis au pas. Ils rejoindront ainsi l'Europe du Grand Plan. Une Europe plus égale, plus unie, et plus durable. (L'expression de l'orateur tourna à l'aigre.) Néanmoins, cette partie du Grand Plan connaît un petit contretemps… N'est-ce pas, frère Pirotsky ?

Un des acolytes s'avança près du flambeau.

Philémon reconnut, sous sa robe de bure, la silhouette efflanquée de l'ambassadeur russe. Il prit la parole, une certaine appréhension dans la voix :

– Le prototype de catalyseur nous a temporairement échappé. Un regrettable concours de circonstances, que nous corrigeons en ce moment même. L'acolyte Grévin a fait suivre l'ami du jeune soldat après l'avoir fait relâcher. Nous pensions que le prototype se trouvait dans leur école militaire, mais apparemment il se cache dans un camp de gens du voyage. Nos agents vont l'infiltrer dès ce soir, aux petites heures de la nuit.

Les jeunes gens échangèrent un regard interloqué. Le sang de Philémon ne fit qu'un tour : les romaniciels !

Il fallait prévenir Zélie et les siens ! Il commença à reculer vers le tunnel, mais Elisa lui fit signe de s'immobiliser pour en écouter davantage.

– J'espère qu'il s'agit du dernier grain de sable dans l'engrenage notre impeccable machine, frère Pirotsky, commenta Ludd. Nous avons déjà raté l'inauguration de l'Exposition universelle… Êtes-vous certain que le prototype sera en état de fonctionner ?

– Absolument, répondit l'intéressé. Tous les rapports sont formels : son cœur de rajadium est intact, il est toujours capable de contrôler les ondes électromagnétiques et de faire réagir le gaz de cobalt de façon… explosive. Plusieurs de nos agents en ont fait les frais.

Ludd hocha son demi-crâne d'un air satisfait.

– *Well done!* Une fois le catalyseur en place, la tour de *mister* Eiffel transmettra ses ondes sur des kilomètres. Chaque automate de Paris deviendra une bombe ambulante ! La capitale ne sera plus qu'un champ de ruines au petit matin. Ce coquin d'empereur devra *enfin* capituler… (Il eut un petit ricanement haut perché.) Je crois qu'il n'y a rien de plus à ajouter. Mes chers acolytes, la séance est…

– *Scuza !* fit soudain la voix avinée de Caselli depuis le cercle des conspirateurs. (L'œil mécanique de Ludd pivota vers lui.) Je regrette mon interruption, poursuivit l'ambassadeur italien, mais puisque nous sommes sur le sujet des ondes… Quelqu'un pourrait-il appeler mon transphonateur ? Je crains de l'avoir égaré ici lors de l'initiation de monsieur Eiffel. Peut-être l'ai-je laissé dans une robe et…

– Qu'un acolyte vienne donc en aide à notre frère trop distrait ! s'impatienta Ludd en agitant la main vers l'assistance.

Philémon comprit le danger trop tard : l'appareil de Caselli se trouvait dans la poche d'Elisa.

Le temps de lui faire signe, le transphonateur se mettait à sonner.

L'ambassadeur se dirigea vers le bruit strident et tomba nez à nez avec sa cavalière de tantôt.

D'un coup de pied, elle l'envoya valser de nouveau.

Hélas, l'assemblée ne manqua pas une miette de ce bal singulier.

– Des intrus ? Réduisez-les en pièces ! ordonna Ludd à ses gardes du corps.

Les Jacks se précipitèrent dans le tunnel, talonnant les jeunes gens qui venaient de déguerpir.

– Riche idée, de garder ces machins, Fernay !

– C'était une idée *commune* ! se défendit Philémon.

Ils débouchèrent dans le couloir tapissé. Comme Elisa avait forcé le mécanisme, l'ouverture dérobée ne se referma pas derrière eux. Pire : les portes des loges commencèrent à s'ouvrir. Elles n'étaient pas aussi vides qu'ils l'avaient cru…

Tels des diables dans leur boîte, des Jacks en sortirent par dizaines.

– Par ici ! hurla Elisa.

L'extrémité du couloir bifurquait dans une autre direction. Ils s'y engagèrent à toutes jambes.

Un nouveau croisement leur posa un dilemme : une

plaque de cuivre indiquait « Chaufferie de l'école de danse » vers la droite, tandis qu'un escalier métallique montait vers la gauche.

– Je doute que cette chaudière-là ait aussi un passage secret ! nota Philémon. On ferait mieux de grimper !

Dans leur fuite précipitée, ils ne se rendirent pas compte qu'ils gravissaient un, deux, trois étages… Finalement, les marches s'interrompirent devant une porte de bois. Elisa l'ouvrit d'un coup d'épaule.

Une forte brise souleva aussitôt les dentelles de sa robe. Ils se trouvaient sur le toit.

– Nom d'une clé à douille ! jura Philémon. On est coincés !

Entendant toujours les Jacks à leurs trousses, ils sprintèrent en contournant le grand dôme de l'Opéra. Sa couleur vert-de-gris prenait une teinte maladive sous la lune. Les jambes artificielles d'Elisa y laissaient de pesantes empreintes.

– Ma chère, loin de moi l'idée de critiquer votre poids… mais vous n'êtes pas la reine de la discrétion, plaisanta Philémon pour alléger l'atmosphère.

– Cause toujours, Phil' de Fer' !

Des colosses en chapeaux melon émergeaient des toits alentour, les obligeant à se rapprocher de plus en plus près du vide. Les jeunes gens se retrouvèrent bientôt acculés à la statue dorée de la Poésie. Son visage d'angelot rondouillard semblait se moquer d'eux.

Prenant appui sur la sculpture, Philémon se pencha vers la rue.

– Regarde ! Le fiacre de Ferdi est juste là !

Il chercha à attirer l'attention de son ami en criant et en battant des bras. L'angle était cependant impossible : on ne voyait que le toit de la voiture, vingt ou trente mètres plus bas.

– C'est trop loin pour qu'il nous remarque… se lamenta Phil.

Elisa se pencha à son tour.

– Mais pas pour le rejoindre. Je peux sauter ça.

– Tu plaisantes ? Tu vas finir en morceaux !

– Ça ne peut pas être pire qu'un atterrissage de Xavier Cousin-Montauban, ricana Elisa pour masquer son anxiété. Tu l'as vu à l'examen ?

Philémon éclata d'un même rire nerveux.

– Une brique volerait mieux que lui…

Retrouvant son sérieux, la jeune fille fit un signe de tête vers le vide. Les Jacks n'étaient plus qu'à quelques mètres d'eux.

– Alors, Fernay, on décolle ?

Philémon écarquilla les yeux, interloqué.

– Moi aussi ?! Et comment ?

– Eh bien… Sauf si tu veux que je te porte comme une princesse, accroche-toi à mon dos !

La peur prenant le pas sur son embarras, il grimpa à califourchon.

– Si on y reste, content d'avoir fait mon dernier vol avec toi, Elisa… lui chuchota-t-il à l'oreille.

– Moi aussi, Fern… Philémon.

Les mots de la jeune fille tremblaient d'émoi. Elle s'élança comme si elle les regrettait déjà.

En temps normal, Phil raffolait des chutes libres. Mais celle-ci lui ôta le goût de la voltige.

Elle ne dura pourtant qu'une courte éternité : un instant de flottement où les lumières de la ville se mêlèrent aux étoiles.

Le choc ne tarda pas. Ainsi qu'un énorme fracas.

Elisa ne creusa pas un cratère. Mais elle pulvérisa le toit du fiacre comme du petit bois. Sans l'épaisseur de la banquette, ils auraient traversé le plancher jusqu'aux pavés.

Le souffle coupé, Philémon ahana de douleur. Tout son corps n'était plus qu'un bouquet de nerfs. Allongée sur le cadavre éventré d'un coussin, Elisa avait les yeux mi-clos. Du sang lui coulait du nez. Le garçon trouva assez de forces pour lui porter secours. Elle respirait encore. Il n'osa pas vérifier l'état de ses jambes, cachées par sa robe en lambeaux.

Tandis qu'il lui cajolait la tête pour qu'elle reprenne ses esprits, la portière du fiacre s'ouvrit à la volée. Ferdinand les découvrit, bouche bée.

– Foutredieu ! J'ai pas les mots !

Son regard alla de la banquette explosée jusqu'au toit de l'Opéra.

– Va m'falloir une explication du tonnerre, parce que là…

La voix âcre d'Elisa s'éleva alors comme un nuage de fumée.

– Mon jupon a fait parachute, L'Anse-Dufour, ça te va ?

– Pas le temps de jacter ! les coupa Philémon en retrouvant le sens de l'urgence. File ! Vite ! Vite ! Le camp des romaniciels !

– Mais quelle paire de cinglés… se lamenta Ferdi en secouant la tête.

Il fonça au siège conducteur.

Le fiacre quitta la place avant que les Jacks ne sortent de l'Opéra.

Il fallait traverser Paris d'un bout à l'autre pour atteindre Vincennes. Bien que mécaniques, les chevaux étaient loin d'être aussi rapides que le cabriolet. En arrivant au campement, Philémon ne fut pas surpris de trouver des flammes qui embrasaient la nuit.

XXI

Un feu violent dévorait le chapiteau de toile.

Des romaniciels tentaient de contenir l'incendie à coups de seaux d'eau. Hommes et femmes, jeunes et moins jeunes, tous s'attelaient au sauvetage du camp. À leurs expressions résignées, Philémon devina qu'ils avaient – hélas – l'habitude de tels drames.

Parmi les silhouettes auréolées de flammes, il reconnut la carrure costaude de Marco. Le jeune homme portait son bras droit en écharpe, la main pendant au bout du poignet comme un oiseau au cou brisé. Il observait les combattants du feu avec une grimace d'impuissance.

Phil l'interpella :

– Marco ! Que s'est-il passé ?

Le romaniciel lui répondit d'une voix ardente, les yeux exorbités :

– Ils ont emmené Zélie ! Et plein d'autres !

– Des gaillards en chapeaux melon, c'est ça ? Avec des gendarmes ?

– *Na !* Des hussards ! C'étaient les Hussards noirs !

L'estomac de Philémon plongea dans ses talons.

– Misère ! La police secrète est aussi sous la coupe des conspirateurs ?

Elisa et Ferdinand échangèrent un regard moins convaincu.

– N'importe quel carottier pourrait infiltrer les rangs des gendarmes, commença Ferdi. Mais les Hussards noirs sont triés sur le volet, et ils croient en l'Empereur plus qu'en Dieu !

– Il suffit d'un seul ver pour que toute la pomme soit pourrie, avança sombrement Phil.

– Moi non plus, je ne suis pas certaine que les hussards suivent les ordres d'une puissance étrangère… rétorqua Elisa.

– Mais enfin ! s'emporta son camarade. Tu les as entendus comme moi, ces toqués de l'Aube d'Acier ! Ils savaient que l'enfant se trouvait ici, et ils voulaient frapper ce soir !

Philémon se tourna ensuite vers Marco, cherchant une confirmation sur son visage couvert de suie.

– Les hussards ont emporté l'enfant automate, n'est-ce pas ?

Les yeux du romaniciel s'écarquillèrent davantage.

– Le *tikno* est un automate ? J'aurais pas dit ! Et les hussards non plus, sinon ils l'auraient déglingué comme les autres !

Il tendit le bras vers un tas de ressorts et de boulons qui rougeoyaient dans la pénombre. Parmi les débris fumants, Phil reconnut la carcasse massive de Meska, l'ours mécanique.

– Ils ont mis l'feu à toute la ménagerie, ajouta Marco avec une tristesse partagée par les jeunes gens. V'là le sort qu'ils réservent aux illégaux ! Mais le *tikno*, ils l'ont jeté dans un fourgon avec Patrin, Oncle Timbo… Tous ceux qui s'trouvaient dans la roulotte à Zélie.

– Ça confirme que les hussards savaient pour l'enfant ! renchérit Phil d'un ton plus assuré.

Loin d'être satisfaite de l'explication, Elisa secoua la tête.

– S'ils ne voulaient que l'enfant, pourquoi arrêter les autres ?

Philémon haussa les épaules.

– Pour quelle autre raison seraient-ils venus au camp, ce soir ?

Une ombre ternit les iris bleu acier d'Elisa. Elle hésita un instant, se mordant la lèvre comme si elle cherchait à retenir ses mots, puis elle se planta fermement devant Marco.

Stupéfait, le romaniciel dévisagea cette amazone en robe du soir.

– Tu vas leur dire, ou je le fais ? gronda Elisa.

Marco se frotta le crâne avec embarras.

– De quoi tu causes, *gadji* ?

Phil le trouvait bien fuyant, tout à coup.

La jeune fille pointa un index accusateur en direction du chapiteau.

– Il sent la poudre, cet incendie… J'imagine que les hussards n'ont pas brûlé des feux d'artifice à l'intérieur ?

Philémon remua ses narines. Elisa avait raison : il flottait dans la nuit une odeur âcre et piquante, qui lui rappelait les entraînements de tir au fusil.

La mâchoire crispée, Marco essaya de soutenir – en vain – le regard de son accusatrice.

Celle-ci croisa les bras sur son corset et soupira longuement, avant d'enchaîner :

– J'avais pourtant juré de ne pas dévoiler son secret, mais… Zélie aide les communards.

– Quoi ?! s'exclamèrent Phil et Ferdi d'une même voix.

Elisa hocha vigoureusement la tête.

– Les hussards sont venus pour elle. N'est-ce pas, Marco ? Pour elle et ses complices.

Le romaniciel renâcla, mais finit par acquiescer.

– Voilà pourquoi ils ont embarqué tout le monde dans la roulotte, supposa la jeune fille. Peut-être que Zélie avait assez bien déguisé l'automate pour qu'il passe pour un enfant normal ?

– Tu… tu veux dire que l'arrivée des hussards n'est qu'une coïncidence ? avança Philémon, stupéfait.

– Pas forcément. Peut-être que les conspirateurs les ont aiguillés…

Ferdi claqua violemment des mains pour les interrompre.

– Non mais dites ! Revenons-en au plus important ! Zélie travaille pour ces salopards de communards ?! Ces saboteurs ? Ces sagouins de terroristes et leurs machines infernales ?

Les veines de son cou enflaient en même temps que sa colère.

Marco s'empressa de prendre la défense de l'absente :

– Zélie fait que fabriquer des cartes perforées ! Des cartes pour que leurs stupides bombes sur pattes soient mieux programmées et fassent pas sauter des innocents !

– Ah ! Voilà qui change tout ! Des attentats plus propres ! ricana Ferdinand, de plus en plus courroucé.

– Nous n'aimons pas plus ça que toi, Ferdi ! poursuivit Marco en élevant le ton. Mais nous sommes obligés : en échange des cartes, les communards nous fournissent en gaz. Et crois bien qu'il en faut pour faire marcher la foire ! Avec toutes nos attractions, leurs moteurs, les lampes, les fourneaux… et même nos aéroulottes ! Ton *bojno* d'empereur contrôle tout, depuis les mines de cobalt jusqu'à la vente des bonbonnes. Et pour nous ? Sans papiers, sans adresse, même pas citoyens ? Impossible d'en acheter ! La Compagnie du Gaz nous rit au nez !

Il agita son bras valide vers les restes de l'ours Meska.

– Ça, pour venir profiter de nos manèges et de nos réparations, y a toujours une foule de *gadjés*… Mais quand il s'agit de nous aider pour de bon, on vaut pas mieux que les automates !

– Ce n'est pas une raison pour s'encanailler avec des communards ! protesta Ferdinand.

– Facile à dire ! T'as une ligne de gaz qu'arrive droit dans ton *filatîn* !

– Tu sais ce qu'il te dit, mon *filatîn* ? Je vais finir par envoyer mon pied dans l'tien !

Philémon décida de s'interposer avant que la situation ne s'envenime.

– Assez ! Laissez vos *filatîn* tranquilles !

– Pff, vous avez rien compris… maugréa Marco. Un *filatîn*, c'est une belle piaule, comme un manoir ou un château.

Phil se sentit bien bête.

– Oui, bon… Hum. Peu importe ! Concentrons-nous sur le problème actuel : tirer Zélie et les autres des geôles des hussards.

– Et en vitesse, ajouta Elisa. Coïncidence ou pas, les conspirateurs ne vont guère tarder à apprendre ce qui est arrivé à l'enfant. Un haut gradé comme le brigadier Grévin n'aura aucun mal à faire une demande officielle de transfert de prisonniers auprès de la police secrète.

Ferdinand secoua la tête avec véhémence, manquant de faire tomber sa casquette de chauffeur.

– S'ils aident vraiment des communards, peut-être bien qu'ils méritent de rester sous les verrous !

Philémon lui coula un méchant regard.

– Allons, Ferdi ! Tu ne le penses pas une seconde ! Et tu devrais te sentir un peu responsable : c'est à cause de nous si Zélie est mêlée à ce pétrin.

Il s'en voulut d'employer cet argument sur son meilleur ami. En particulier quand il se sentait davantage responsable que lui.

Ferdinand en resta interloqué. Il ouvrit la bouche, la referma aussitôt, puis l'ouvrit de nouveau, l'humeur moins sanguine.

– Supposons que j'aide Zélie, ne serait-ce que pour lui dire ce que je pense de ses foutues fréquentations… Elle aurait pu me faire confiance, quand même ! (Il tressaillit soudain, frappé par un éclair de lucidité, et pointa un index accusateur vers Elisa.) Mais attends un peu, La Roche ! Pourquoi elle t'en avait parlé, à *toi* ?

Philémon fut tout aussi sidéré. Lui non plus n'avait pas fait le lien jusque-là.

Les dents serrées, Elisa laissa échapper sa confession :

– Eh bien… Quand tu m'as emmenée ici, c'était la première fois que je venais. Mais pas la première fois que je voyais Zélie. Sur le coup, je ne l'avais pas reconnue, mais elle, si… C'est pour ça que nous avons causé toutes les deux, seules dans la roulotte.

– Et *où* l'avais-tu donc déjà rencontrée ? grinça Ferdinand.

– À Montmartre. Dans un repaire de communards, lâcha Elisa.

Phil demeura pantois. Ferdi continua son interrogatoire, d'un ton faussement enjoué :

– De mieux en mieux ! Que fichais-tu là, aspirante Delaroche ?

– Je leur apportais des médicaments. Et avant que tu n'ouvres encore ta grande bouche, laissez-moi vous expliquer : ma mère est médecin, et elle soigne tout le monde, peu importe qu'ils soient anges ou filous. Si vous sonnez à sa porte, elle vous retapera. Tout notre quartier le sait. Moi, je l'aide à faire le suivi de ses patients. Et si je porte l'uniforme, je ne porte pas pour autant de jugement…

– C'est tout à ton déshonneur, asséna Ferdi.

Elisa fronça les sourcils.

– Marco a raison : les rupins comme toi ne peuvent pas comprendre la solidarité née de la misère…

Sentant que la conversation se dirigeait vers de nouvelles turbulences, Philémon en reprit les commandes :

– Donc, tu savais que Zélie travaillait avec eux depuis le début ?

– Pas tout à fait. J'étais tombée sur un échange dans l'arrière-cour du *Rat Mort*, un bistrot miteux à Pigalle. C'est le point de chute préféré des Faisans, une bande de communards de premier choix… Quand je suis arrivée, ils confiaient à Zélie des barils de poudre noire, des bonbonnes de gaz et des pièces détachées. Sur le coup, je pensais qu'elle n'était qu'une recrue parmi d'autres. Mais je comprends mieux, maintenant.

– La poudre, c'était juste pour tester la « tambouille », expliqua Marco. C'est comme ça qu'Oncle Timbo appelait les essais qu'on faisait en douce pour rendre les machines infernales moins dangereuses. (Il fit un geste vers le chapiteau dont les flammes, réduites à de simples fumerolles, avaient finalement été maîtrisées.) Les hussards ont fait sauter tout ce qu'il restait de poudre noire en partant. J'ai tenté de m'interposer quand ils ont emmené les autres, mais… M'ont cassé le bras, ces *balitchos* !

Philémon s'en voulut plus encore. Que risquaient Zélie et les autres, si les hussards se montraient déjà si brutaux avec de parfaits innocents ? Le menton entre les doigts, il se concentra sur la situation. Qu'il s'agisse de la police secrète ou des conspirateurs de l'Aube d'Acier, il fallait agir sans tarder.

– Nous devons d'abord savoir où les hussards ont enfermé tout le monde. Ils ne possèdent pas tant de geôles que cela… Peut-être la prison du Cherche-Midi ?

– Aussi loin ? Tu n'y penses pas ! rétorqua Ferdi. Je dirais plutôt la Grande Roquette. C'est sur la même rive, et bien plus proche de Vincennes.

– Ça paraît plus probable, en effet, approuva Phil. Mais je suis souvent passé devant cette prison-là : elle est mieux gardée que les toilettes de l'Empereur, et ses murs blindés donneraient du fil à retordre à un cuirassier…

Il pensa à regret à la poudre noire qui avait flambé.

– Va nous falloir des renforts, c'est certain !

Philémon hocha la tête vers son ami, puis reporta son attention sur Marco :

– Le campement peut-il nous donner un coup de main ?

– *Na, chabo.* Tout le monde parle de mettre les voiles au plus vite. Les hussards n'avaient pas le temps de s'occuper de nous en détail, mais ils vont revenir. Ils reviennent toujours… Nos roulottes lèveront le camp au prochain orage, dans un jour ou deux.

– J'ai bien une idée, mais…

Ils se retournèrent en entendant Elisa. La jeune fille triturait un ruban de sa robe avec une anxiété inhabituelle.

– Dis toujours, l'encouragea Phil.

– Pourquoi… pourquoi ne pas demander un coup de main… aux communards ?

Ferdinand éclata d'un rire nerveux.

– Merci pour cette contribution, Delaroche ! Je propose aussi de demander directement à Rouflaquettes ! Je suis certain que le chef de la police secrète se fera une joie de nous aider à libérer tout le monde !

Agacée, Elisa tendit son poing ganté devant elle. Philémon crut qu'elle allait boxer Ferdinand avec ses terribles bras à pistons. Heureusement, la jeune fille se contenta de lever un doigt après l'autre, pour présenter ses arguments :

– D'une, les communards ne portent pas les hussards dans

leur cœur. De deux, ils risquent gros si Zélie parle d'eux à la police secrète. De trois… ils ont des explosifs.

Les yeux plissés, Ferdi scruta Elisa pour déceler sur son visage la moindre trace de plaisanterie. N'en trouvant pas, il chercha un appui auprès de Philémon.

Ce dernier haussa les épaules.

– Les ennemis de mes ennemis…

– Tu n'es pas sérieux, Phil ! Je n'aime guère les hussards, mais ce ne sont pas les ennemis de l'Empire ! Les communards, si.

– Tu préfères que Zélie se fasse torturer ? Puis qu'elle croupisse dans une cellule jusqu'à la fin de ses jours ? insista Elisa, vindicative, en tapant le rebord de sa casquette du bout de son index.

– Sans même parler des conspirateurs… renchérit Philémon. S'ils parviennent à récupérer l'enfant automate, qui sait ce que risque l'Empire ? Nous devons le retrouver avant eux.

Face à leurs mines inflexibles, marbrées par les derniers rougeoiements de l'incendie, Ferdinand leva les bras au ciel.

– Recrutez qui vous voulez, les toqués ! Mais sans moi !

Philémon posa une main conciliante sur l'épaule de son ami.

– Peux-tu au moins te rendre à la prison de la Grande Roquette ? Histoire de surveiller les allées et venues ?

– Je peux faire ça, concéda Ferdi. Mais je n'irai pas expliquer à tes parents que leur fils chéri s'est fait fusiller pour haute trahison…

– Aucune chance que ça arrive ! rétorqua Elisa.

Philémon fut surpris de son soutien. Il lui décocha un sourire.

D'un ton narquois, la jeune fille ajouta alors :

– Ben oui, les cancres… La haute trahison est punie par la guillotine électrique, voyons !

Le sourire de Phil retomba comme une tête dans un panier d'osier.

— XXII —

Ils quittèrent le campement sans attendre. Loin de l'incendie, la fraîcheur de l'air fut un choc agréable pour Philémon. Même avec les idées plus claires, il ne trouva pas de meilleur plan pour sauver Zélie et l'enfant.

Ronchonnant un « au revoir » maussade, Ferdinand les déposa à un arrêt d'omnibus et gagna la rue de la Roquette, prêt à surveiller la prison jusqu'à ce qu'ils le rejoignent.

Phil jeta un œil aux cadrans d'horloges de la colonne à billets. Il n'était pas si tard : arrivés à 19 heures, ils n'avaient passé que trois heures à l'Opéra Garnier.

Philémon eut tout juste le temps de payer pour deux tickets qu'un omnibus déboula sur l'avenue, ses roues chromées répandant des étincelles sur les rails en freinant. Le véhicule s'arrêta sans cesser de vrombir. Perdu dans ses pensées, le garçon monta à l'avant pour faire composter les billets par le chauffeur. Elisa emprunta les portes centrales : un marchepied large et pentu se déployait à la base du wagon jusqu'au trottoir. Il rendait l'accès plus pratique pour les dames en robes et les automates à roues.

Tandis que Phil récupérait leurs tickets poinçonnés, un claquement – métal contre métal – attira son attention.

Sa camarade venait de trébucher contre le marchepied.

Philémon se précipita pour lui offrir son aide.

La jeune fille repoussa d'abord sa main, presque par réflexe, avant de passer son bras sous le sien, la moue contrite. Voilà qui changeait de son fichu caractère !

Ils rejoignirent des strapontins sous les regards inquisiteurs des autres passagers.

– C'est encore ma jambe droite, murmura Elisa dès qu'ils furent assis. Elle s'est coincée un moment. Je crains que notre échappée vertigineuse n'ait de nouveau esquinté ses rotors.

– Veux-tu que j'y jette un œil ? proposa Phil sans arrière-pensée.

Elisa tressaillit, le visage soudain aussi rouge que ses pommettes. Puis ses traits se froncèrent et retrouvèrent leur pâleur et leur hargne.

– Je n'ai pas besoin de toi sous mes jupons, Fernay. Ma jambe tiendra.

L'embarras gagna à son tour Philémon :

– Je voulais juste dire...

– Tu es peut-être meilleur pilote, mais je suis meilleure mécanicienne ! insista sa camarade en se détournant du côté de la vitre.

– Je n'en doute pas... soupira Phil, qui doutait néanmoins mériter ce traitement.

L'omnibus s'ébranla dans un retentissant grincement de ferraille, les empêchant de continuer leur conversation gênante jusqu'à ce qu'il gagne de la vitesse. Les jeunes gens accueillirent ce répit avec soulagement.

Quand ils purent de nouveau s'entendre parler, Philémon s'empressa de changer de sujet :

– Tu les connais bien, ces Faisans ?

– Pas plus que ça. J'ignorais tout de leurs « machines infernales », si c'est à ça que tu penses, répondit Elisa en le défiant du regard.

– Je ne te reproche rien. Je veux juste savoir dans quel guêpier on se fourre.

L'expression farouche de sa camarade s'adoucit. Elle se mit même à pouffer contre son gant, comme si elle se souvenait d'une plaisanterie savoureuse.

– Je sais qu'un de leurs hommes s'est fait tirer de la grenaille dans les fesses, il y a quelques jours, ricana-t-elle. Ils essayaient de forcer un entrepôt de bonbonnes, du côté de la gare aux Charbons. C'est ce coco-là que ma mère a remis sur pied. Et je sais aussi que leur chef se fait appeler « le Borgne ».

Phil se frotta la tempe, perplexe.

– J'ai déjà entendu ce nom quelque part…

Elisa haussa les épaules sous son châle.

– Je ne l'ai jamais vu. En général, s'il y a un blessé à retaper, c'est une grande rousse qui vient nous chercher. Elle fait le service au *Rat Mort*. Même qu'elle y chante, parfois. Amélie, je crois ? Les comiques du bistrot l'appellent tous « Casque de cuivre ».

Rictus aux lèvres, elle effleura de son gant les mèches qui rebiquaient sur le front de Philémon.

– Vos cheveux se ressemblent… Qui sait ? Peut-être qu'elle te prendra en sympathie ?

– Je lui ferai mes meilleurs yeux de biche, acquiesça Phil en souriant. Et si ça ne marche pas, des menaces ?

– Plutôt des suppliques, rétorqua la jeune fille avec sérieux. Si les communards n'ont pas peur de l'Empereur ni de ses hussards, je doute qu'ils tremblent devant nous…

Par son effervescence, Pigalle ressemblait au reste de Montmartre. Mais il y régnait une agitation plus moderne : la fée électricité avait fait main basse sur le quartier, dissipant la nuit à l'aide d'un millier d'ampoules et d'enseignes animées. Elles éclairaient les devantures des kinétoscopes, des bars et des cabarets où les passants venaient s'encanailler depuis les quatre coins de Paris.

Sous la clarté du cobalt, les citoyens partageaient les trottoirs avec de bruyants automates de réclame. Peints de couleurs criardes, ils étaient souvent agrémentés de plumes ou de dentelle, à la façon des danseuses de cancan. Tout ce clinquant masquait les terribles conditions de vie du quartier, telle une couche de vernis sur une jambe de bois pourrie.

Dès qu'ils descendirent sur la place Pigalle, Philémon offrit son coude à Elisa. Elle l'accepta sans hésiter. Ils avaient besoin de se soutenir l'un l'autre pour avancer dans le flot compact des passants.

Malgré la foule, le *Rat Mort* ne fut pas difficile à trouver : son enseigne brillait en lettres électriques entre deux cabarets. De l'extérieur, le bistrot ne semblait pas si sordide. Phil pouvait voir à travers les grandes vitres fumées que l'endroit ne désemplissait pas.

Une idée de génie, pensa-t-il. *Personne ne suspecterait un repaire de communards aussi mal caché.*

– Un dernier casse-croûte avant d'entrer ? demanda Elisa sur un ton de plaisanterie.

Elle désigna un automate qui claudiquait devant les portes. Il tenait un plateau de caramels, berlingots, chocolats… Même des cigares. Une cloche de verre recouvrait les friandises. Pour les acheter, il suffisait d'introduire quelques francs-plomb dans le pavillon de trompette qui lui servait de visage.

– Peut-être en sortant… répondit Philémon, qui avait perdu l'appétit en apercevant un cafard se cacher parmi des marrons glacés.

La jeune fille poussa la porte du troquet.

Sitôt qu'ils furent entrés, l'atmosphère poisseuse leur colla à la peau. Le *Rat Mort* portait bien son nom : une odeur de sueur rance, d'alcool et de tabac bon marché planait sur la grande salle. Des danseuses aux sourires fatigués levaient la jambe au milieu d'une scène de cuivre. Un accordéoniste en bretelles s'occupait de la musique, tandis qu'une rombière coiffée à la chien s'assurait, de la pointe de son parapluie télescopique, que personne n'essaye de pincer les guiboles des artistes.

Elisa mena Philémon entre les tablées malpropres. Avec la chaleur et la fumée des cigares, le garçon avait l'impression d'avancer dans une jungle tropicale. Et les indigènes n'avaient pas l'air commode…

Une fois dans l'arrière-salle, Phil distingua vite les clients ordinaires des habitués: ces derniers suspendaient leurs conversations à son passage et gardaient les mains sous les tables, prêts à dégainer des couteaux, des tournevis aiguisés ou quoi que ce soit d'autre qu'ils cachaient là. Ici, les vêtements étaient plus ouvriers. Les tenues chics enfilées par les jeunes gens pour l'opéra attiraient trop l'attention. Parmi la douzaine de chalands attablés, un seul portait un costume un tant soit peu élégant – un dandy barbu et gominé, à la quarantaine bien tassée. Le nez plongé dans une gazette, il ignora les nouveaux venus.

Philémon restait aux aguets, scrutant chaque individu pour éviter une mauvaise surprise. Il repéra dans le fond un comptoir de zinc. Derrière celui-ci, un mur aux allures de moteur: un enchevêtrement de tuyaux qui plongeaient dans des fûts de toutes tailles et formes, où glougloutaient autant d'alcools différents, et qui se terminaient en tireuses à pression. Une rouquine au minois ravissant assurait le service. Sa crinière couleur renard dépassait d'un fichu crasseux. À l'aide d'un chiffon, elle s'attaquait aux traces de rouille qui grignotaient le comptoir. Phil eut l'impression fugace de l'avoir déjà croisée quelque part.

Elisa héla la jeune femme avec détermination :

– Amélie ! On peut causer ?

L'intéressée la dévisagea un moment, jusqu'à ce qu'un éclair de compréhension illumine ses yeux de veau.

– Oh, t'es la ch'tiotte de la Toresse, voui ? J't'avais pas remise, avec cette serpillière bien ronflante sur ton dos !

Philémon comprit à peine qu'elle parlait de la robe de sa camarade. Il espérait néanmoins que la conversation change vite de registre, car il arrivait aux limites de son argot.

Amélie lui lança un bref regard par-dessus l'épaule d'Elisa.

– C'est qui, lui ? Ton barbeau ? Il est ben beau !

Elle lui sourit malicieusement, dévoilant plusieurs dents en or.

Elisa frappa de sa main gantée sur le comptoir, produisant un son de cloche qui mit un terme à tous les chuchotis dans l'arrière-salle.

– Faut qu'on cause, j'ai dit. Et avec votre dabe. Nos nouvelles, c'est pas d'la paille.

Les yeux d'Amélie s'égarèrent à nouveau par-delà Elisa. Philémon devina qu'elle fixait quelqu'un derrière eux, mais il n'eut pas le temps de se retourner pour voir de qui il s'agissait.

– Notre lapin n'est pas au terrier, annonça la serveuse. Mais tu peux tout m'dire, p'tite chérie…

La voyant se rétracter comme une anémone, Phil décida de prendre les devants :

– On causera qu'au Borgne. S'il veut pas nous entendre, il devra vite s'trouver un autre terrier. Et vous tous aussi.

Sitôt le nom lâché, l'atmosphère se tendit davantage. Philémon pouvait sentir le poids de vilains regards sur son dos. Des regards qui pouvaient se transformer, à tout moment, en poignards.

Fort heureusement, Amélie tempéra les ardeurs des canailles :

– T'enflamme pas, mon galbeux. J't'appelle ton Borgne. Mais lui faites pas perdre son temps !

Elle siffla entre ses doigts.

Au bout d'une trop longue minute, un gaillard en tablier arriva de la grande salle. Un bandeau de cuir rouge barrait son œil droit.

Philémon se pencha à l'oreille d'Elisa.

– C'est lui, le Borgne ?

– Faut croire. Mais pour mener ces zigs, je lui aurais donné dix ans de plus…

Les paroles de son amie firent écho à ses propres doutes. Tout comme la serveuse, l'infirme n'avait pas plus de la vingtaine. Philémon passa en revue l'arrière-salle. Le reste des filous n'était guère plus âgé. À l'exception du barbu qui lisait.

Un des nombreux graffitis qui décoraient les toilettes de Saint-Cyr lui revint alors en tête :

« Les guerres se produisent quand de jeunes naïfs sont convaincus par de vieux cyniques de mourir pour leur cause. »

– C'est eux que j'vire ? déclara le serveur borgne en gagnant le comptoir.

Elisa fit craquer ses phalanges d'acier, déterminée à lui faire avaler son tablier.

Mais Philémon prit tout le monde de court : il fonça s'asseoir à la table du barbu. Le seul à ne manifester aucune considération pour toute la scène.

– Les hussards ont capturé votre artificière, annonça le garçon.

L'homme replia sa gazette, dévoilant une figure aussi sèche qu'élégante. Ses traits rappelèrent à Phil le personnage de Méphistophélès dans l'opéra *Faust*, qu'il avait un jour vu en compagnie de son père. Ses petits yeux cernés aux paupières tombantes lui donnaient un air placide. Le droit ne suivait pas les mouvements du gauche.

Un œil de verre ! comprit le garçon.

– V... vous êtes Léon Gambetta, n'est-ce pas ? bégaya-t-il en reconnaissant enfin l'homme qui se trouvait devant lui.

Phil avait fini par se rappeler où il avait déjà entendu ce surnom de « Borgne » : c'était celui que donnaient les journalistes à un communard de légende, dont la prétendue mort avait fait les gros titres en 1882.

N'en déplaise à ces feuilles de chou, Gambetta semblait on ne peut plus vivant. Il le prouva en claquant des doigts vers le serveur au bandeau.

– Pivert ! Une chaise pour la demoiselle !

Le voyou grogna son mécontentement. Il se saisit tout de même d'un siège et le posa contre la table. D'une courbette, il invita Elisa à y prendre place.

Une fois qu'elle fut assise, l'attention des malfrats de l'arrière-salle se reporta sur leurs chopines, comme si tout venait de rentrer dans l'ordre.

– Que pensez-vous de mon bistrot, jeunes gens ? Mes détracteurs m'ont toujours accusé de n'être qu'un orateur d'estaminet… J'ai décidé de leur donner raison.

– Sauf que, de nos jours, vos discours sont du genre « explosifs », grinça Philémon.

Gambetta rajusta ses manchettes d'un air indifférent.

– Il faut savoir s'adapter à son public. L'Empereur refuse d'écouter le peuple. Nous devons donc employer les grands moyens pour lui déboucher les oreilles.

L'adolescent s'apprêtait à rétorquer qu'il faisait taire nombre d'innocents au passage, mais il se retint de justesse. Ils avaient besoin de son aide, même si cela lui rongeait l'âme de se l'avouer.

– Zélie a été arrêtée il y a moins d'une heure, annonça Elisa de but en blanc. Elle se trouve probablement à la prison de la Grand Roquette, et…

– … et vous êtes venus nous prévenir de faire profil bas en échange d'une récompense, l'interrompit Gambetta. Que voulez-vous donc ? Des bonbonnes de gaz ? Des pièces détachées, peut-être ? À moins que vous ne souhaitiez nous rejoindre ?

– Non ! Nous voulons que vous nous aidiez à sauver Zélie ! s'emporta Philémon.

Vaguement amusé, le Borgne l'observa sous ses paupières tombantes comme s'il assistait au caprice d'un jeune enfant.

– Pourquoi mettre mes camarades en danger ? Votre amie ne sait pas grand-chose, reprit-il avec nonchalance. Notre organisation est divisée en cellules bien cloisonnées, pour éviter ce genre de fuites.

Phil blêmit. Maintenant qu'il avait un communard sans remords en face de lui, il comprenait mieux la réaction de Ferdi. Gambetta avait tout d'un général, jusqu'à sa façon de traiter ses soldats comme des pions.

– Vous n'allez même pas aider l'un de vos propres membres ? Après tout ce que Zélie a fait pour vous ? argua Elisa.

– Vous vous méprenez, répondit Gambetta en lissant sa moustache. Nous n'abandonnons jamais les nôtres, mais la petite Zélie n'en fait pas partie. Elle n'a pas rallié notre cause. Les romaniciels ont œuvré pour nous, certes, mais nos transactions sont restées purement professionnelles. Bien que leurs machines soient pratiques et bien programmées, nous trouverons de quoi les remplacer.

Des rouages se déclenchèrent sous le crâne de Philémon. Il tenait une idée pour le convaincre.

– Et si je vous proposais, en échange de votre soutien, quelque chose pour aider *radicalement* votre cause ?

– Je doute que vous ayez quoi que ce soit d'une telle valeur, jeune homme. (Il l'étudia par-dessus ses doigts, croisés contre son menton.) Je devine que vous venez d'une famille aisée. Et sans doute êtes-vous un bon petit soldat, comme notre chère Elisa ? Mais nous avons assez d'argent pour financer nos œuvres, et les militaires à qui nous pouvons graisser la patte en échange d'informations ne manquent pas.

– Mais les artificiers sont fort rares, rebondit Philémon. Sinon, vous ne feriez pas appel à Zélie.

– Où voulez-vous donc en venir? s'enquit Gambetta.

– Avez-vous déjà entendu parler d'un automate capable de transformer n'importe quelle source de gaz de cobalt en… *feu d'artifice*?

Elisa lui coula un regard interloqué.

Gambetta parut moins convaincu:

– Vous voulez dire, nos machines infernales? Elles sont toutes capables de devenir des bombes…

– La machine dont je vous parle n'explose pas. C'est *elle* qui peut faire exploser n'importe quoi: lignes de gaz, moteurs, lampadaires… Même d'autres automates, rien qu'avec un son!

Le communard souleva ses paupières pour la première fois de la soirée.

– Vous avez piqué ma curiosité, mon garçon. Mais avant d'en dire plus… (Il claqua des doigts vers le comptoir.) Casque de cuivre, mon absinthe! Et deux grenadines pour les jeunes gens!

Pendant que Gambetta posait son sucre sur une pelle à absinthe et l'arrosait d'eau, Philémon lui en apprit davantage sur l'enfant automate et les circonstances de leur rencontre. Il évita toutefois de mentionner qu'il était le pilote malchanceux du crash sur l'Exposition universelle, préférant raconter qu'il s'agissait d'un camarade encore à l'hôpital.

– C'est cet imbécile qui a ruiné notre attaque au canon à éclairs? Ah! qu'il ne sorte pas de son dispensaire de sitôt! s'emporta le Borgne.

– Euh… Oublions-le pour l'instant, s'empressa de répondre

Phil avec une pointe d'inquiétude. Que pensez-vous de l'automate ?

Gambetta remua de sa cuillère les reflets d'émeraude de son absinthe, pensif.

– J'en pense que c'est un beau conte. Nous connaissons cette Aube d'Acier, évidemment. Une bande d'illuminés qui n'a jamais représenté une menace jusqu'à présent. J'ai du mal à croire qu'autant d'éminents scientifiques aient rejoint leur cause…

– La reine Ada sait se montrer très convaincante, intervint Elisa.

– Nous pouvons prouver ce que nous avançons, insista Philémon.

Il tira de sa poche le transphonateur dérobé à l'ambassadeur et demanda à sa camarade de faire de même, pour qu'ils puissent en montrer le fonctionnement au communard. La jeune fille s'exécuta de mauvaise grâce.

– Du son qui voyage… Fascinant ! siffla Gambetta à l'issue de la démonstration.

– Alors ? Marché conclu ? s'enquit Philémon, en espérant de tout cœur qu'il n'allait pas simplement les faire égorger et empocher les transphonateurs.

Le Borgne sembla considérer un instant cette idée, car il étudia longuement ses interlocuteurs.

– Vos amis contre l'automate, finit-il par proposer en leur tendant la main.

Phil la lui serra sans mot dire, notant au passage sa poigne d'acier. Elisa, elle, croisa les bras sur sa poitrine avec dédain.

Le visage satisfait, Gambetta se redressa alors d'un bond. Sa voix de stentor claironna dans l'arrière-salle :

– Camarades, nous prenons le large ! Au canal Saint-Martin !

XXIII

– Je n'en reviens pas que tu aies vendu l'enfant automate comme un vulgaire sac de boulons… chuchota Elisa à Philémon, la voix pleine de reproches.

Marchant en file indienne, ils suivaient le groupe de communards pour rejoindre le canal Saint-Martin.

– Il fallait bien trouver un argument pour les convaincre d'agir, se défendit son camarade.

– Je sais que c'est moi qui ai proposé de les gagner à notre cause, mais pas à n'importe quel prix !

– Rassure-toi, je ne tiens pas à ce que l'enfant finisse aux mains des communards. Pas plus que dans celles de l'Aube d'Acier ! Il peut encore se passer bien des choses, d'ici la fin de la nuit.

– J'espère que tu sais ce que tu fais… siffla la jeune fille entre ses dents. Tu ne crains peut-être pas leurs représailles, mais ils nous connaissent, ma mère et moi !

Philémon ne put guère la contredire : il partageait l'inquiétude de son amie. Pour le moment, il ne voyait hélas pas d'autre solution que de suivre le plan de Gambetta. Une fois libérée, peut-être que Zélie pourrait saboter l'automate avant de le confier à la bande de malfrats? Ou mieux: l'emporter à bord de leurs aéroulottes, loin de Paris et de ses conflits?

L'espoir était mince, mais ils devaient s'y accrocher.

Après une longue marche dans les ruelles tortueuses de Montmartre, ils atteignirent le quartier de la Villette et les abords de son bassin. Large comme trois péniches, le canal avait été créé par Napoléon Ier pour alimenter l'est de Paris en eau potable. Les bateaux de commerce s'y étaient ensuite multipliés comme des nénuphars, transformant le chenal en l'un des ports les plus fréquentés de France. Aujourd'hui, un système d'écluses et de ponts tournants permettait de transporter de nombreuses marchandises par bateau jusqu'à la Seine, d'où elles partaient ensuite à travers tout le pays.

Sous la houlette du Borgne, la dizaine de communards – dont Pivert et la bavarde Amélie – monta sur une embarcation qui ne payait pas de mine: un chétif remorqueur à treuil.

– Cet humble vaisseau sert à draguer le fond du canal à la recherche d'épaves d'automates, leur apprit Gambetta. Vous seriez surpris des trésors qu'on peut dénicher en eaux troubles, pour peu qu'on ait envie de se salir les mains…

Les jeunes gens décelèrent sans mal les sous-entendus de sa formule.

Une passerelle branlante menait à l'esquif. Philémon aida Elisa à la traverser. La démarche raide et incertaine de sa camarade trahissait les dysfonctionnements de sa jambe.

Lorsqu'ils furent tous montés à bord, Pivert rentra la passerelle et tira l'ancre. Gambetta indiqua à ses hommes la cabine rouillée, au centre du navire, avant d'aller prendre le gouvernail. Les communards descendirent un par un dans la cale, puis remontèrent avec divers outils qui pouvaient tout aussi bien servir d'armes: masses, clés à molette, maillets, pieds-de-biche, scies...

Le remorqueur fendit les flots noirs. Gonflées de gaz de cobalt, des bouées luminescentes protégeaient les bateaux des collisions avec les bords du canal. Les communards voguaient sans même une lanterne sur le pont, aussi devaient-ils faire attention aux vaisseaux plus massifs qui risquaient de les broyer.

Un silence tendu était tombé sur l'équipage. Pour motiver ses camarades, Amélie se mit à chanter, tout doucement, des hymnes révolutionnaires. Sa voix de velours adoucit l'énergie sanguinaire des paroles, les teintant de mélancolie. Elisa écouta sa chanson, intitulée «La danse des bombes», avec un air grave. Lorsqu'elle posa la tête sur l'épaule de Philémon, sans doute parce qu'elle le prenait pour une bouée de sauvetage, le garçon n'osa pas réagir. À vrai dire, il osait tout juste respirer: la pleine lune auréolait le beau visage de sa camarade.

Le vaisseau quitta le bassin de la Villette pour passer la succession d'écluses qui devait le mener jusqu'à la Seine. Des automates – d'énormes bœufs en ferraille – tiraient les chaînes qui ouvraient et fermaient les vannes métalliques, permettant de retenir l'eau. D'autres mastodontes faisaient pivoter les ponts tournants pour laisser passer fiacres ou navires.

Indifférents aux grincements des machines, nombre de

Parisiens profitaient de cette chaude nuit d'été pour pique-niquer le long des quais de Jemmapes et de Valmy. Ensuite, le canal disparaissait dans un tunnel nautique. Le remorqueur s'y engouffra. Le ciel chargé d'astres fut remplacé par une voûte carrelée de blanc.

Les chansons d'Amélie rebondissaient maintenant sur les murs arrondis. Phil ne pouvait pas encore voir le bout du tunnel, qui s'étendait sur plusieurs kilomètres et baignait dans une pénombre tout juste éclairée par des lanternes au plafond.

À mi-chemin, le Borgne fit virer le bateau d'un brusque coup de gouvernail.

L'esquif se dirigea droit vers la voûte.

Philémon regarda avec angoisse le mur se rapprocher, jusqu'à ce qu'il aperçoive une ouverture ménagée dans la paroi, pratiquement en trompe l'œil.

Une voie d'entretien.

Trop étroite pour un navire ordinaire, elle avait les dimensions parfaites pour le remorqueur. Il la remonta sur une centaine de mètres, avant de rencontrer une vanne d'écluse plus petite que celles du canal. Sur l'ordre du Borgne, Pivert se hâta de gagner la proue du vaisseau et enfonça une barre de fer dans une fente de la vanne, provoquant sa lente ouverture. Le bateau pouvait maintenant passer.

Lorsque la voie d'eau se rétrécit davantage, Gambetta fit allumer à ses hommes des lanternes électriques. Ils évoluaient maintenant dans d'étroits tunnels, si bas que leur plafond touchait pratiquement la cabine. Ici, l'air sentait la vase et les

ordures. Des remous brunâtres battaient les flancs du remorqueur. Il fallait élever la voix pour se faire entendre, car l'eau cascadait avec fureur depuis de gros déversoirs en ciment.

– Nous sommes dans les égouts, n'est-ce pas? déclara Philémon.

– Tu as le nez creux, s'amusa le Borgne. (Il baissa la tête, évitant une poutre métallique qui menaçait son crâne, avant de poursuivre :) J'ai beaucoup à reprocher à l'Empereur, mais je dois reconnaître que les égouts de Paris sont aussi bien entretenus que son chemin de fer. Qui sait? Peut-être qu'on fera passer des trains sous la ville, un jour…

– Si cela arrive, j'espère qu'on y voyagera moins serré! déclara Elisa tandis que la coque du navire raclait contre un rebord.

Gambetta esquissa un rictus et poussa le remorqueur plus avant. Le tunnel s'élargit devant la proue, jusqu'à reprendre l'apparence d'un bassin.

– Nous remontons un collecteur d'eaux usées, expliqua le chef des communards. Il devrait nous mener droit sous la prison de la Grande Roquette. (Il pointa du doigt la tuyauterie de cuivre.) Si nous avons de la chance, nous trouverons un accès sous les douches.

– Et si nous n'en avons pas? questionna Elisa.

– Nous devrons ramper par l'évacuation des latrines, répondit Gambetta en déclenchant des rires parmi les voyous.

Ferdinand va regretter de m'avoir prêté un aussi beau costume! pensa Phil.

Le Borgne poursuivit ses explications :

– Pendant qu'un premier groupe infiltrera la prison, un deuxième fera diversion à l'extérieur de l'enceinte.

– Quelque chose qui fait «Boum!», compléta Amélie avec un sourire inquiétant.

Philémon en profita pour réitérer ses craintes:

– Êtes-vous bien certain que nous trouverons nos amis dans la prison de la Grande Roquette? Et pas celle du Cherche-Midi? J'ai une vigie qui fait le guet depuis que nous avons quitté les romaniciels, mais je ne suis pas sûr que cela suffise à le confirmer…

Gambetta se fendit d'un petit sourire condescendant.

– Nous ne sommes pas des amateurs, mon garçon. Nous combattions déjà les Hussards noirs quand vous portiez encore des langes… Nous connaissons parfaitement leurs habitudes: si les romaniciels ont été arrêtés du côté de Vincennes, ils se trouvent à la Grande Roquette, et pas ailleurs. (Son rictus s'élargit.) Mais libre à vous d'aller le confirmer avec votre… *vigie.* Casque de cuivre va vous accompagner. Quant à Mlle Delaroche, elle restera en notre compagnie. Une garantie que vous n'alliez pas nous préparer un traquenard…

Phil s'apprêtait à protester, mais Elisa secoua brièvement la tête: inutile d'en discuter.

Le remorqueur atteignit bientôt le collecteur d'eaux usées. Au-dessus de ce large et profond bassin, la voûte était percée de nombreuses canalisations qui s'y écoulaient comme autant de cascades pestilentielles. Un immense déversoir formait un siphon bouillonnant au milieu des flots sales. Gigantesque, le tourbillon rappela à Philémon les peintures de Charybde, le monstre des mers à la gueule béante, prête à engloutir le moindre bateau qui passerait à sa portée.

Pour éviter de connaître un tel sort, Gambetta fit accoster l'embarcation contre un muret de béton et jeta l'ancre. Pivert cala la passerelle sous un garde-fou branlant. Roulant des hanches, Amélie descendit la première. À l'instar des autres communards, elle avait noué un foulard rouge autour de son cou. En la voyant enfiler cet uniforme à bas prix, Phil se rappela enfin où il l'avait déjà rencontrée : c'était la fille sur le pont de la Concorde ! Celle qui avait fait exploser une machine infernale en forme de caniche devant des gendarmes. Le souvenir ne datait que de quelques jours, mais avec tout ce qu'il s'était passé depuis, il semblait déjà remonter à une éternité...

Il la suivit à travers un premier tunnel. Une échelle de cuivre aux barreaux glissants les mena à une seconde galerie. Le sol y était moins humide, mais couvert d'immondices pour lesquelles se battaient des légions de rats. Dressant l'oreille, Phil pouvait entendre la clameur de la rue qui tombait du plafond voûté.

Amélie lui indiqua une autre échelle, bien plus courte, qui montait jusqu'à une plaque d'égout.

– J'espère que t'es pas une chique : faut qu'on grimpe et qu'on soulève la plaque à l'épaule, lui expliqua-t-elle.

Phil acquiesça d'un grognement. Ils montèrent chacun d'un côté des barreaux, en prenant garde à ne pas se marcher dessus. La plaque était fort lourde, mais ils réussirent à la soulever sans se déboîter une clavicule.

Sitôt dehors, le jeune homme remplit ses poumons d'une grande bouffée d'air pur. Ils se trouvaient dans l'arrière-cour d'une boulangerie, heureusement fermée à cette heure.

Trouver la rue de la Roquette ne fut pas bien difficile, et Ferdi encore moins : il guettait nerveusement la prison depuis son fiacre au toit défoncé. Comme Phil lui indiquait la voiture, Amélie se hâta de la rejoindre, l'escalada jusqu'au siège conducteur comme si elle avait fait cela toute sa vie, et s'assit sur les genoux de Ferdinand.

– Jolie carriole ! dit-elle en posant des bises sonores sur ses joues. Tu baignes dans l'beurre, mon lardon.

Philémon savoura l'air interdit de son ami.

– D'où tu sors, toi ? demanda Ferdinand à la donzelle, le sourire crispé.

Étudiant plus attentivement son visage, il fronça les sourcils

– On s'est pas déjà vus quelque part ?

– Laisse, Ferdi, c'est une *amie de nos amis*, intervint Phil en sortant de l'ombre.

Dès qu'il comprit qu'il avait affaire à une communarde, Ferdinand fronça les sourcils et s'écarta prestement d'Amélie. La jeune femme s'enfonça dans le siège avec un rictus malicieux.

– Content de voir que tu as survécu à ces énergumènes, dit Ferdi en essayant d'ignorer les mimiques de la passagère.

– Oh l'autre ! Comme si on allait l'amocher… On est des anges !

– Les communards ont joué franc-jeu, confirma Phil.

Il se garda bien d'ajouter « pour l'instant », même s'il avait le sentiment que Gambetta n'hésiterait pas à le doubler. Mais pouvait-il vraiment lui en vouloir, alors qu'il réfléchissait lui-même à un moyen de ne pas leur livrer l'enfant automate ?

– Tu as pu découvrir si Zélie et les autres ont bien été amenés ici ? poursuivit-il.

La mine fermée, Ferdinand tendit le bras vers l'autre côté de la rue.

La prison de la Grande Roquette était d'une simplicité effrayante : au milieu d'un square vide, un mur de briques noires encerclait un bâtiment plus triste qu'une pierre tombale. Montées sous une arche, deux grilles donnaient à l'entrée des airs de château fort. Elles étaient flanquées de miradors d'où pointaient des canons de mitrailleuses. Des hussards en redingotes restaient postés sur l'enceinte à toute heure.

– Cette prison est aussi cadenassée qu'un coffre-fort, maugréa Ferdinand. Je crois bien avoir aperçu un fourgon en passant devant les grilles, mais impossible de savoir s'il s'agissait de celui de Zélie.

– Hum. Ça n'arrange pas nos affaires...

– Quel est le plan ? Une attaque aérienne ?

– Souterraine, lui apprit Philémon. Je remonte tout droit des égouts. Les communards pensent y avoir trouvé un accès.

– Je me disais bien que tu cocottais ! grimaça Ferdi en faisant mine de s'éventer le nez.

Phil secoua la tête, trop préoccupé pour plaisanter.

– En attendant, on n'a pas le droit à l'erreur : si on entre là-dedans, ce n'est pas pour en ressortir les mains vides.

– Si vous ressortez jamais… ajouta Ferdinand. C'est dans la cour de cette prison que l'Empereur a fait déplacer la guillotine électrique.

Les voyant consternés par le sort des prisonniers, Amélie pouffa contre la manche graisseuse de sa robe.

– Vous bilez pas, mes jolis poulets ! Si l'Borgne a dit qu'ils sont là, c'est qu'ils le sont !

– « Le Borgne » ? répéta Ferdi sans comprendre.

– Longue histoire… soupira Phil. (Il se tourna vers la jeune femme, l'air désemparé.) Désolé de te décevoir, Amélie, mais j'ai du mal à avoir confiance en un chef qui préfère abandonner ses hommes à la première occasion plutôt que de leur porter secours !

La communarde roula des yeux au ciel.

– Roh, fais pas c'te tête de chiot sans pattes… Tu m'colles le bourdon ! (Elle soupira à son tour.) C'est du temps perdu, mais si ça peut t'rassurer, j'vais aller au persil.

– Vraiment ? Tu peux vérifier ? s'enthousiasma Philémon.

– Vouais. Mais j'fais ça seulement parce que tu m'as pas appelée « Casque de cuivre ». Et parce que j'suis une gentille, très gentille fille… ajouta-t-elle avec un clin d'œil appuyé aux deux garçons.

Tout sourire, Amélie dénoua son foulard rouge et l'attacha au poignet de Ferdinand, étonnamment docile. Puis elle tira un paquet de cigarettes fripé de son corsage avant de descendre du fiacre.

Ils la regardèrent rejoindre la prison d'un pas enjoué. Dès qu'elle fut près des grilles, l'un des hussards s'interposa. Un bref échange – inaudible mais visiblement tendu – s'ensuivit. Un autre garde menaça l'importune de son diapason. Même depuis l'endroit où ils observaient la scène, Phil et Ferdi pouvaient voir l'arc électrique qui crépitait entre les deux branches de cuivre.

Loin de se laisser démonter, Amélie sortit une cigarette. Elle la glissa entre les pointes du diapason jusqu'à ce qu'elle soit allumée par l'électricité. Son audace fit rire les hussards en poste. Elle leur proposa alors son paquet, et ils échangèrent des paroles plus sympathiques tout en fumant.

Lorsqu'elle revint au cabriolet, les nouvelles étaient bonnes :

– Dans l'mille, Émile ! Certains d'entre eux ont bûché à Vincennes, ce soir. M'ont même parlé de « beaux lots » qu'ils ont récupérés à la fête foraine.

– Ils te l'ont dit ? Juste comme ça ? demanda Ferdinand, plus conquis que jamais.

Philémon partageait sa stupéfaction.

Devant leur air interdit, Amélie se mit à rire.

– Soyez pas si surpris, mes loulous ! À force de travailler derrière un comptoir de bistrot, j'ai l'habitude de faire causer les clients.

Phil se tourna vers Ferdi :

– On retourne prévenir la bande au sous-sol.

– Impossible de te convaincre d'abandonner cette folie ? questionna son ami.

– Faut croire que non, rétorqua l'intéressé en lui décochant un sourire bravache.

Ferdinand soupira avec résignation.

– Dans ce cas, il ne me reste plus qu'à couvrir votre fuite. Si vous ne pouvez pas ressortir par les égouts, essayez de faire le mur. J'aurai le pied sur le gaz !

– Merci. Tiens-toi prêt à filer dare-dare : il devrait y avoir un beau grabuge d'ici peu.

– À tout de suite, mon lapin ! le salua Amélie en clignant de l'œil. Le grabuge, c'est mon domaine. J'remonte vite avec une surprise ou deux.

Ferdi lui retourna un sourire mi-charmé, mi-suspicieux.

Ils rebroussèrent chemin pour regagner le remorqueur.

N'ayant pas attendu de confirmation sur la présence des prisonniers, Gambetta avait déjà réparti ses hommes en deux équipes. Sans surprise, Elisa et Philémon furent assignés à la mission la plus dangereuse : l'infiltration de la prison. Ils étaient cependant accompagnés de Pivert, ainsi que de trois autres costauds aux traits durs. Les communards affichaient une détermination que Phil leur enviait.

– Et vous ? demanda Elisa au Borgne.

– Moi ? En bon capitaine, je reste sur le navire.

Les jeunes gens échangèrent un regard entendu. Il serait sans doute plus facile de fausser compagnie à leurs nouveaux alliés si leur chef n'était pas avec eux.

L'équipe en charge de la diversion sortit de la cale des bonbonnes et des pots d'essence de térébenthine. Une fois qu'ils furent tous parés, les communards se couvrirent le bas du visage de leur foulard rouge, à la façon de bandits. Gambetta avisa ses hommes, le poing sur le cœur :

– Fins prêts, camarades ? Bien ! Montrez donc à ces pantins de l'Empereur de quel gaz nous nous chauffons !

XXIV

– Voilà qui me rappelle notre fuite de Saint-Cyr… murmura Philémon en rampant dans un étroit conduit qui sentait le savon rance.

– Je trouve que nous nous enfuyons beaucoup, ces derniers temps ! grommela Elisa derrière lui.

Phil s'arrêta un instant, laissant les communards prendre un peu d'avance, et se tourna vers elle.

– Si nous voulons fausser compagnie à nos nouveaux amis, il faudra sans doute fuir une fois de plus. Penses-tu pouvoir escalader l'enceinte extérieure ? Elle fait trois bons mètres de haut, mais Ferdinand est garé de l'autre côté.

– Je peux essayer, souffla Elisa avec détermination.

Souillée par la crasse et gonflée d'humidité, sa robe somptueuse tournait au torchon. Quant à son maquillage, il lui avait coulé sur les joues en peintures de guerre. Philémon ne pouvait néanmoins s'empêcher de la trouver à son avantage. Peut-être même plus que quand elle était pomponnée pour l'opéra : la jeune fille avait retrouvé toute la fougue qui lui faisait alors défaut.

Avant que les communards ne s'inquiètent de leurs messes

basses, ils recommencèrent à ramper. Gambetta avait vu juste : les douches de la prison se trouvaient juste au-dessus d'eux.

Pivert s'arrêta bientôt au milieu du conduit. À l'aide d'une clé à molette, il dévissa une large bonde d'acier au-dessus de sa tête. La grille servait à évacuer l'eau sale des douches. Celles-ci étaient noires et désertes quand ils sortirent un par un du sous-sol.

– Clapez les brûlottes ! J'entends un gus qui rapplique ! les alerta soudain Jeannot, un blond avec des bras de docker et une cicatrice de vérole sur le front.

Les communards éteignirent leurs lanternes et agrippèrent le manche de leurs armes.

Qui peut bien prendre un bain de minuit dans une prison ? pensa Philémon avec circonspection.

Un chuintement sur le carrelage se rapprochait d'eux.

Pivert se posta au coin du mur. Il attendit le tout dernier moment pour frapper de sa lourde clé.

CLONK !

L'intrus chuta dans un fracas métallique.

– C'est bon ! Rien qu'un tas de boulons ambulants ! ricana le communard.

Un automate balayeur gisait au milieu d'une flaque d'huile. Le coup avait enfoncé sa tête en forme de bouilloire, répandant les cartes perforées qu'elle contenait. Phil ramassa le balai de la machine, auquel le bras était toujours attaché. Une arme bien dérisoire, mais il devait faire avec les moyens du bord.

– Quelqu'un a vu des casiers, par ici ? demanda-t-il. Nous pourrions peut-être voler des uniformes.

– Ce sont les douches des prisonniers, je le crains, observa Elisa dans la pénombre.

– Pas besoin de s'maroufler en pingouins, ajouta Pivert. Les autres vont bientôt faire sauter un feu d'artifice, et on aura le champ libre.

– Tu es sûr qu'on va entendre la diversion ? s'inquiéta Philémon.

– Oh que oui !

Les autres communards se gaussèrent sous leur foulard.

Ils attendirent dans les douches, à l'affût du moindre bruit.

Après cinq longues minutes, la détonation attendue arriva. Elle ressemblait à un coup de tromblon dans le lointain, mais pour qu'on l'entende tout de même à l'intérieur de la prison, Philémon comprit qu'elle avait été redoutable.

Plus proches d'eux, des cloches se mirent à retentir. L'alerte était donnée.

– C'est parti ! lança Pivert à la bande.

Ils quittèrent la pièce.

L'intérieur de la Grande Roquette ressemblait à celui d'un navire de guerre. Les couloirs étaient faits de cuivre des murs aux plafonds, et des hublots hermétiques donnaient sur les cellules. Pendant que les communards faisaient le guet, Philémon et Elisa jetèrent un œil à l'intérieur de chaque cachot.

La plupart étaient vides ; la police secrète n'avait que faire des simples criminels. Les prisonniers qui finissaient ici avaient tous le regard terne et les joues émaciées. Quand ils pouvaient encore tenir debout, les pauvres bougres se cachaient les yeux dès que la lanterne pointait à travers les hublots. À leur façon de se recroqueviller sur leur misérable couche, Phil pouvait voir qu'ils avaient abandonné tout espoir de sortir d'ici. Cela ne le motivait que davantage à tirer les romaniciels des mains de leurs geôliers.

Il fit signe à Elisa.

– Personne ici, répondit-elle en secouant la tête.

– Essayons l'étage suivant.

– L'alarme va pas durer des plombes ! Magnez-vous l'train ! les pressa Pivert.

Le groupe gagna les escaliers en catimini.

Malgré la diversion, ils tombèrent rapidement sur une patrouille. Il ne s'agissait que de deux gardes-chiourmes ordinaires, pas de hussards surentraînés, mais ils étaient tout de même armés de diapasons.

Les communards eurent la chance de les prendre au dépourvu : un coup de pied-de-biche envoya le plus proche s'estourbir contre un mur avant de pouvoir appeler à l'aide.

L'autre gardien eut le temps d'allumer son diapason. Il en frappa Jeannot.

L'arc électrique toucha le communard en pleine poitrine, l'expédiant en arrière comme s'il venait d'être percuté par un taureau. Sa tête cogna le sol métallique avec un son de cloche.

Le geôlier tenta ensuite d'électrocuter Philémon, qui bloqua l'attaque de justesse : il leva le manche de son balai et le coinça entre les dents du diapason.

Elisa en profita pour asséner une manchette à la gorge de son adversaire.

Le gardien s'effondra, assommé pour le compte.

Phil se pencha aussitôt sur Jeannot. Le gaillard tremblait de tous ses membres, bavant un épais filet de salive sous le foulard qui lui couvrait la bouche. Le contact avec le diapason n'avait pas été tendre. Au moins, il vivait. Et les deux surveillants aussi, même si le premier aurait besoin d'un bon rendez-vous chez le dentiste en reprenant ses esprits.

Pivert et son acolyte ramassèrent les diapasons des gardes.

– J'ai toujours rêvé de mettre la main sur un joujou pareil, s'extasia le grand dadais au bandeau.

Philémon contempla avec dépit son manche à balai : c'est lui qui avait besoin d'une nouvelle arme, pas eux ! Mais il préféra ne pas perdre de temps à protester.

– Il va falloir le porter, dit-il en désignant Jeannot.

– Je m'en occupe, assura Elisa.

– Toi seule ? s'étonna Pivert.

Lorsque la jeune fille souleva Jeannot sans même forcer, il siffla d'admiration.

– Allez, on bouge ! Les communards n'abandonnent jamais les leurs !

Philémon devait reconnaître que, contrairement à ce que laissait paraître leur chef, ils avaient le sens de la solidarité.

L'étage était identique au rez-de-chaussée. Les attaquants se postèrent dans la cage d'escalier, prêts à en découdre. Comme Elisa avait les bras pris, Philémon se chargea seul d'inspecter les cellules. L'une des portes était dépourvue de hublot. Un bureau, peut-être ? Il décida d'y entrer, espérant dénicher un répertoire détaillant l'emplacement de chaque prisonnier.

Derrière le battant, il se retrouva nez à nez avec un hussard.

Non, pas exactement nez à nez. Plutôt *nez à torse* : l'agent était gigantesque, deux mètres de haut au moins. Impossible de voir son visage, masqué par son haut col et son couvre-chef.

Face au colosse, Philémon agit d'instinct : il lâcha son balai et fonça pour l'attraper à bras-le-corps. Il espérait ainsi le ceinturer… mais il sentit un curieux manque de consistance dans sa prise.

Le hussard était bien plus maigre que ne le laissait croire sa redingote. Chétif, même. Pire : il se disloqua en deux. Sa moitié haute tomba en arrière, et Philémon avec.

L'agent perdit son haut-de-forme dans sa chute, révélant un visage aussi familier que féminin.

– Z… Zélie ? bredouilla Phil en reprenant ses esprits.

– Aïe, aïe, aïe ! Tu m'étouffes, *narvalo* !

Il se releva prestement.

– Je vais avoir une bosse, gros malin ! lui lança la jeune fille en se massant le crâne. Que fiches-tu ici ?

– Je… je suis… *On* est venus te sauver.

Zélie gloussa en le voyant si désemparé.

– Ah ! Merci bien. Mais, comme tu vois, je me sauve toute seule !

– Comment as-tu pu sortir de ta cellule ?

– Avec mon rossignol, pardi ! Je l'ai caché à l'intérieur du *tikno*.

Elle pointa la porte du doigt.

Philémon se retourna et découvrit, dans l'ouverture, l'enfant automate qui les contemplait de ses yeux gris. De toute évidence, Zélie s'était tenue sur ses petites – mais solides – épaules, formant ainsi le gigantesque hussard. Ils avaient dû chaparder la redingote et le chapeau dans le bureau. Un déguisement improbable, mais efficace. À condition d'éviter les corps-à-corps.

– J'ai dit que c'était mon petit frère, alors ils nous ont enfermés dans la même cellule, expliqua Zélie. Ensuite, ils nous ont laissés plutôt tranquilles. Sans doute parce qu'ils pensent qu'Oncle Timbo est le cerveau de l'affaire… J'en ai profité pour filer, ça leur apprendra à me sous-estimer !

Philémon ne put s'empêcher de sourire.

– On t'a sous-estimée, nous aussi. Quand je pense à ce qu'on a dû faire pour arriver ici…

– C'est l'intention qui compte ! répondit-elle en lui rendant son sourire. Et faut encore trouver Timbo et Patrin. On peut pas les abandonner ici.

– On va les ramener, promit Phil. Mais ils ne sont pas au rez-de-chaussée, on en vient.

– Finissons de fouiller cet étage, alors.

Elle se releva, épousseta sa robe et alla caresser la joue de l'enfant automate.

Avec son béret et sa blouse d'écolier, celui-ci ressemblait plus que jamais à un môme ordinaire.

– Tout va bien, Tic-Tac ? demanda Zélie.

– « Tic-Tac » ? répéta Philémon, le sourcil levé.

– *Va*, c'est l'nom que je lui ai donné. Parce qu'il est un

tikno, et qu'il fonctionne comme une horloge, s'esclaffa-t-elle.

– Charmant. Au fait, il faut que je t'avoue quelque chose…

Pendant qu'ils s'attelaient à examiner les cellules, il lui expliqua l'accord qu'il avait passé avec les communards.

– C'est pas bien d'avoir fait ça, *dinlo* ! le tança Zélie une fois qu'il eut terminé. Tic-Tac n'est pas un jouet, ni une arme… Je te l'ai déjà dit : y a une âme au fond de ses engrenages. Je les saboterai pas !

Philémon se passa la main dans les cheveux, embarrassé.

– Désolé… Mais ne t'inquiète pas, je ne compte le livrer à personne. Sauf à toi, si tu en veux.

– Je peux l'emmener, *va*. Le campement lui fera bon accueil.

– Parfait. Il va juste falloir fausser compagnie aux communards. Je te donnerai le signal. Hâtons-nous de récupérer ton oncle et ton cousin, maintenant.

Philémon fit signe à ses compagnons, à l'autre bout du couloir. Elisa fut soulagée de voir Zélie et l'enfant en bonne santé. Mais pas autant que la romanicielle lorsqu'elle découvrit Patrin au fond d'une cellule.

– *Simmensa !* Tu vas bien ?

– *Va*… Juste un peu cabossé. Timbo est dans la cage d'à côté.

Grâce à son rossignol, Zélie s'empressa de crocheter les serrures. Oncle Timbo avait le plus souffert : un coquard ceinturait l'un de ses yeux, et son nez, déjà massif d'ordinaire, avait doublé de volume sous les coups des hussards. Pour l'aider à marcher, Philémon lui offrit son manche à balai en guise de béquille.

– Dégrouillez ! leur cria alors Pivert.

Une nouvelle détonation retentit à l'extérieur de la prison. Elle était plus proche, car les murs tremblèrent un instant. Elle fut suivie du débit rapide de tirs de mitrailleuses.

– Fichent quoi, là-dehors ? maugréa Timbo de sa grosse voix. Je m'absente deux heures, et les *gadjés* se lancent dans la guerre ?

Philémon haussa les épaules. Si c'était une nouvelle diversion des communards, ils mettaient le paquet… Il s'était attendu à un retour bien plus rapide des hussards, mais ils semblaient tous occupés dehors. Cela risquait de compromettre leur fuite par le mur d'enceinte. Et ils devaient encore trouver le moment opportun pour échapper à la vigilance de Pivert.

– Allez, clopins ! Peu importe c'qui s'passe, on r'part aux égouts ! ordonna ce dernier. L'capitaine nous attend !

Ils descendirent les marches quatre à quatre. Dehors, les détonations se multipliaient, ainsi que les cris. Phil était désormais convaincu que les quelques communards de l'équipe de diversion n'étaient pas les seuls belligérants. Mais qui étaient les autres ?

Il n'eut pas le temps d'y réfléchir : juste avant l'intersection qui menait aux douches, il aperçut une paire de portes d'acier. La sortie.

Il fit signe à Elisa et Zélie de ralentir la cadence, pour laisser les autres s'éloigner. Les jeunes filles échangèrent un regard entendu. Zélie attrapa la main de l'automate et le mena auprès de Patrin et Timbo, plus en arrière.

Malheureusement, Pivert se douta de quelque chose.

Il s'arrêta devant les portes et se tourna vers les retardataires, la mine suspicieuse :

– Vous fichez quoi, les lambins ?

Philémon ouvrit la bouche, s'apprêtant à lui servir un mensonge désespéré.

Il n'en eut pas besoin : les lourds battants furent soudain projetés hors de leurs gonds, fauchant le communard au passage. Il s'effondra contre un mur, du sang maculant son front et son bandeau de cuir.

Un nuage de gaz de cobalt se répandit dans le vestibule. Une silhouette colossale en sortit : un Jack !

L'intrus attrapa Jeannot par le cou. Celui-ci frappa son agresseur avec le diapason qu'il avait dérobé, pour l'obliger à le lâcher. L'impulsion électrique ne fonctionna guère sur l'hybride. Il garda assez de combativité pour faire valser Jeannot d'un coup de pied.

Plusieurs Jacks apparurent à la suite du premier.

Derrière eux, la cour de la prison s'était transformée en champ de bataille. De grands feux bleu électrique coiffaient les miradors et leurs mitrailleuses, rendues inutilisables. Sous leur éclat livide, les Hussards noirs affrontaient des dizaines de Jacks. Ils se battaient avec panache, mais les hommes-machines avaient l'avantage du nombre et gagnaient du terrain. Phil aperçut aussi l'uniforme familier du brigadier Grévin.

Un klaxon retentit alors dans la cour. Il fut suivi d'un

raffut de casseroles quand le fiacre de Ferdinand défonça les doubles grilles de l'entrée.

Le jeune homme mena son attelage mécanique sur le champ de bataille. À ses côtés, Amélie balançait de toutes parts des bouteilles pleines d'un liquide incandescent, qui explosaient comme des grenades.

Repérant ses camarades à travers les portes défoncées du bâtiment, Ferdi y précipita leur véhicule. Il faucha une bonne moitié des Jacks qui étaient entrés. Hélas, le fiacre déjà mal en point s'écrasa lourdement contre le mur intérieur, non loin du groupe de Philémon, et s'immobilisa net.

L'adolescent sauta au bas du siège conducteur, puis aida Amélie à descendre.

– Ferdi ! Qu'est-ce que tu fiches là ?! l'apostropha Phil.

– J'ai vu ces mastards débarquer, alors j'ai voulu vous prêter main-forte !

– Merci, mais… c'était notre seul moyen de fuir ! déplora son ami en désignant d'un hochement de tête la voiture inutilisable.

– Pas le seul ! Filez par les douches ! Je les retiens ! s'exclama Elisa.

Avant que quiconque puisse réagir, elle fondit sur les Jacks qui avaient réchappé à l'attelage infernal et les boxa, pulvérisant leurs articulations et leurs rouages.

– Par ici ! s'écria Jeannot en s'enfuyant vers les sanitaires.

Patrin et Timbo le suivirent en claudiquant. Zélie posa sur Philémon un regard interrogateur.

Le jeune homme se baissa vers l'enfant automate :

– Peux-tu les arrêter ? (Il désigna les Jacks.) Tu sais, en criant ?

Il n'était même pas sûr que celui-ci comprenne ses paroles.

Pourtant, l'enfant secoua la tête tout en pointant son petit bras vers Elisa.

Phil comprit lui aussi ce qu'il voulait dire : il risquait d'endommager les membres mécaniques de la jeune fille, et de la blesser grièvement. Venue d'un être artificiel, sa compassion était des plus touchantes. Hélas, les Jacks n'en auraient pas autant à leur égard…

Résigné, il entraîna Zélie et l'enfant à sa suite. Il lança un dernier regard à sa camarade. Elle tenait à belle distance les hommes-machines. Mais pour combien de temps ? Le cœur gros, il abandonna Elisa à son combat.

Arrivé dans les douches, Tic-Tac s'immobilisa devant le corps brisé de l'automate-balayeur. Il paraissait terrorisé.

– Ne t'inquiète pas, je ne laisserai personne te faire ça, promit Philémon à l'enfant.

Il l'aida ensuite, avec Zélie, à descendre par la grille d'évacuation.

– C'est toujours tout droit jusqu'au bateau !

– Un bateau dans les égouts ? *O'beng !*

– J'imagine que c'est pas le moment de vous parler de mon mal de mer ? hasarda Ferdi.

– Active, avant d'finir en friture, mon loup ! le pressa Amélie en le poussant dans le boyau.

Tandis qu'ils rampaient, Philémon sentit le conduit trembler avec la force d'un séisme. Probablement les Jacks, même si le jeune homme ne comprenait pas comment ils pouvaient les suivre dans l'étroit tunnel, tant leurs carrures étaient massives…

Parvenus jusqu'au collecteur d'eaux usées, ils grimpèrent à bord du remorqueur sans tarder.

Gambetta ne s'arrêta pas sur leurs mines déconfites, son regard aussi vide que si ses deux yeux étaient en verre. En revanche, l'automate attisa sa curiosité.

– Voici donc la petite merveille, observa-t-il en quittant le gouvernail.

– Euh… Phil ? C'est qui, le corsaire ? s'enquit Ferdi.

– Pas l'temps pour les présentations ! rétorqua son ami, en s'interposant entre le communard et l'enfant. Nous devons lever l'ancre !

Amélie opina avec empressement :

– Il dit vrai, chef ! Y a d'drôles de mastards qui nous collent au train ! Et même une saleté d'hirondelle de potence !

Philémon savait que ce terme d'argot désignait les gendarmes.

– Soit, concéda le Borgne, toujours impassible. (Il se tourna vers Jeannot.) Occupe-toi de l'ancre.

Avant qu'ils puissent ranger la passerelle du bateau, un fracas de briques attira leur attention du côté du parapet.

Plusieurs Jacks pointaient le bout de leur chapeau melon hors d'un trou béant : ils s'étaient frayé un chemin à travers les murs à coups de poing. À leur suite, le brigadier Grévin. Deux de ses hommes de fer empoignaient Elisa, lui tordant les bras dans le dos. Le visage de la jeune fille était crispé par la douleur.

– Halte, mes gaillards ! s'écria le gendarme. J'ai des hommes postés le long du canal, vous ne pouvez pas vous enfuir. Remettez-nous le catalyseur, ou votre amie va finir en pièces détachées !

Il gifla sèchement Elisa.

Tous les passagers du remorqueur se figèrent sur place. Tous, à l'exception de Gambetta.

Il s'avança jusqu'à la passerelle d'accès, l'air farouche.

– Je vous reconnais, Grévin. Vous étiez de notre côté, en 70, lorsque nous nous apprêtions à proclamer la République. Mais, sitôt la victoire de l'Empereur annoncée, vous avez retourné votre veste. Et vous la retournez à nouveau. Vous n'êtes qu'une girouette. Que dis-je ! Une marionnette.

Il tira du pan de son long manteau un sabre de cavalerie et pressa un bouton sous le pommeau, activant une minuscule dynamo. La lame se chargea d'électricité.

– Réglons ça en hommes d'honneur, continua le Borgne. À moins que vous ne soyez aussi mou dans vos convictions qu'un pantin de cire…

Le brigadier Grévin ne parut guère impressionné. Il lissa calmement sa moustache.

– Vous, Gambetta, vous n'êtes qu'un pirate et un forban. Il est temps de vous envoyer par le fond.

Grévin sortit de sa veste plastronnée un pistolet en cuivre.

Dans le même mouvement, il tira.

Un éclair bleuté zigzagua à travers les égouts. Il frappa Gambetta en plein torse.

Le chef des communards lâcha son épée et bascula par-dessus bord. Un «plouf!» fatidique retentit. Philémon, Jeannot et Ferdi se précipitèrent pour lui prêter main-forte, mais le courant puissant l'entraîna en quelques secondes jusqu'à la bonde. Le Borgne disparut dans l'immense siphon.

– À qui le tour? ronchonna Grévin. Elle?

Il plaqua le canon de son pistolet contre la tempe d'Elisa.

– Vous êtes solide, ma petite. Mais votre tête n'est pas en fer, que je sache… (Il reporta son attention sur l'équipage.) Si vous n'obtempérez pas, je lui mets du plomb dans le crâne.

La jeune fille ferma les yeux avec résignation. Zélie se couvrit la bouche des mains, pétrifiée. Philémon ne savait plus que faire. Il chercha du soutien chez Ferdinand, mais lut la même panique sur les traits de son ami. Il ne s'était jamais senti si impuissant.

Il se tourna vers l'enfant automate.

Celui-ci avait disparu.

Le cherchant partout des yeux, Philémon le découvrit au milieu de la passerelle : Tic-Tac avait bondi hors du bateau et s'avançait vers le gendarme d'un pas déterminé.

Dès qu'il fut à sa portée, Grévin acquiesça gravement.

– Bien. Voilà qui est plus raisonnable…

Il tourna son arme et tira dans le poitrail de l'enfant. Le rayon électrique enveloppa l'automate, désactivant ses fonctions motrices. L'un des Jacks souleva son petit corps agité de soubresauts.

– Je suis un homme de parole, ajouta le brigadier. N'oubliez pas ma miséricorde.

D'une bourrade, il poussa Elisa vers le remorqueur. La jeune fille s'effondra sur le ciment. Phil et Zélie se précipitèrent à ses côtés.

– Au revoir, soldats, les salua Grévin. Une aube nouvelle nous attend !

Les Jacks sur les talons, il s'en retourna par le large trou, emportant avec lui l'enfant et la promesse d'une catastrophe imminente.

— XXV —

Oncle Timbo mena le remorqueur jusqu'au canal.

Le vieil homme s'avéra un navigateur très compétent, même si sa façon de jurer à tout bout de champ tranchait avec le silence morose qui s'était abattu sur le bateau. Les jeunes gens ruminaient leur échec.

Pour ne rien arranger, un vent mauvais s'était levé sur Paris, annonçant un gros orage d'été. Ses bourrasques chargées d'ozone avaient chassé les pique-niqueurs nocturnes des quais. Timbo en profita pour faire halte au pont tournant de la Grange-aux-Belles.

Jeannot sauta du remorqueur à la première occasion et disparut dans les rues désertes. Le reste de l'équipage contempla sans un mot les hautes flammes qui montaient encore de la prison, éclairant la nuit d'un halo bleu cobalt. L'incendie attirait les derniers passants du soir : nombre de fiacres s'agglutinaient au sommet du pont tournant.

Amélie, la seule à bord à ne pas se morfondre, finit par rompre le silence :

– Pourquoi vous m'tirez ces tronches, mes loulous? Réjouissez-vous: z'êtes toujours en vie!

Sa jovialité tranchait avec les mines atterrées des jeunes gens. D'un geste mutin, elle sortit une cigarette de son corsage et la glissa derrière l'oreille de Ferdinand.

– Tu m'la rendras avec les intérêts, mon rupin. Et vous autres, si vous r'passez au *Rat Mort*, v'nez boire un coup! J'vous ferai une ardoise!

Amélie dénoua son foulard rouge et le jeta dans le canal, laissant le courant l'emporter à la dérive comme un coquelicot, puis elle abandonna le navire. Elle souffla un dernier baiser vers le pont, avant de s'en aller dans les ruelles en chantonnant.

Elle ferait un bon soldat: la disparition du Borgne et de plusieurs de ses camarades ne semble pas l'affecter plus que ça... jugea Philémon sans que cette pensée le réconforte.

– Cette cabotine a du chien! s'exclama Ferdinand, requinqué. Pour une sale engeance de communarde, évidemment... s'empressa-t-il d'ajouter.

Voyant que ses compagnons ne sortaient pas de leur mutisme, Ferdi essaya à son tour de leur remonter le moral.

– Hauts les cœurs! Amélie n'a pas tort: nous sommes toujours en vie, c'est l'essentiel!

Phil frappa du poing contre la balustrade du pont.

– Non, non et non! Je ne suis pas d'accord! Ça ne suffit pas, d'être en vie! L'histoire ne peut pas se terminer ainsi!

– Nous avons fait tout notre possible, argua sombrement Elisa. Tu as sans doute raison: nous devrions contacter le ministère de l'Ennemi intérieur, par l'intermédiaire de mon oncle. Peut-être qu'ils nous croiront, malgré nos maigres preuves…

Phil se tourna vers elle, le visage empourpré par l'émotion.

– Et s'ils ne nous croient pas ? C'est toi qui dis vrai : nous fuyons beaucoup trop, ces derniers temps. Nous devons prendre les devants.

– Qu'entends-tu par là ?

– C'est à nous d'arrêter l'Aube d'Acier. Et de sauver l'enfant !

– Tic-Tac ! Il s'appelle Tic-Tac ! intervint Zélie, son enthousiasme ravivé.

Elisa croisa ses bras mécaniques sur son jupon en lambeaux. Elle n'était pas aussi convaincue que la romanicielle.

– Nous ne savons même pas où ils l'ont emmené…

Philémon réfléchit un instant à la question, avant de claquer des doigts.

– Mais si, nous le savons ! Nous l'avons entendu à l'Opéra : ils seront à la tour Eiffel ! Et si j'en crois les paroles de cet odieux paon de Grévin, ils vont faire ça cette nuit, avant l'aube !

L'ombre d'un doute passa sur le beau visage d'Elisa. Il fut vite remplacé par une résolution toute retrouvée.

– Bien vu, Fernay ! Mais comment allons-nous les arrêter ? Je tiens à peine debout…

– J'ai bien une idée, sourit Philémon. Mais nous allons avoir besoin de toute l'aide possible.

Ferdinand bomba le torse.

– Compte sur moi, l'ami !

Elisa le toisa d'un œil noir.

– *Toi*, L'Anse-Dufour ? Tu comptes faire quoi ? Manquer de nous réduire en bouillie une deuxième fois ?

– Si j'avais vraiment voulu t'écraser, Delaroche, tu ne serais plus là ! Et cette bataille rangée m'a mis en appétit : je me sens d'attaque pour botter les fesses de quelques conspirateurs étrangers ! Surtout si ce sont des Ubritons ! ajouta-t-il, les dents découvertes en un rictus mauvais à l'adresse de la jeune fille.

Philémon ignora leurs chamailleries. Il se tourna vers Zélie, à la recherche d'un soutien supplémentaire.

– Et toi ? Peux-tu nous aider ? Ou même convaincre les autres ?

La jeune fille jeta un regard hésitant à son grand-oncle et son cousin.

– *Na*… Je suis désolée, mais… J'ai fourré ma famille dans assez de pétrins. Tout le campement, même. Ils s'apprêtent à filer à cause de mes bêtises… Je vais devoir rentrer et préparer le décollage. (Elle huma l'air.) Surtout si l'orage arrive.

Elle se tordait les mains, fuyant son regard.

Pour cacher sa déception – même s'il la ressentait –, Philémon lui sourit largement.

– Pas besoin de t'excuser, Zélie, je comprends. La famille, c'est essentiel : j'aurais fait la même chose pour mes sœurs…

Ses mots mirent du baume au cœur de la romanicielle.

– Je sais que tu vas arriver à le sauver, *dinlo*. Si nous ne sommes pas partis, je l'emmènerai, comme je t'ai promis.

Elle tira de ses jupons chamarrés le sabre électrique que Gambetta avait laissé tomber.

– Je comptais le tripatouiller pour voir comment il marche, mais t'en auras plus besoin que moi, dit-elle en le lui offrant.

– Eh ! Merci bien !

Philémon fit quelques passes d'arme sans allumer la lame.

– Bien équilibré, constata-t-il en se sentant un peu bête à la suite de sa démonstration.

– Contente qu'il te plaise. Alors, ben… (Elle contempla ses bottines.) On file !

– C'est plutôt nous qui filons, répondit Phil. On va vous laisser le bateau : personne ici ne sait naviguer. Pas même ce fils d'amiral de Ferdi…

Zélie s'esclaffa.

– T'es sûr ? La tour Eiffel, c'est pas la porte à côté ! On pourrait vous déposer, mais…

– Non, non. C'est gentil, mais vous devez vous préparer à partir. Le reste, on s'en occupe.

Elle se dressa sur la pointe des pieds et déposa une bise furtive sur sa joue.

– Ne vous faites pas tuer, *dinlos* que vous êtes !

– Erm, erm ! toussota Ferdinand dans leur dos.

Elisa et lui remontaient de la cale, les bras chargés de plusieurs bonbonnes de gaz de cobalt et de bidons de térébenthine.

– Voilà tout ce que les communards ont laissé. Ça peut servir, non ? demanda Ferdi.

– Oh que oui ! répondit Phil. (Il claqua alors des doigts.)

Au fait, toi qui étais dehors… c'était quoi, la diversion? Qu'ont-ils fait sauter avec tous ces machins?

– La Guillotine électrique, pardi! Ça les a fait accourir, les Cafards noirs! Par contre, quand les Jacks sont arrivés, la bande d'Amélie a mis les bouts.

– Et c'est à ce moment-là que tu as eu ta brillante idée… compléta, Elisa, amère.

Le trio descendit du remorqueur avec la cargaison explosive.

Restés sur le bateau, Zélie et sa famille les saluèrent avec émotion.

Philémon regarda les romaniciels s'éloigner sur le canal, non sans une certaine envie de tout abandonner.

Mais l'enfant… – il ne pouvait se résoudre à l'appeler Tic-Tac –… L'enfant lui avait sauvé plusieurs fois la vie. Celle d'Elisa, aussi. Et sans rien attendre en retour. Il lui devait bien ça.

Exalté par un courage nouveau, il retourna auprès de ses camarades saint-cyriens.

– Bon, on prend un nocti…

Une voix qu'il ne connaissait que trop bien l'interpella depuis le pont tournant.

–YOUHOU! Phil! Par ici!

Philémon se retourna et découvrit, parmi l'attroupement de fiacres et de badauds, une surprenante calèche: elle était menée par un attelage de zèbres mécaniques. Les automates saugrenus attiraient autant les regards que l'incendie de la prison.

Sur la banquette du véhicule se tenaient ses quatre sœurs : Margaux, debout, l'appelait en faisant de grands signes ; Joséphine dévorait une pomme d'amour ; Louise tenait les rênes des zèbres ; Constance, enfin, lançait des cacahouètes aux curieux qui s'approchaient trop près.

– Qu'est-ce que tes sœurs fichent ici, Fernay ? questionna Elisa, les yeux ronds.

– Et surtout, qu'est-ce qu'elles fabriquent avec le fiacre préféré de Mère ?! s'alarma Ferdinand.

Philémon haussa les épaules. Avec ses sœurs, toutes les suppositions étaient permises.

L'explication s'avéra néanmoins presque rationnelle :

– Nous voulions aller à la Foire du Trône, leur apprit Joséphine.

– Et ta mère nous a prêté son fiacre ! compléta Margaux en dévisageant Ferdinand.

– Quoi ?! Elle ne me laisse même pas faire le tour du jardin avec ! répondit ce dernier, la voix partagée entre colère et incrédulité.

– Elle nous a aussi avoué combien elle aurait aimé avoir une fille... ajouta Constance, perfide.

Ferdi lui jeta un regard noir.

L'explication ne convainquit pas tout à fait Phil. Il se frotta le menton, perplexe.

– Soit, mais pourquoi êtes-vous *ici*, précisément ? Il est plus de 5 heures du matin !

Joséphine haussa les épaules.

– On est restées jusqu'à la fermeture de la foire. On

n'aura pas l'occasion d'y retourner de sitôt: les romaniciels sont sur le départ.

– On voulait rentrer aussi, mais Margaux nous a égarées dans les rues, expliqua Louise.

– C'est une très mauvaise copilote, renchérit Constance.

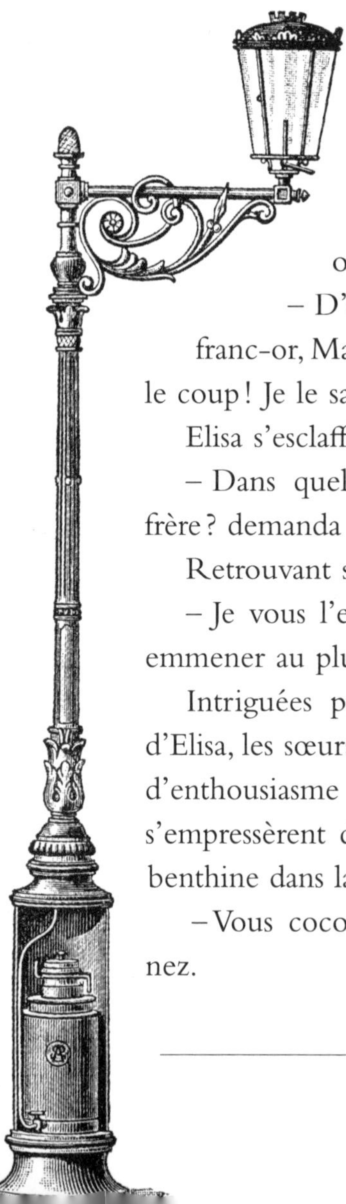

L'intéressée lui tira la langue.

– Je n'ai pas l'habitude de traîner dans Paris en pleine nuit, *moi*!

Indifférente à leurs chamailleries, Joséphine reprit:

– Ensuite, on a croisé tout ce monde, et on voulait savoir ce qu'il se passait.

– D'ailleurs… rebondit Louise. Tu me dois un franc-or, Margaux: je t'avais dit que Philémon serait dans le coup! Je le savais dès qu'on a aperçu les flammes!

Elisa s'esclaffa, contrairement à Phil.

– Dans quelle aventure t'es-tu encore embarqué, cher frère? demanda Constance, les yeux brillants.

Retrouvant son sourire, Philémon claqua des doigts.

– Je vous l'expliquerai en chemin, si vous pouvez nous emmener au plus vite à l'Exposition universelle!

Intriguées par la situation autant que par la présence d'Elisa, les sœurs Fernay acquiescèrent – avec beaucoup trop d'enthousiasme au goût de leur frère. Phil et ses camarades s'empressèrent de charger les bonbonnes de gaz et la térébenthine dans la calèche, avant d'y prendre place à leur tour.

– Vous cocottez… remarqua Margaux en se pinçant le nez.

– Pire que les catacombes… approuva Constance.

– Comment connais-tu le parfum des catacombes ? répliqua Ferdinand avec un sourire carnassier.

Elle ne répondit rien, mouchée pour le moment.

Philémon fit mine de s'asseoir à l'avant, sur le siège conducteur.

– Bas les pattes, Phil ! fit Louise en lui donnant une petite tape sur les doigts alors qu'il s'apprêtait à prendre les rênes. La maman de Ferdi a dit que c'est seulement moi qui conduis !

– Bon, bon… se renfrogna son frère en se rasseyant sur la banquette.

– Je vous conseille de bien vous accrocher… souffla Joséphine aux nouveaux passagers.

Même en menant les zèbres à une vitesse qui menaçait de leur faire perdre leurs rayures, il était presque 6 heures quand ils arrivèrent à la Tour Eiffel.

Ils devaient se hâter : l'aube n'allait plus tarder à poindre. Entre les nuages ensommeillés, des éclairs silencieux commençaient à balafrer le ciel. L'orage arrivait, lui aussi.

– Regardez ! J'avais raison ! dit Philémon en pointant la tour Eiffel du doigt.

Des dizaines et des dizaines de Jacks grouillaient entre les pieds du monument. Quant au soi-disant « laboratoire météorologique » installé par Eiffel dans la flèche du sommet, il était éclairé, révélant la présence des conspirateurs. D'autres lampes électriques illuminaient la structure de la tour, comme autant de lucioles prises dans une toile d'araignée métallique.

– Nous n'allons jamais passer avec tous ces Jacks... s'inquiéta Elisa.

– Si notre plan fonctionne, ils seront trop occupés pour nous arrêter. (Phil se tourna vers Ferdinand.) T'es sûr de ton coup, Fer' de l'Anse'? La distraction repose entièrement sur toi!

–Vous bilez pas! Je vais leur emprunter un cuirassier, ni vu ni connu. Et toi, Delaroche, tu ravaleras tes paroles! «Oh non, y a trop de Jacks! Nous ne pourrons jamais passer!» l'imita-t-il avec une voix de fausset. Trop pour de pauvres petits aviateurs dans vot' genre, peut-être! Mais pour les vrais soldats comme moi... un jeu d'enfant!

– Crève, Ferdi, rétorqua la jeune fille.

Philémon nota qu'elle l'avait appelé par son surnom, et pas par son nom de famille. De la part d'Elisa, c'était sans doute une marque d'affection.

– Oui, crève, Ferdi! renchérit alors Joséphine. On ne parle pas comme ça à une dame!

– C'est ça! Crève, Ferdi! Tu t'es assis sur mon paquet de caramels! ronchonna Margaux.

L'accusé soupira et fronça les sourcils vers Constance.

–Tu veux ajouter quelque chose?

– Moi? Rien du tout. Je viendrai même fleurir ta tombe. Avec les fleurs du mal.

–Je m'en doutais un peu...

Louise déposa Elisa et Philémon non loin de la galerie des Machines. Les bras chargés de tout l'équipement des communards, ils se cachèrent tout d'abord entre les marquises en verre et fonte verte qui abritaient les plus petits stands de l'Exposition. Puis ils sprintèrent jusqu'à la zone effondrée du pavillon et pénétrèrent à l'intérieur.

– Que cherchons-nous ? demanda Elisa une fois qu'ils furent hors de vue des Jacks.

– Tout ce qui peut te sembler utile.

– Pas ce clavecin-machine à écrire, alors…

– À priori, non. Sauf si tu veux t'en servir comme arme. (Il s'esclaffa.) Qui sait ? En le lançant assez fort…

Philémon laissa sa camarade farfouiller et se dirigea vers le pavillon consacré aux inventions françaises. Une semaine avant toute cette sombre histoire, le capitaine Ader lui avait parlé d'un projet bien particulier. Un projet qui devait être tenu secret jusqu'à la toute fin de l'Exposition, pour être finalement révélé comme le clou du spectacle.

Poussant plus avant, le jeune homme se retrouva dans un petit local de balsa. Un drap blanc y recouvrait un objet massif. Phil s'empressa de le tirer.

Un sourire béat illumina son visage.

– Elisa ! s'écria-t-il. Viens donc voir par ici !

La jeune fille accourut. Elle s'immobilisa face à sa découverte.

– Mais… C'est un…

– Un aéronef, oui ! Le dernier prototype du capitaine Ader !

– Il ressemble au Zéphyr. Mais en bien plus petit. Et en moins… *brillant.*

– C'est parce qu'il est fait en aluminium. D'après le capitaine, il est beaucoup plus léger, plus maniable, et incroyablement rapide. Le parfait aéronef de reconnaissance.

Elisa pointa du doigt des lettres chromées sur la carrosserie.

– «Aquilon»? J'aime bien!

Ils reculèrent pour mieux admirer l'engin.

Si les aéronefs d'Ader s'inspiraient le plus souvent de chauve-souris, l'Aquilon avait l'élégance fuselée d'un faucon pèlerin. L'animal volant le plus rapide au monde; ce n'était pas rien!

– Il n'y a aucune hélice, constata la jeune fille en étudiant le prototype. Juste ces sortes de tubes sous les ailes.

– Je crois qu'on appelle ça des «réacteurs». En gros, ce sont des moteurs à turbines. Rien de bien compliqué! mentit Philémon, qui n'y comprenait goutte.

– Tu crois qu'on va arriver à le faire décoller?

Phil cligna malicieusement de l'œil.

– Nous avons du gaz, non? En plus, c'est un biplace. Et j'ai la meilleure des copilotes avec moi.

– «Copilote»? grinça Elisa. Dans tes rêves, Fernay! C'est moi qui ai eu la meilleure note à l'exam'! C'est à moi de piloter!

Le visage de Philémon se plomba. Elle avait raison, mais…

– Bien entendu, continua la jeune fille, c'est ce que je dirais si je n'avais pas terriblement mal aux bras! Tu as de la chance que j'aie dû coller une dérouillée à tous ces Jacks… Je te cède donc les commandes.

– V… vraiment?

Elle hocha la tête, tout sourire. Un rayon de lune tombait du plafond vitré de la Galerie et se reflétait sur la carlingue de l'Aquilon, éclairant les yeux bleus d'Elisa. Ils semblaient pétiller comme du cobalt précieux.

Pour un peu, il l'aurait embrassée. D'ailleurs, l'idée n'était pas si…

Non. *Non!*

Il devait se concentrer sur la mission. Si l'aube se levait sur la tour Eiffel, l'aéronef finirait en morceaux, comme le reste des machines de Paris.

Le moment entre les jeunes gens passa. Ils s'écartèrent l'un de l'autre, ne partageant plus que leur embarras.

Philémon s'empressa de relier des bonbonnes de gaz aux réacteurs. Il chargea celles dont il n'avait pas besoin, de même que la térébenthine, à bord des minuscules cabines que devaient occuper pilote et copilote.

De son côté, Elisa revint avec un habit incongru dans les bras.

– C'est un «gilet pneumatique», expliqua-t-elle. D'après l'écriteau, ils peuvent sauver de la noyade. Mais je suppose que tout ce caoutchouc est aussi capable de protéger d'un tir électrique…

– Bien vu! Où as-tu trouvé ça?

– Dans ce qu'il restait du pavillon du Royaume-Uniforme, lui apprit la jeune fille. Apparemment, c'est un

Anglais qui les a inventés. Un comble de les retourner contre Sa Majesté !

Elisa tendit le gilet à Philémon.

– Pas trop inconfortable ? demanda-t-il en voyant qu'elle avait déjà enfilé le sien.

– Moins qu'un corset.

Ainsi parés, ils prirent place à bord de l'aéronef.

Les commandes de l'Aquilon étaient déroutantes, tout en poussoirs, molettes et boutons. Mais pour un pilote tel que Philémon, il n'était pas difficile de s'y retrouver.

Le sabre électrique sur les genoux, il posa son transphonateur contre le tableau de bord et composa le numéro de celui qu'il avait confié à Ferdinand.

La voix étonnée de son ami sortit bientôt du clapet :

– Hé ! Ce truc marche vraiment !

– Plutôt pratique, n'est-ce pas ? répondit Phil.

– Imagine si tout le monde en avait un… Les rencards seraient tellement plus faciles à organiser !

– Des rencards ? pouffa Joséphine, en fond. Avec *toi* ?

– Pourquoi veux-tu punir la gent féminine ? ajouta Constance.

– Hé ! Chut, vous deux ! Je vous signale que…

– Youhou, Phil ! Tu nous entends ? le coupa Margaux.

– Hum. Comment ça se passe de votre côté ? Nous, on est prêts à décoller.

– Et moi, prêt à cogner ! Accordez-moi juste cinq minutes, le temps d'amener ce gros patapouf de cuirassier sous les arcs de la tour.

– C'est toi, le gros patapouf! s'esclaffa Louise.

– Silence!

– Bien reçu, acquiesça Philémon. Bonne chance, Ferdi. Ne prends pas de risques inutiles.

– Hé hé, tu me connais. À ce propos: je peux envoyer quelques-unes de tes sœurs contre les Jacks? Tu n'en as pas besoin d'autant, si?

– Crève, Ferdi! fit un concerto de voix féminines derrière lui.

La communication se conclut ainsi.

Phil patienta trois minutes, puis il se tourna vers Elisa.

– Prête pour entrer dans l'Histoire?

– En tant que première personne à m'être écrasée sur la tour Eiffel?

– Quelle rabat-joie… soupira Philémon. En plus, je suis à l'avant. C'est moi qui m'écraserai en premier!

Il tira la molette des gaz.

Rien ne se produisit pendant une longue minute. Il était à deux doigts de sortir vérifier la machinerie quand les moteurs commencèrent à vrombir. La sensation était très différente des appareils à hélices. Ici, pas d'à-coups: les pales des réacteurs se mettaient à tourner en un temps record.

Philémon poussa le manche de pilotage. L'aéronef s'ébranla, fracassant au passage les murs de balsa. Le jeune homme n'en revenait pas de la puissance de l'engin. Il le mena plus avant, prenant de la vitesse au rythme des réacteurs qui grondaient comme des cornes de brume. Les ailes d'aluminium renversèrent davantage de stands remplis d'inventions.

Parvenu au bout de la galerie des Machines, Phil appuya sur le palonnier. Une flamme bleu vif jaillit de l'embouchure des réacteurs. L'Aquilon décolla telle une fusée d'artifice.

– Waouh ! s'écria le garçon tandis qu'ils filaient à travers la nuit orageuse.

Après tout ce temps passé à arpenter tunnels, égouts et autres couloirs de prison, il retrouvait enfin son élément de prédilection. La maniabilité de l'aéronef était saisissante. Et sa vitesse… Quelques secondes avaient suffi à les mener jusqu'aux nuages chargés d'éclairs, bien au-dessus des lumières de Paris. Philémon fit une boucle pour redescendre à une altitude plus raisonnable, rasa les toits vert-de-gris, puis effectua un virage serré autour de la tour Eiffel.

– Nous ne sommes pas là pour la voltige ! le rabroua Elisa.

Mais il perçut un sourire dans sa voix.

Au pied du monument, Phil repéra Ferdinand aux prises avec les Jacks. Engoncé dans la carapace métallique de son cuirassier, son ami ressemblait à un scarabée luttant contre des fourmis. Chaque coup de poing de l'engin envoyait bouler les hommes-machines comme des quilles. Mais, à l'instar des fourmis, ils revenaient toujours en nombre, menaçant d'arracher les pistons du géant de cuivre et d'acier.

– Il faut aider cet imbécile ! s'écria Elisa. Peux-tu t'approcher encore plus près ?

– Je vais essayer, répondit Phil en entamant la descente.

Il vola presque en rase-mottes au-dessus de l'affrontement. Sa copilote se saisit alors de quelques bonbonnes de gaz et les laissa tomber parmi les combattants. Elles explosèrent lors de l'impact. Ferdi et son cuirassier étaient trop lourds et trop blindés pour être affectés par la déflagration. Mais beaucoup de Jacks se retrouvèrent les quatre fers en l'air, mis hors d'état de nuire par le souffle bleuté des détonations.

– Bigre ! C'est diablement efficace ! constata Philémon.

– Espérons que les futures guerres ne se résument pas à cela…

À présent que les forces au sol étaient un peu plus équilibrées, ils laissèrent leur ami se débrouiller. Philémon manœuvra l'Aquilon droit entre les arcs de la tour Eiffel. L'aéronef gagna le sommet et son laboratoire avant même que les Jacks puissent réagir à l'attaque aérienne. À l'extrémité de la flèche, Phil remarqua quatre gigantesques pavillons de cuivre qui ressemblaient à des trompettes dirigées vers les quatre points cardinaux, couvrant tout Paris. Il fit perdre un peu d'altitude à son aéronef pour mieux observer le laboratoire.

La pluie s'était mise à tomber, battant comme de la grêle contre les larges vitres cernées de fonte. Derrière les gouttes, les jeunes gens découvrirent l'Aube d'Acier. Ils étaient une dizaine, tous vêtus de leurs robes de mystiques, affairés en cercle autour d'une curieuse machine. Difficile d'en distinguer plus à travers la buée.

Ader ne me pardonnera jamais la destruction de deux de ses magnifiques appareils… se lamenta l'adolescent en pressant le manche de pilotage.

Les éclairs léchaient la carlingue de l'Aquilon. Telle une boule de foudre, l'aéronef se dirigea droit vers le sommet.

– Accroche-toi ! hurla son pilote à travers la tourmente.

Le nez de l'engin heurta de plein fouet les parois du laboratoire. Les ailes achevèrent de pulvériser les vitres, projetant une bruine d'éclats de verre sur les membres de l'Aube d'Acier.

La tête sonnant comme une cloche, Philémon coupa les gaz avant que l'appareil n'explose. Malgré tout, les réacteurs continuaient à crachoter des flammèches bleues.

Il avisa d'abord Elisa. Vaillante, elle se redressait déjà, prête à bondir hors de ce qu'il restait de l'habitacle. Le regard de Phil se porta ensuite sur l'assistance : aidé de deux Jacks, le brigadier Grévin se relevait péniblement, des égratignures plein le visage. Derrière lui, certains des savants qu'ils avaient croisés à l'Opéra Garnier. Enfin, le terrifiant Ludd, avec sa moitié de crâne en acier, se tenait au centre de la pièce, prostré contre un appareil plein d'électrodes clignotantes, de soupapes fumantes et de roues grinçantes.

Sur cet autel, l'enfant automate était en passe d'être sacrifié. Des courroies de cuir retenaient son corps frêle, qui rayonnait d'une aura électrique – cette même énergie qu'il avait utilisée pour faire exploser le gaz de cobalt ou donner vie aux mécanismes.

Plusieurs électrodes étaient insérées sous sa peau factice. Elles absorbaient les ondes dégagées par son cœur de rajadium et les conduisaient dans une machine de la taille d'un fiacre. D'épais câbles de cuivre la reliaient au plafond. Philémon devina qu'il s'agissait d'accumuler assez d'énergie, de l'amplifier, puis de la répandre en ondes destructrices à travers la ville grâce aux pavillons de trompette géants au sommet de la tour.

Une voix éraillée le tira de ses réflexions :

– Grévin, *you fool* ! cria Ludd à son sbire. Occupez-vous d'eux ! Nous y sommes presque !

Le brigadier répondit par un grognement bourru. De son gant, il désigna aux Jacks l'épave de l'Aquilon.

Phil essaya de remettre la main sur son sabre. L'arme avait glissé sous son siège au moment de l'impact. Il finit par l'empoigner, mais en se relevant il se retrouva face au visage de cire d'un des Jacks. Le colosse tendit son bras mécanique, prêt à lui broyer les vertèbres.

Heureusement, Elisa lui balança un flacon de térébenthine.

Le Jack recula, momentanément aveuglé par le liquide et les fragments de verre.

Philémon en profita pour presser le bouton sous le pommeau du sabre. La lame se chargea d'électricité. Le Jack ne parut pas s'en soucier : il se jeta de nouveau sur lui. Philémon lui mit un coup d'estoc qui lui frôla la joue. Même s'il le rata, l'arc électrique entra en contact avec la térébenthine.

Le Jack s'embrasa comme le suif d'une chandelle. Entre souffrance et panique, il commença à courir à l'aveugle à travers la salle, heurtant les murs, les machines, et même certains savants qui tentaient de remettre en marche leur invention infernale. Des traînées de flammes envahirent le laboratoire.

Pendant ce temps, Elisa s'était dirigée vers Grévin d'un

pas calculé, le regard revanchard. Le brigadier dégaina son pistolet à éclairs et lui tira dessus.

La jeune fille fut frappée en plein torse. Elle serra les dents, les traits contorsionnés par la douleur, mais resta debout. Son gilet de caoutchouc avait absorbé le plus gros du courant.

– Pas cette fois, salopard !

Elle lui fonça dessus comme une torpille, l'expédiant contre l'accumulateur.

Du côté de l'aéronef, Philémon avait réussi à s'extraire de l'habitacle. Il embrassa la scène chaotique du regard : Elisa boxait le gros nez bulbeux de Grévin, qui essayait de lui braquer son pistolet sur la tempe. L'enfant automate était toujours enchaîné à la machine.

Deux scientifiques – Phil reconnut les ambassadeurs Caselli et Pirotsky – s'activaient à tourner frénétiquement une manivelle sur le flanc de l'accumulateur. Face aux flammes qui se répandaient, les autres savants commençaient à perdre leur combativité : certains s'enfuyaient déjà par un petit escalier en colimaçon tandis que Ludd leur hurlait de revenir.

Philémon chercha le deuxième Jack du regard. Il l'avait perdu de vue dans la confusion.

Le colosse surgit de derrière une aile de l'Aquilon et expédia son poing mécanique dans le poignet du garçon.

Crac ! Philémon hurla sous la douleur. Par chance, il s'agissait de sa main gauche, qui ne tenait pas le sabre. D'un coup de taille, il trancha le bras de son agresseur au niveau du coude. Le Jack essaya de se défendre de son autre poing, mais Philémon le repoussa contre l'aile d'un coup d'estoc, et il reçut les flammèches d'un réacteur en plein visage. Aveuglé, il trébucha en arrière avant de basculer dans le vide, par le trou que l'Aquilon avait ouvert en s'écrasant.

Ravalant sa douleur, Phil courut jusqu'à l'enfant automate. Il commença à trancher les courroies et à lui arracher les électrodes. Avant qu'il ne termine, une ombre lui tomba dessus.

Ned Ludd s'apprêtait à lui abattre un maillet sur le crâne.

– *For the Queen!* hurla le conspirateur, le visage bouffi de haine.

L'adolescent roula sur le côté.

Le maillet défonça une section de l'accumulateur, faisant crépiter des étincelles. La manivelle géante s'affola alors et frappa Caselli, l'envoyant dans les vapeurs de l'inconscience. Pirotsky hésita, puis décida d'abandonner le navire à son tour. Il eut au moins la décence de traîner son camarade avec lui dans les escaliers.

Toujours aux prises avec Ludd, Phil essaya de lui transpercer le plastron. Le balafré le désarma d'un coup de botte ferrée. Le sabre alla se planter droit dans l'interstice ouvert par le maillet, lame éteinte.

– La chair est bien faible face à l'acier ! ricana Ludd avec une expression démente.

– L'acier ne vaut rien sans la main qui le tient, rétorqua une voix féminine dans son dos.

Elisa avait fini par assommer Grévin et ramasser son pistolet. Elle pressa la détente.

Ludd plia les genoux à une vitesse impossible, évitant le projectile électrique.

– Raté, *my dear*! se moqua-t-il.

– Ce n'était pas vous que je visais…

Le demi-sourire de l'Ubriton se figea. Il fit volte-face.

L'éclair avait frappé le sabre planté derrière lui, réactivant la lame électrique. Elle commença à faire fondre les câbles et les engrenages. La surtension de l'accumulateur était imminente.

Ludd se hâta d'aller arracher l'arme.

Philémon en profita pour rejoindre l'enfant et le libéra des liens restants.

Sitôt la dernière électrode retirée, celui-ci ouvrit les yeux.

– Raté *again*! s'exclama leur adversaire en retirant la lame de la machine.

L'automate tendit la main vers lui et entrouvrit la bouche, comme pour siffler. De sa paume jaillit un minuscule éclair. Il frappa Ludd au visage, sur sa moitié métallique.

Médusé, ce dernier contracta involontairement son bras mécanique. La lame électrique retomba dans les circuits complexes de l'accumulateur. Une odeur d'ozone se répandit dans le laboratoire, accompagnée d'un halo de lumière qui s'intensifiait de seconde en seconde.

– Attention! Ça va exploser! hurla Philémon en fonçant sur Elisa, l'enfant dans les bras.

Ils eurent tout juste le temps de se jeter derrière la carlingue de l'Aquilon.

Dégageant une chaleur terrible, une colonne de lumière bleue enveloppa la machine et transperça le plafond de verre. Elle se coupa prestement, mais l'énergie dégagée avait eu le temps de faire fondre le plancher en fer. L'accumulateur dégringola dans un fracas de tous les diables, emportant Ludd, Grévin, et même les escaliers.

Lorsque Philémon rouvrit les yeux, il ne restait qu'un énorme cratère au milieu du laboratoire. L'orage avait faibli, mais la pluie continuait à tomber dru par le toit éventré, éteignant peu à peu les flammes.

– Tout… tout va bien ? demanda Phil, éberlué.

Elisa lui adressa un sourire fatigué et posa sa tête sur son épaule. L'enfant les dévisagea avec une expression satisfaite.

– Comment allons-nous faire pour descendre avant l'arrivée des gendarmes ? demanda la jeune fille.

– Pas la moindre idée.

– Donc on va finir en prison…

– Bah… Ça en valait la peine, non ?

L'aube commençait à poindre sur les toits de Paris. Une aube tout à faire ordinaire, qui n'avait rien de nouveau ni d'exceptionnel. Elle se contentait de faire ressortir la saleté, l'usure, mais aussi la beauté de la ville. Philémon ne l'aurait échangée pour aucune autre.

Le trio de rescapés passa les minutes suivantes dans une agréable tranquillité, bercés par le bruit de la pluie sur les tôles. Une sonnerie insistante finit néanmoins par troubler leur repos : elle provenait du siège avant de l'Aquilon.

Intrigué, Philémon s'approcha et découvrit qu'il s'agissait de son transphonateur. Dès qu'il activa l'appareil, la voix excitée de Margaux grésilla à ses oreilles :

– Youhou, Phil ! C'est encore nous !

– Eh bien ! Quel feu d'artifice ! fit Joséphine.

– Mieux qu'à la parade ! approuva Louise.

– Mauvaise nouvelle, cher frère : Ferdinand n'a pas crevé… se lamenta Constance.

– Vous devriez filer avant que les cognes arrivent, leur conseilla Philémon, soulagé de les savoir en bonne santé. Pas besoin qu'on se fasse tous arrêter.

– « Arrêter » ? Pourquoi vous vous feriez arrêter ? s'enquit Ferdi d'un ton jovial.

– Parce qu'on ne peut plus descendre, gros malin ! s'écria Elisa par-dessus l'épaule de Phil.

– Ah, tu as survécu, Delaroche… Je comprends mieux pourquoi Phil' de Fer' s'apitoie sur son sort. (Il se mit à rire.) Vous savez ce qu'on dit… « Quand l'heure est sombre, tourne-toi vers les cieux » !

Philémon fit la moue.

– Je ne vois pas en quoi une prière pourrait nous aider…

– Qui a parlé de prier ? ricana de plus belle son ami.

Elisa lui tira alors la manche.

– Phil ! Regarde !

Elle pointa du doigt des formes colorées parmi les nuages gonflés de pluie. Au début, le jeune homme crut à un vol de montgolfières. Puis il identifia les aéroulottes et leurs turbines. Le campement des romaniciels avait repris la voie des airs.

L'une des roulottes se détacha du convoi aérien pour gagner le sommet de la tour Eiffel. Ils reconnurent d'emblée sa peinture rouge écaillée, avant même que Zélie n'ouvre grand sa fenêtre pour les saluer.

– Besoin d'un coup de main, les *gadjés* ? leur lança-t-elle avec un sourire plus radieux que l'aube.

Elle largua une échelle de cordes depuis sa fenêtre. Malgré son poignet cassé, Philémon ne put s'empêcher de crier sa joie.

XXVI

Ils firent leurs adieux aux romaniciels autour d'un bon petit-déjeuner, à quelques centaines de mètres d'altitude. Une montgolfière de secours devait les ramener au sol.

– Vous partez pour l'étranger ? demanda Philémon à Zélie en s'installant dans la nacelle.

– *Va !* On va probablement traverser la Manche.

– Pour survoler le Royaume-Uniforme ?! s'alarma-t-il.

– *Na, na.* On va passer par l'Irlande. Et de là, peut-être gagner les Amériques ? C'est un voyage que je n'ai encore jamais fait. Mais Oncle Timbo veut voir des… *cow-boys* ?

– Chouette, ça ! Ils ont plein d'inventions fascinantes, comme les lassos électriques, les selles magnétiques, les revolvers qui…

Zélie gloussa.

– Promis, je te rapporterai un souvenir la prochaine fois qu'on se verra !

– Vous comptez revenir à Paris ?

– Bien sûr. Sinon, tu vas trop manquer à… Tic-Tac.

L'enfant automate sortit de derrière les jupons de Zélie.

Il était habillé à la façon d'un vrai romaniciel, gilet et foulard bariolés sur les épaules et sur la tête.

Philémon se passa la main dans les cheveux, gagné par un embarras qui lui piquait la gorge.

– Au revoir, hum… *Tic-Tac.*

L'automate l'étreignit du bout de ses petits bras, avant de s'en retourner auprès de Zélie.

– Allez, *dinlo*, file ! *Latcho drom !* Ça veut dire bonne route ! (Elle s'essuya les yeux avec un mouchoir de soie.) Fichu vent… J'aurais dû porter mes lunettes de soudure !

Tandis que la nacelle s'éloignait de l'aéroulotte, Philémon se demanda si quelqu'un avait déjà volé à travers les grands espaces du nouveau continent. Et que dirait son père, s'il lui annonçait son désir de s'y rendre en simple pilote, et non comme un soldat ?

Les jours suivants, les jeunes gens firent profil bas au manoir des L'Anse-Dufour.

Elisa avait voulu qu'on la ramène sur-le-champ à Montmartre, pour s'assurer que ni les communards ni les survivants de l'Aube d'Acier ne s'en étaient pris à sa mère. Mais, comme elle tenait à peine debout, Philémon avait réussi à la convaincre de rester. De brefs appels de mirophore suffirent à vérifier que Mme Delaroche allait bien.

Après avoir récupéré des forces et réparé au mieux ses

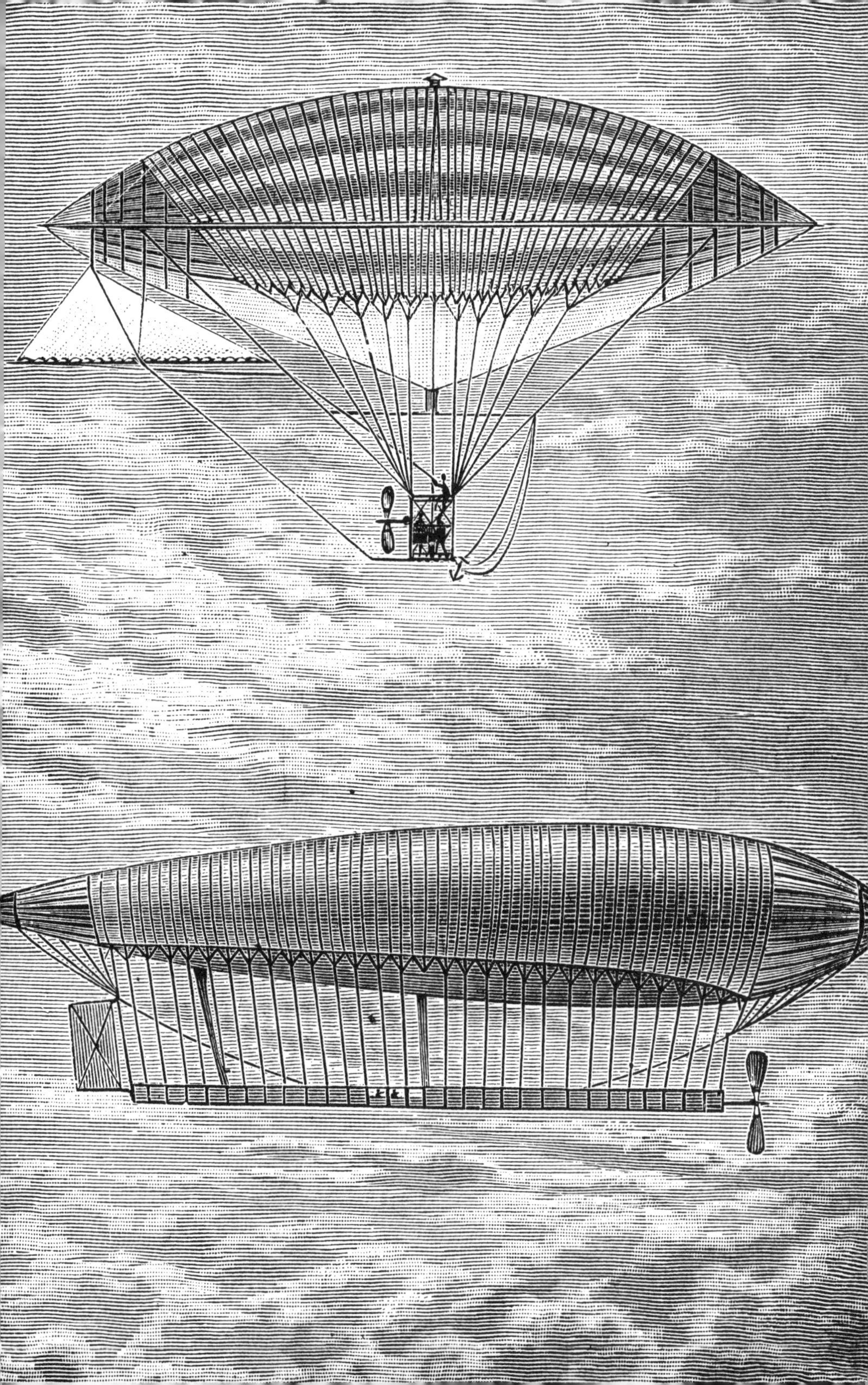

prothèses, Elisa s'en retourna chez elle. Ses camarades l'accompagnèrent et assistèrent à des retrouvailles émouvantes, suivies d'une sanction cinglante lorsque la doctoresse décida de priver sa fille de sortie pendant un mois entier pour lui avoir désobéi. Elle lui accorda néanmoins de ne commencer sa punition que le lendemain. Ferdinand proposa d'aller boire le verre de la victoire au *Rat Mort*. La présence au comptoir d'Amélie la communarde n'avait, bien évidemment, rien à voir avec sa suggestion.

– À quoi trinquons-nous ? demanda Elisa en soulevant son diabolo-grenadine.

– À mon renvoi de Saint-Cyr ? maugréa Philémon.

– Tu n'en sais rien… le rabroua la jeune fille.

– Même s'il ne me renvoie pas, continua-t-il, avec tous les jours que j'ai manqués, sans parler des aéronefs détruits, le commandant de Gondrecourt va me faire éplucher des patates jusque dans mon cercueil !

– Ça pourrait arriver plus vite que tu ne le crois ! ricana Ferdinand. Je doute que la reine Ada abandonne son Grand Plan de sitôt. Et avec toute l'Europe liguée contre l'Empereur… Une autre guerre approche, c'est certain.

Phil demeura interdit.

Elisa décocha un méchant coup de bottine dans le tibia de Ferdinand.

– Trinquons plutôt à l'imbécillité de Ferdi, proposa-t-elle. Une valeur sûre.

– Très drôle… gronda l'intéressé en se massant la jambe. Tu sais que j'ai raison : ils n'ont même pas arrêté Gustave Eiffel !

– Peut-être qu'il travaille comme agent double ? hasarda Philémon. Ou bien ils veulent découvrir les secrets de sa tour pour les retourner contre le Royaume-Uniforme ?

– Dommage que cette horreur ne se soit pas effondrée… ronchonna Elisa.

– T'en fais pas, Delaroche, se gaussa Ferdi. Je suis sûr qu'elle va être déboulonnée en un temps record ! Les Parisiens sont trop chauvins pour qu'une mocheté pareille défigure bien longtemps leur ville !

– Voilà une cause à laquelle je veux bien trinquer, acquiesça la jeune fille.

Philémon secoua la tête.

– Je préférerais que nous trinquions à nous.

Elisa leva un sourcil, le regard plongé dans le sien. Un peu de rose lui monta aux joues.

Phil se sentit également rougir.

– J… je veux dire… Bravo à *nous* ! T… tous les trois ! bafouilla-t-il. Nous avons fait une équipe du tonnerre, et…

– Tout le monde avait compris, Phil ! le coupa Ferdi d'une claque amicale dans le dos. Allez, santé ! Histoire que je puisse retourner au comptoir commander une autre tournée !

Ils levèrent haut leurs verres, préférant oublier les guerres de demain pour se consacrer aujourd'hui aux conflits du cœur.

Une semaine plus tard, Philémon aidait ses sœurs à descendre le marchepied du fiacre qui les ramenait place des Vosges.

– J'aurais volontiers profité de l'hospitalité de Mme de L'Anse-Dufour quelques jours de plus, déclara Joséphine.

– Pas moi ! J'ai hâte de retrouver ma chambre, clama Louise.

– Et moi, mon saxophone ! ajouta Margaux.

– Hum. Est-il trop tard pour retourner vivre chez Ferdinand ? s'enquit Constance en roulant des yeux. Je suis même prête à l'épouser…

Phil se retint de rire.

– En parlant de Ferdi, ça avait l'air drôle de conduire un cuirassier, reprit Margaux.

– Surtout pour botter les fesses de ces gros balourds ! approuva la benjamine.

– Louise ! Ce ne sont pas des manières ! la tança Joséphine.

– On aurait dû en voler un deuxième, dit Constance, la moue pincée. Si j'avais pu manœuvrer un de ces monstres d'acier au lieu de rester cachée dans le fiacre, j'aurais fait du meilleur boulot que Ferdinand…

– Moi aussi ! s'écria Louise.

Elle se tourna vers son grand frère.

– Tu crois que je pourrais m'inscrire dans ton école militaire à la rentrée ?

– Et moi ? Et moi ? trépigna Margaux avec autant d'enthousiasme que sa longue robe Empire le lui permettait.

– *Toi* ? Un soldat ? se renfrogna Constance.

– Et pourquoi pas ? Ils cherchent toujours des bons musiciens à l'armée, non ? Pour les parades ?

Joséphine et Louise échangèrent un regard embarrassé. Constance roula des yeux au ciel avant de reprendre :

– Tu sais quoi ? Je retire ce que j'ai dit. Tu feras une très bonne recrue : aucune arme n'est aussi dangereuse que ton saxophone…

– Hé ! Tu auras intérêt à me parler sur un autre ton quand je serai capitaine !

– Pff ! Si tu deviens capitaine, alors je serai général !

– Et moi, je serai l'Empereur ! renchérit Louise. Vous devrez m'obéir toutes les deux !

– Je pense que tu veux dire « l'impératrice » corrigea Joséphine.

– Seulement si c'est aussi fort ! Sinon, la reine !

Philémon soupira, consterné par les vocations que ses sœurs se découvraient. Avec un peu de chance, elles seraient passées à autre chose d'ici la fin de l'été…

Tandis qu'elles grimpaient le perron en se chamaillant, il tapota le flanc des zèbres mécaniques qui tiraient la berline. L'une des bêtes sembla hennir de satisfaction. Mais peut-être ne s'agissait-il que d'une évacuation de vapeur, et de son imagination ?

Quoi qu'il en fût, Philémon ne verrait plus jamais les automates de la même façon.

Il laissa le cocher repartir et s'apprêta à regagner sa demeure. Un petit objet étincelait dans le caniveau, mais le jeune homme le fit rouler du bout de sa botte sans y prêter attention.

Une bille ?

Pas exactement.

L'œil de verre grésilla dans l'eau sale. Ses engrenages internes le firent pivoter sur lui-même pour le replacer face à la demeure des Fernay. Son iris mécanique se contracta, cherchant à faire la mise au point sur le garçon.

Ignorant qu'il était observé, Philémon rejoignit ses sœurs. Il passa sous les arches en sifflotant, grimpa les marches de l'entrée, puis referma la porte sur Paris et ses mystères.

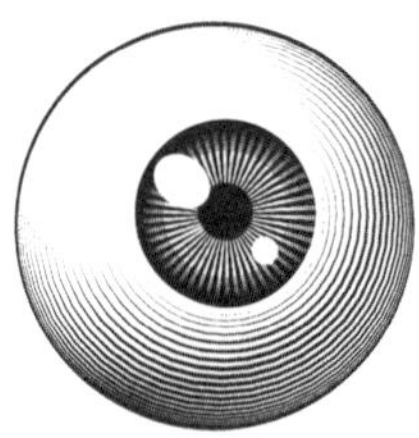

Lexique général

Aéroulotte : chariot volant et logement traditionnel des romaniciels
Aller au persil : racoler
Antifler (s') : se marier
Aspirant : élève des classes militaires de Saint-Cyr
Attifer : habiller
Baigner dans le beurre : être riche, avoir les moyens
Barbeau : amant, souteneur
Bêcheuse : prétentieuse et snob
Berzingue (à toute) : à toute allure, très vite
Biler (se) : s'inquiéter
Brûlotte : lanterne
Bûcher : travailler
Carottier : escroc
Carriole : fiacre, voiture
Chique : homme mou et sans force
Chtiotte : fille, petite enfant
Claper : fermer, éteindre
Cocotter : sentir mauvais, puer
Cognes : gendarmes, policiers
Communards : insurgés républicains opposés à l'Empire
Cuirassier : machine de guerre impériale constituée d'un exosquelette métallique rappelant un automate mais piloté par un soldat humain
Dabe : chef, patron, maître, père
Dégrouiller : se dépêcher, se hâter
Désenrouage : réparation des automates ou ajustement de leur pro-

grammation à l'aide d'un mécanographe
Désenroueurs : réparateurs d'automates travaillant dans des kiosques et des ateliers
Diapason : matraque de cuivre à deux dents, capable de produire une forte décharge électrique au contact. Aussi efficace contre les automates que les humains
Entraver : comprendre
Galbeux : beau garçon
Galette : argent ou personne riche
Gambettes : jambes
Gigolette : prostituée
Greluchon : amant sans envergure entretenu par une femme, gigolo ou souteneur
Grinche : voleur, voleuse
Grincher : voler, dérober
Grivier : soldat
Goularde : bouche, gueule
Gus, gusse : pauvre type, gars, individu
Hussards noirs : membres de la police secrète impériale, dirigée par le brigadier-chef Jules Ferry
Jacter : discuter, bavarder
Kinétoscope : salle de spectacle où des films animés muets sont projetés via un kinétographe
Lardon : petit, jeune enfant
Lézard : paresseux, indolent
Macaron : traître
Maroufler : se déguiser, faire preuve de ruse
Mastard : grand costaud
Mécanographe : appareil permettant de produire et d'ajuster les cartes perforées contrôlant la programmation des automates
Mirophore : système de communication utilisant la transmission d'images via des miroirs interposés (de « miroir » et « sémaphore »). Pas de transmission du son
Momacque : jeune enfant
Paille : sans valeur
Patachon : ivrogne, soiffard
Piaule : chambre, maison

Pingouin : bon à rien
Potron-minet (dès) : au lever du jour, à l'aube, très tôt
Rats : surnom donnés par les élèves de Saint-Cyr à leurs professeurs
Rombière : femme d'un certain âge, prétentieuse et ridicule
Ronflant : beau et de bonne qualité, élégant, cher
Rouflaquettes : mèches de cheveux poussant le long de la joue (favoris). Surnom peu respectueux du brigadier-chef Jules Ferry
Sagouin : personne aux mauvaises manières et sale
Serpillière : robe
Shako : couvre-chef militaire à visière. Surmonté d'une plume (le casoar) ou d'un pompon
Terrier : repaire, cachette, planque
Yoyoter : divaguer, raconter n'importe quoi
Zig : type, gars, individu

Lexique romaniciel

Balitcho : cochon
Bibahtalipe : malchance, mauvais œil
Chabo (ou chavo) : gars, type, garçon
Criave : manger
Devel : Dieu, le Seigneur
Dinlo : imbécile, nigaud
Filatîn : belle et grande demeure (manoir, château)
Gadjo / Gadji / Gadjés : homme / femme / groupe de non-romaniciels
Gavalo : étranger
Kirvo : parrain
Kopra : cuivre
Latchi rat : bonjour
Muj : bouche
Na : Non
Narvalo : fou, personne louche et peu saine d'esprit
Ni'm mour léva : jamais de la vie

O'beng : diable, le Malin
Patchiv : fête traditionnelle
Rotkia : longue jupe traditionnelle aux couleurs vives
Roupini : argent
Ruv : loup
Sastar : fer
Simmensa : cousine
Sonékaÿ : or
Suzipa : beauté
T'aves baxtalo : bonne rencontre, quelle joie de vous rencontrer
Tchourav : voler, dérober
Tikno : enfant, petit
Va : Oui

Du même auteur à *l'école des loisirs*

Collection M+

Bpocalypse